SOUVENIRS

D'UN GARDE NATIONAL

IIme PARTIE

SOUVENIRS

D'UN

GARDE NATIONAL

PENDANT LE SIÉGE DE PARIS

ET PENDANT LA COMMUNE

PAR UN

VOLONTAIRE SUISSE

DEUXIÈME PARTIE
L'INSURRECTION

(Février, Mars, Avril, Mai 1871)

NEUCHATEL

LIBRAIRIE GÉNÉRALE DE JULES SANDOZ

— 1871 —

IMPRIMERIE G. GUILLAUME FILS. — NEUCHATEL.

AVANT-PROPOS.

Les critiques qui ont bien voulu s'occuper de mes deux premiers volumes ont été généralement d'accord sur ce point : que la sincérité et l'impartialité m'ont guidé dans mes récits.

J'espère que dans ce troisième volume, on reconnaîtra que je me suis efforcé de mériter le même témoignage. Il est difficile, à la vérité, d'écrire des « Souvenirs », à l'heure où Paris est encore fumant du sang de ses malheureux défenseurs, sans laisser échapper de temps en temps un cri d'indignation. Qui étaient ces Parisiens qu'on a égorgés sans pitié, ou qu'on laisse languir dans les cachots et sur les pontons ? Je les ai connus, plusieurs d'entr'eux étaient mes amis : c'étaient des ouvriers intelligents, laborieux, honnêtes ; les uns, républicains sincères et enthousiastes, ont cru fermement se battre pour la République menacée ; d'autres ont pris les armes, entraînés par l'exemple de leurs camarades, et poussés par la misère, pour avoir la maigre solde qui, au milieu de la crise financière et industrielle produite par les décrets de l'Assemblée, pouvait seule nourrir leur famille.

Il faut avoir vu Paris sous la Commune pour comprendre la formidable unanimité, l'entraînement irrésistible de cette protestation des républicains contre les complots monarchiques. Il était presque impossible de vivre au milieu de ce peuple si généreux, si héroïque, dans cette atmosphère de fièvre et de passion, sans qu'on sentît la contagion vous gagner. Du reste, je ne suis ni *Versaillais*, ni *Communard*. J'ai été mêlé, par des circonstances que le lecteur apprendra, aux défenseurs de Paris, et je m'en honore. J'aime mieux être du côté des victimes que de celui des bourreaux.

G. G.

SOUVENIRS

D'UN

GARDE NATIONAL

CHAPITRE I.

Le ravitaillement. — Réapparition des *petits crevés*. — Irritation du peuple parisien. — La réunion de la Corderie. — Un
article du *Mot d'Ordre*. — Le pain du siége. — Les légumes
et les comestibles.

Paris venait de capituler, et chacun regardait
avec angoisse vers l'avenir sombre, gros d'orage,
qui se préparait. Quelles seront les conditions du
vainqueur, et quelle sera l'attitude de la future assemblée de Bordeaux? La France pourra-t-elle se
relever de cette guerre effroyable, et la République
ne sombrera-t-elle pas avec elle?

Telles étaient les questions que chacun se posait,
et que nul ne pouvait résoudre. Il fallait, en attendant un avenir meilleur et les premiers convois de

2

ravitaillement, continuer à manger le pain du siége, et se chauffer du bois vert de Jules Ferry. Il fallait voir encore, pendant de longs jours, passer dans la rue ces petits cercueils d'enfants, qui mouraient toujours par centaines. Deuil, faim, froid, humiliation, chômage, craintes pour l'avenir, rien ne fut épargné au peuple parisien.

La classe aisée, elle, s'en allait en province *se ravitailler*, c'était l'expression consacrée.

Et les dandys et les petits crevés de l'empire se montraient de nouveau sur les boulevards. Ils revenaient de l'étranger, roses et bien portants, insultant par leur attitude et leur luxe insolent à la misère du pauvre peuple, s'extasiant de ce que Paris n'avaient pas plus souffert que cela. Ils se plaignaient même, ces bons messieurs, des abattis d'arbres qu'on avait faits dans leurs promenades favorites, et de la rareté momentanée des chevaux, qui les empêchait de parader dans leurs splendides voitures.

Le long des remparts, où tant de gardes nationaux avaient veillé, pendant les froides nuits d'hiver, le cœur confiant en l'avenir, un spectacle navrant s'offrait aux yeux de la population ; des artilleurs descendaient les canons de leurs affûts, les poudrières étaient vidées ; les forts avaient été occupés par les Prussiens, qui en devaient garder le matériel, et on devait leur livrer celui des remparts.

On disait même que les nombreux canons offerts pendant le siége au gouvernement par la garde nationale, auraient le même sort. — Puis on savait que l'ennemi occupait complétement vingt-cinq départements, à peu près le tiers du territoire de la France, et ces contrées envahies étaient précisé-- ment les plus riches et les plus fertiles.

Pour qui connaît l'excessif amour-propre national des Parisiens, il sera facile de comprendre combien une pareille humiliation dut leur coûter. Personne ne voulait reconnaître que les Allemands devaient leur victoire à leur puissante organisation militaire, à leur stratégie, à leur excellente artillerie.—Non ! Nous avions été trahis : trahis par Napoléon, par Lebœuf ; trahis par Bazaine, par Uhrich, un moment l'idole de Paris ; par d'Aurelle de Paladines, puisqu'il avait laissé reprendre Orléans ; trahis par Jules Favre, Jules Ferry, et par tout le gouvernement de la défense nationale.

Les journaux républicains devenaient de plus en plus violents dans leurs attaques contre ce gouvernement, qui se défendait faiblement dans l'*Officiel*. Le peuple avait délivré, le 1er février, des prisonniers républicains enfermés à Sainte-Pélagie. Flourens était dans une sécurité complète. Personne n'aurait osé l'arrêter. Le parti républicain socialiste, quoique en minorité, se sentait de plus en plus fort, et n'épargnait pas, dans ses journaux, les attaques et les sarcasmes au gouvernement qui avait dit solennellement : « Ni un pouce de notre territoire, ni une pierre de nos forteresses. »

Une nouvelle grave était encore venue surexciter les esprits. Un corps d'armée prussien devait entrer dans Paris, et occuper la capitale pour quelques jours. Son entrée était fixée au 1er mars, C'en était trop ; la mesure était comble ! Paris, disait-on dans les groupes, ne devait pas subir ce dernier affront. Il fallait, si l'ennemi était assez osé pour pénétrer dans la capitale, que Paris fût son tombeau, et que pas un Allemand ne pût échapper pour en porter la nouvelle. Ridicules et vaines déclamations, sans doute, mais qui peignent bien l'état d'excitation auquel était arrivé le peuple parisien.

Heureusement, les principaux chefs du parti socialiste comprirent que la folie des Parisiens n'aboutirait qu'à une effroyable hécatombe, et le *Cri du peuple*, feuille qui devint en peu de jours le journal le plus répandu dans la classe ouvrière, publia, dans son numéro 8, du 1er février, la déclaration suivante, imprimée en gros caractères sur sa première page :

DÉCLARATION.

De nombreuses délégations se sont présentées à la Corderie, depuis qu'il est question de l'entrée des Prussiens, et ont déclaré qu'elles pensaient trouver là une organisation militaire toute prête pour marcher contre l'envahisseur, lorsqu'il mettrait le pied dans Paris.

Les membres présents ayant prié les délégués d'indiquer quels groupes ils représentaient, il a été cité des noms de citoyens qui n'ont reçu aucun mandat des comités suivants constituant la réunion de la Corderie :

Association internationale des travailleurs.
Chambre fédérale des sociétés ouvrières.
Délégation communale des sociétés ouvrières.

Dans ces circonstances, les trois groupes de la Corderie informent les travailleurs de Paris qu'ils n'ont donné mandat à personne au sujet d'une action contre les Prussiens.

Les membres présents croient de leur devoir de déclarer que, dans leur pensée, toute attaque servirait à désigner le peuple aux coups des ennemis de la Révolution, monarchistes allemands ou français, qui noieraient les revendications sociales dans un fleuve de sang.

Nous nous souvenons des lugubres journées de juin.

Ch. BESLAY, Henri GOULLÉ, Ch. ROCHAT, de l'Internationale.

AVRIAL, PINDY, ROUVEYROLES, de la Chambre fédérale des Sociétés ouvrières.

Ant. ARNAUD, Léo MELLIET, Jules VALLÈS, de la délégation communale des vingt arrondissements.

Ces journaux s'occupèrent ensuite des élections à l'Assemblée nationale ; nommer des députés républicains, sauver la République, tel était le programme, et le n° 1 du *Mot d'Ordre* du 15 pluviôse, an 79 (3 février 1871), journal de Henri Rochefort, publiait les lignes suivantes :

Ainsi, tout est fini. Nous avons subi autant d'humiliations qu'il a plu, — je ne dis pas aux Prussiens, — mais au gouvernement de la défense nationale de nous en imposer. Nous sommes rentrés dans Paris, presque tous sans avoir brûlé une cartouche, les larmes aux yeux, la rage au cœur.

Maintenant que faut-il faire ?

— Sauver la République.

Si nous faisons cela, rien n'est perdu. De cette fange sanglante, où l'étranger et le parti de l'étranger nous ont précipités, la patrie peut renaître demain, plus forte et plus pure.

Sauvons donc la République, si nous voulons qu'il y ait encore une France.

Mais, pour que la République dure, pour que la France ne meure pas, n'oublions pas qu'il est nécessaire, qu'il est urgent d'écarter au plus tôt et le plus loin possible, ces hommes qui, les uns, par la plus impudente des trahisons, les autres, par la plus inconcevable des faiblesses, nous ont conduits, comme par la main, jusqu'au fond de l'abîme où gît notre honneur.

Donc que le peuple de Paris, dans le scrutin du 5 février, ait d'abord pour principe d'écarter absolument tous ceux qui, ayant trempé dans la sinistre comédie, qui va du massacre du Bourget à la capitulation de Versailles, osent nous demander de sanctionner notre défaite, et de contre-signer notre honte par nos suffrages.

Qu'il écarte aussi ces monarchistes, qui s'institulaient, en 1848, les hommes du *grand parti de l'ordre et de la liberté,* qui s'affublent aujourd'hui du titre de *républicains libéraux* et qui donnent, pour la seconde fois en vingt années, l'accolade du

Pharisaïsme anglican et malthusien à la Révolution garrottée et agonisante.

Que le peuple ne se laisse pas prendre aux protestations menteuses de ces conservateurs qui, depuis 1815, n'ont su que renverser quatre gouvernements, de ces libéraux qui, toutes les fois qu'ils ont été les maîtres, ont supprimé toutes les libertés, de ces hommes enfin qui sont républicains, quand ils ne peuvent pas faire autrement, qui se font les geôliers et les bourreaux des multitudes affamées, dès que sonne l'heure des réactions, — qui sont, en tout temps et partout, les meilleurs ennemis de la classe la plus nombreuse et la plus pauvre.

Pour rendre à la France son honneur, pour sauvegarder la République, il faut des patriotes et des républicains, et non pas de ces diplomates qui ont tant voyagé, qu'ils ne savent plus quelle est leur patrie ; non pas de ces politiques qui ont changé tant de fois de parti qu'ils sont devenus incapables de distinguer leur gauche de leur droite, ni le côté du cœur du côté de la caisse.

Peuple, nomme donc des républicains.

Mais parmi les serviteurs de la République, qui dois-tu choisir de préférence ?

Il est un petit nombre de noms éclatants qui sont à la fois l'honneur de la démocratie et la gloire de la France, et qui s'imposent à nos suffrages. Mais quand nous aurons fait respectueusement cette part à la reconnaissance nationale et à l'admiration universelle, nous pensons que les électeurs seront bien inspirés, s'ils n'écartent pas systématiquement les noms nouveaux, s'ils ne préfèrent pas toujours les vieux aux jeunes, et, pour tout dire, qu'ils devront avoir à cœur en ce moment de rechercher des députés qui ne soient pas seulement des hommes de parole, mais qui, au besoin, puissent être des hommes d'action ; qui, si

les nécessités suprêmes se présentaient une fois de
plus, sachent quitter la chaise curule pour la barricade et défendre, l'épée ou le fusil à la main,
jusqu'au fantôme de la patrie.

Enfin arriva le moment si désiré de chacun, où
le sifflet des locomotives retentit dans les gares,
restées silencieuses pendant de longs mois, et où
l'on vit paraître les premiers arrivages en farines
et en bestiaux. On lisait avec bonheur dans les
journaux l'annonce des nombreux wagons chargés
de comestibles de toutes sortes qui arrivaient jour
et nuit dans les gares de Paris ; le pain prit alors
journellement une teinte plus pâle, et enfin, un
beau matin, les Parisiens purent se procurer, du
même coup, du beau pain blanc, et à discrétion !
Avec quel ravissement l'on comtemplait ce beau
pain ; on l'admirait dans les vitrines des boulangers,
on se le montrait dans les rues en s'extasiant sur
sa blancheur. Je me souviens de ce jour fortuné,
où tout le monde put enfin manger du bon pain
à sa guise !

Pour comprendre l'avidité des Parisiens à la vue
d'un pain si blanc, il est bon de connaître la
composition de celui qui leur était distribué les
derniers jours à raison de 300 grammes par tête.
Une livre de ce pain renfermait, d'après l'analyse
d'un savant chimiste, $\frac{1}{8}$ de farine de blé, $\frac{4}{8}$ d'un

mélange composé de fécule de pomme de terre, de riz, de lentilles, de pois cassés, de vesces, d'orge d'avoine et de seigle moulus ensemble dans des proportions anormales ; $^2/_8$ d'eau et $^1/_8$ de paille et autres détritus d'enveloppes de grains et de légumes. La puissance nutritive de ce pain était, relativement au pain commun des paysans de l'Ardèche, dans la proportion de 1 à 12, et cette alimentation pouvait être regardée comme une des causes du chiffre si élevé de la mortalité à Paris. L'apparition du pain de blé était donc, pour le peuple parisien, un événement considérable. — Puis arrivèrent aussi de grands et magnifiques bœufs, des veaux, des moutons, des porcs, et la population considérait les étaux des bouchers bien garnis de viande fraîche, avec une joie enfantine. Mais ces premiers arrivages n'étaient pas pour le petit peuple, les bourses étaient vides, et il fallait attendre la reprise du travail, qui ne pouvait recommencer que lorsque les houilles pourraient arriver, elles aussi, en quantité suffisante, pour être réparties dans les nombreux ateliers et fabriques qui occupaient le peuple travailleur des faubourgs.

Les légumes n'apparaissaient qu'en petites quantités aux Halles, aussi les prix n'étaient accessibles qu'à la classe aisée, et nombre de pauvres gens trouvaient que le ravitaillement n'allait pas assez vite. Il était dur, en effet, après de si cruelles privations, d'avoir encore à attendre patiemment de longs jours, jusqu'au moment où les plus simples légumes deviendraient accessibles aux milliers de familles qui en avaient été si longtemps privés. Il fallait voir avec quels regards d'envie les pauvres ménagères parisiennes, pâles et affaiblies par les privations, considéraient les premiers choux et les premières pommes de terre étalées dans les devantures des marchands de comestibles. Mais ces pauvres femmes, au regard éloquent, gros de désirs, et dont les traits amaigris annonçaient le dénuement et la fatigue, devaient se contenter du regard, et passaient devant le bel étalage en soupirant.

Le combustible n'arrivait pas encore, et l'on savait d'ailleurs que les premiers arrivages de houille étaient destinés aux usines à gaz, qui allaient pouvoir prochainement entrer en activité, et rendre à Paris les soirées moins sombres et moins tristes. Il fallait encore que le peuple attendît, et qu'il continuât à essayer de brûler les bois verts dus à l'imprévoyance du gouvernement de la défense nationale.

CHAPITRE II.

Les compagnies de guerre sont dissoutes. — Nouvelles de Bourbaki. — Statistique du bombardement. — La jeunesse dorée de Paris. — Mort de notre sergent-fourrier. — Les *ruraux.*—Les députés de Paris. — Un article du *Vengeur.*— Le Comité central.

J'avais attendu, comme tout le monde, avec une fiévreuse impatience, que le ravitaillement vînt enfin me procurer des repas plus sains et plus abondants, et il était réellement temps. Nous sentions, mes camarades et moi, que nos forces allaient en s'affaiblissant, et nos teints pâles indiquaient assez que nous avions eu notre part des privations de tout genre qu'avait amenées le siége.

Le 3 février, un ordre du jour du général Clément Thomas vint modifier l'organisation des compagnies de marche, en les refondant avec leurs bataillons d'origine.

Voici ce document, un des derniers signés par le général :

GARDE NATIONALE DE LA SEINE
Ordre du Jour

Un décret du Gouvernement de la défense nationale mettant fin au service régimentaire en vue duquel les compagnies de guerre de la garde nationale avaient été réunies, ces compagnies rentrent dans leurs bataillons respectifs. Elles y conserveront leur constitution, leurs cadres, leurs numéros actuels, et elles concourront indistinctement avec les compagnies sédentaires, aux services divers commandés à leurs bataillons.

Ce n'est pas sans douleur que le commandant supérieur voit la nouvelle transformation de ces phalanges civiques qui s'étaient improvisées sous le canon de l'ennemi. Une force supérieure à toutes les puissances humaines, la famine, a seule pu les arrêter dans la voie glorieuse du sacrifice. L'histoire, dégagée des excitations de la lutte, rendra pleine justice à leurs efforts.

Que les liens fraternels qui, sans distinction de position ou de fortune, les ont si étroitement unies sur les champs de bataille, s'affermissent dans les épreuves qui pourraient leur être encore réservées ; de cette union sortira le salut du pays.

Le général commandant supérieur
de la garde nationale,
CLÉMENT THOMAS.

J'appris aussi, à cette époque, la retraite de Bourbaki, et l'entrée de son armée en Suisse, et je lus avec plaisir dans les journaux parisiens les éloges donnés à ce sujet à ma patrie. Je lus entr'autres

dans le *National*, de J. Rousset, un lettre écrite
par un Français habitant Lausanne, lettre dont je
détache les lignes suivantes :

Quel dénouement, mon Dieu ! Ah ! si vous voyiez
arriver en Suisse les débris gelés de l'armée de
Bourbaki ! 80,000 hommes se sont rendus hier à la
petite armée fédérale suisse. On dit ces odieux
Prussiens furieux, et qu'ils lancent l'anathème sur
le cher petit pays que j'habite, sur cette Suisse trop
hospitalière à leur gré.
Dites bien partout, à quel point incroyable les
Suisses ont été bons et se sont sympathiquement
compromis pour nous. L'exclusion de nos forces
de l'Est, de l'armistice, est une chose monstrueuse
et révolte ici tout le monde. C'était un assassinat
organisé ! L'armée de Bourbaki fondait dans la neige
et mourait de faim....

Les autorités prussiennes permettaient les cor-
respondances avec les provinces ; mais les lettres
devaient rester ouvertes, et subissaient un arrêt à
Versailles, où elles passaient probablement devant
un conseil de censure. J'eus alors le bonheur de
recevoir des nouvelles, et de bonnes nouvelles, de
mes parents, de mes amis ; tous me parlaient du
bombardement, et je m'aperçus qu'on s'était singulièrement exagéré en province les effets des projectiles prussiens, et le nombre des victimes at-
teintes dans Paris par les éclats d'obus pendant le
bombardement. Néanmoins, le nombre des morts
est, quoique relativement faible, toujours regretta-

ble, et il importe de connaître les chiffres des pertes, et de savoir combien d'innocents ont succombé, grâce à la mesure inutile et impitoyable prise par les autorités prussiennes, au moment où Paris, succombant aux attaques du froid et de la faim, allait inévitablement se rendre.

J'enregistrerai seulement ici les pertes subies par la population civile, durant les vingt-deux jours qu'a durés le bombardement des quartiers de la rive gauche, les seuls atteints :

Le premier obus qui soit entré dans Paris a franchi l'enceinte en arrière du fort de Vanves, dans l'après-midi du 6 janvier. La première victime frappée mortellement l'a été rue Fermat, 14, derrière le cimetière Montparnasse.

Le jour qui précéda la reddition de Paris, il y eut encore 4 morts et 9 blessés, qui terminèrent cet inutile sacrifice d'existence.

En somme, Paris a perdu 31 enfants, 23 femmes et 53 hommes, soit 107 personnes tuées sur le coup. De plus, une partie des blessés, qui s'élèvent au nombre de 276, n'ont survécu que peu de temps à leurs blessures. Parmi ces 276 blessés, on compte 36 enfants, 92 femmes et 148 hommes.

Tués ou blessés, le total est donc de 67 enfants atteints, 115 femmes et 201 hommes, ce qui donne un total général de 384 personnes frappées par les obus de l'empereur d'Allemagne.

Ajoutons encore, pour compléter cette triste statistique, que les jours les plus sanglants ont été ceux du 8 au 9, du 9 au 10, du 13 au 14 et du 14 au 15, jours pendant lesquels le nombre des victimes a dépassé le chiffre de 30.

En outre, la plupart des monuments et hôpitaux situés sur la rive gauche ont reçu un ou plusieurs projectiles, qui heureusement n'ont causé que des dégâts insignifiants.

Mais la jeunesse dorée de Paris avait déjà oublié tout cela ; elle avait su d'ailleurs éviter sagement toutes les souffrances du siége, et elle avait pour le moment bien d'autres soucis. Voici, par exemple, ce qu'imprimait le *Gaulois*, au milieu du mois de février ; c'est à dire au milieu des souffrances et du deuil général, et des inquiétudes pour l'avenir :

« Voilà les beaux jours de Paris qui vont revenir avec la paix.

Déjà quelques étrangers de distinction, que la curiosité et l'habitude attirent à Paris, se demandent de quel côté ils pourraient diriger leurs attelages.

Le bois de Vincennes a beaucoup souffert ; on ne pourra pas y aller ; et *les quartiers qu'il faut traverser ne sont pas assez élégants pour qu'ils attirent le grand monde.*

Quant au bois de Boulogne, quoique les abords du bois soient fortement endommagés, il sera toujours *le centre du monde fashionable.*

Un assez grand nombre de beaux chevaux ont été conservés, les chevaux de selle ayant été répartis entre les états-majors et les éclaireurs, et les chevaux d'attelage réservés pour les ambulances.

Beaucoup de promeneurs, hier, sur l'avenue des Champs-Elysées, attirés par un beau soleil de printemps. Les équipages sont encore peu nombreux. La réquisition des chevaux de luxe a enlevé à la plupart des membres du grand monde parisien les moyens d'atteler, et l'on s'est habitué à aller à pied.... »

Pauvres gens, être forcés d'aller quelques jours à pied! c'est une véritable souffrance, n'est-ce pas? Réclamez les chevaux des ambulances, parbleu!

Comme on sent dans ces lignes la légèreté, l'insouciance et le peu de cœur des hautes classes de Paris!

D'après l'ordre du jour cité plus haut, de Clément Thomas, nos compagnies de marche du 85e devaient être réunies aux compagnies sédentaires. Cependant cette fusion n'eut pas lieu ; nous avions continué à nous réunir séparément sur la place Saint-Sulpice, et nous eûmes à monter quelques gardes ; de cinq en cinq jours notre tour arrivait de veiller aux édifices du 6e arrondissement, et nos compagnies devaient fournir ,des postes pour la mairie, pour l'Odéon, le Luxembourg, la caserne de Tournon ; cette garde durait vingt-quatre heures, et ne laissait pas que d'être très ennuyeuse. La plupart des jeunes gens riches de mon bataillon s'étaient retirés, et avaient quitté l'uniforme de garde national, se souciant peu des trente sous qui constituaient la solde journalière, et qui étaient cependant, pour un grand nombre, l'unique ressource. Le gouvernement le savait si bien, qu'il annonça que la solde serait continuée jusqu'à la reprise générale des affaires.

Notre sergent-fourrier Lefèvre, qui s'était mis au lit en revenant de Montretout, et que nous avions cru jusqu'alors atteint d'une légère indisposition, devint à cette époque sérieusement malade, et son état alla en s'aggravant jusqu'au 8 février, jour où il expira, entouré de sa mère, de sa fiancée et de ses nombreux amis. C'était, je crois l'avoir dit dans le volume précédent, un jeune homme intelligent, aimé de tous et appartenant à une famille très respectable. Sa mort nous causa un vif regret, et nous fûmes longtemps indécis pour lui nommer un successeur.

Mais notre sergent-major Berger, qui avait, pendant la maladie du pauvre Lefèvre, rempli ses fonctions et tenu ses comptes à jour, nous annonça qu'il allait partir pour une petite ville de province, et il fallut alors absolument élire un nouveau fourrier. On me proposa de remplir ces fonctions, et j'acceptai. Je fus élu à une grande majorité, et je m'occupai dès le jour suivant à mettre en ordre les états

3

de ma compagnie, dans laquelle de nombreux départs avaient lieu chaque jour.

Le gouvernement cherchait cependant à diminuer un peu l'énorme charge que lui imposait la solde de la garde nationale. A mesure qu'un garde quittait le service, il était rayé des feuilles de solde, et celui qui manquait à un seul appel subissait le même sort, si le fourrier suivait strictement les ordres donnés.

Mes nouveaux galons me dispensaient d'assister aux gardes et aux réunions journalières du bataillon, et me donnaient en outre une occupation qui me distrayait un peu. De plus, je fus aidé dans mon travail par Monaski, qui avait une jolie écriture, et qui vint m'offrir obligeamment ses services.

Cependant les élections avaient lieu, et chacun pouvait prévoir que le parti républicain avancé aurait une immense majorité à Paris. Mais tandis que la capitale allait envoyer à Bordeaux une députation de républicains énergiques, la province, elle, choisissait à plaisir tous les vieux représentants des anciens partis. Chacun pouvait prévoir que la nouvelle Assemblée nationale serait, dans sa grande majorité, hostile à Paris, hostile aux républicains et à la République. Mais les Parisiens s'en consolaient. « Ces *ruraux*, disaient-ils, sont nommés pour faire la paix ; une fois faite et signée, ils s'en retourneront

dans leurs vieux châteaux de province, et une nouvelle élection faite plus librement et à tête reposée
nous donnera la majorité.

Les nouveaux représentants de Paris étaient
choisis parmi les grands noms de la République.
Quelques nouveaux venus représentaient l'*Internationale*. Voici, au reste, la liste des députés de
Paris. On y remarquera que Jules Favre est un des
derniers, qu'aucun autre membre du gouvernement
de la défense nationale n'y figure, et qu'au contraire, les chefs des mouvements du 31 octobre et
du 22 janvier y sont largement représentés :

Louis Blanc, Victor Hugo, Gambetta, Garibaldi,
Edgar Quinet, Rochefort, amiral Saisset, Delescluze,
Joigneaux, Schœlcher, Félix Pyat, Henri Martin,
amiral Pothuau, Gambon, Lockroy, Dorian, A. Ranc,
Malon, Brisson, Thiers, Sauvage, Martin Bernard,
Marc Dufraisse, Greppo, Langlois, général Frébault,
Clémenceau, Vacherot, Floquet, Jean Brunet, Cour-
net, Tolain, Littré, Jules Favre, Arnaud (de l'Ariége),
Léon Say, Ledru-Rollin, Tirard, Razoua, Edmond
Adam, Millière, Peyrat, Farcy.

Chacun sait l'accueil qui fut fait à Bordeaux aux
membres de la députation parisienne. On connaît
l'affront fait à Garibaldi, la violence et l'intolérance
des *ruraux*, qui ne voulaient pas que le député
Floquet les appelât *citoyens*, et qui criaient :
A Charenton ! lorsque Louis Blanc prenait la parole.

Et d'ailleurs aucun de ces petits hobereaux de province ne cachait ses idées monarchiques, et Paris républicain sut bientôt que l'Assemblée de Bordeaux était son plus implacable ennemi.

Aussi les journaux parisiens s'indignèrent, et l'on put prédire dès lors avec certitude, que si l'Assemblée de Bordeaux ne devenait pas moins intolérante, et plus conciliatrice, des troubles seraient inévitables.

Les extraits suivants, tirés d'un article du *Vengeur* du 4 Ventôse (22 février) signé Henri Brissac, donneront une idée du ton des journaux avancés, à cette époque :

LES ROYALISTES DE BORDEAUX.

..... Ah ! ils osent dire « qu'il sera statué sur les institutions de la France ! » Et, pour nous donner un avant-goût de ces institutions, ils nomment Benoist-d'Azy, ils nomment de Mérode, ils nomment Saint-Marc-Girardin, ils nomment Pouyer-Quertier, et dix autres de même trempe. Ah ! ils remplissent leurs commissions de commissionnaires en monarchie, ils gouaillent Louis Blanc, quand il leur explique les rudiments de la chose, ils vociferent : A Charenton les énergumènes ! ils abritent leur royalisme au milieu des gendarmes et de baïonnettes choisies.

Le voilà donc revenu, ce dualisme des villes et des campagnes, ce monstre rural, procréateur de rois, cette lutte à outrance de la raison mûrie par le savoir contre la vie végétative sur le sillon,

ce combat perpétuel entre les hommes qui savent
ce qu'ils veulent et les ruminants qui ne savent
rien, parce que leurs maîtres ne veulent pas qu'ils
apprennent quelque chose !

Toujours le même phénomène effrayant, repro-
duit avec une rigueur mathématique, avec la
précision d'une loi naturelle. Toujours, après que
le peuple des villes a fait sa révolution, coup d'Etat
de sa conscience, arrivent d'infâmes croque-morts
pour porter la pauvre République en terre, et qui
prétendent avoir mandat.

...... Et vous, députés royalistes, vous soutenez
effrontément que vous avez qualité, mandat, pour
la lui enlever ? Où est-il votre mandat ? montrez-le
donc ! Celui que vous avez reçu est un blanc-seing,
signé par des simples d'esprit. En l'interprétant
comme vous le faites, vous les trompez, vous
commettez un abus de confiance, délit puni par
toutes les législations. Ils vous ont donné mission
de procurer le bien qu'ils désirent, ne pouvant
s'en occuper eux-mêmes, vu l'ignorance où vous
les laissez et le besoin de gagner leur pain quotidien. Ils n'ont jamais entendu vous livrer des ver-
ges pour s'en faire fouetter. Ils n'ont pas compris
ce qu'il y a sous ces mots de monarchie et de
république. Ils ne se sont pas dit que le droit électo-
ral exercé par eux-mêmes doit exister aussi pour
les générations futures ; et que vous méditez crimi-
nellement, méchamment et traîtreusement d'escro-
quer ce droit au profit d'un maître héréditaire, dont
vous avez besoin pour défendre vos propres privi-
léges. Ils n'ont pas réfléchi que, s'ils ne peuvent se
vendre, ils peuvent encore moins vendre les autres.
Les contrats extorqués d'aliénation immorale sont
nuls devant la loi, et les fripons qui les font sous-
crire sont renvoyés sur les bancs de la cour d'assi-
ses. Quelle prétendue souveraineté populaire osez-

vous invoquer, puisque, dans votre système, elle abdique à jamais ? Quel est ce souverain imbécile qui intronise un roi dont il se déclare l'éternel sujet ? qui stipule, non seulement pour lui, mais pour tout un peuple dans les siècles des siècles ?

Si jamais cerveau hanté par des chimères créa un monstre, c'est bien l'utopie royaliste. Elle règne presque partout, dira-t-on. Oui, mais elle s'évanouit à la lumière, et elle est un produit de la force, non du droit. A ce compte, l'utopie esclavagiste serait donc aussi une vérité parce qu'il y a des propriétaires d'hommes ? Odieuse hypocrisie ! La même raison est invoquée par les utopistes du sceptre et du fouet : le bien du sujet et de l'esclave.

Masque inutile que celui dont se couvrent M. Thiers et ses acolytes ! le bout de l'oreille suffit à les trahir. Ils veulent reconstituer « les conseils généraux dissous, » comme s'ils manquaient d'instruments ! Ils veulent rétablir « l'ordre troublé» comme si eux-mêmes et les Prussiens n'en étaient pas les ennemis acharnés ! Ils veulent « avec les soldats, les officiers et les généraux prisonniers, refaire une armée disciplinée, » oui, disciplinée aux d'Orléans, comme elle l'était aux Bonaparte ! une armée de prétoriens et non une armée nationale. Ils veulent « réserver la question de la forme du gouvernement» non, ils veulent préparer les voies sanglantes à une restauration ! Réserver cette question, c'est la confisquer, c'est nier le droit, c'est prononcer l'arrêt de mort du gouvernement républicain !

Mais l'homme qui veut tuer ne réussit pas toujours à être l'homme qui tue, et rien ne prouve que les poignards monarchiques, si bien affilés qu'ils soient, puissent coucher sur la terre de France le troisième cadavre de la République !

Devant les tendances monarchiques, tendances hautement avouées de la majorité de l'Assemblée nationale, le peuple parisien, rendu défiant par les revers, prit des mesures de précaution. Il avait proclamé la République, et il était résolu à ne plus la laisser escamoter de nouveau. Aussi, dès le 24 février, plusieurs centaines de délégués des bataillons de la garde nationale votèrent la résolution suivante :

La garde nationale proteste, par l'organe de son Comité central, contre toute tentative de désarmement, et déclare, qu'au besoin, *elle y résistera par les armes.*

Ces lignes devaient ouvrir les yeux aux partisans d'une restauration quelconque. On apprenait du même coup que la garde nationale venait de se fédérer, et qu'un nouveau pouvoir, le Comité central de la garde nationale, pouvoir qui allait disposer de centaines de mille hommes, allait prendre en main la défense de la République. La dernière phrase de la résolution votée était significative, et remplie de menaces. Ainsi, pendant que d'un côté les députés de Bordeaux s'entouraient des baïonnettes des soldats de l'empire et des gendarmes impériaux, les républicains de la ville de Paris, justement inquiets, déclaraient conserver leurs armes ; c'était le prélude de la future insurrection.

CHAPITRE III.

Le Comité central de la garde nationale. — Les canons de la place Wagram. — Manifestations populaires à la place de la Bastille. — Entrée des Prussiens à Paris. — Les statues de la place de la Concorde. — Les hussards prussiens. — Les gavroches de Paris. — Les drapeaux prussiens et les voyous. — Les uhlans. — Actes de sauvagerie sur la place de la Concorde. — Une citation de Châteaubriand.

Mon bataillon était resté jusqu'alors étranger au mouvement, qui avait eu pour point de départ les quartiers des Batignolles, de Belleville, de Montmartre. Mais il ne tarda pas à envoyer ses délégués aux réunions qui eurent lieu quelques jours plus tard au Waux-Hall. Chaque compagnie élut deux de ses membres, qui formèrent le Cercle du bataillon, et ce cercle envoya deux délégués choisis dans son sein, pour représenter le bataillon au Comité central.

Une des premières mesures de ce Comité fut un appel à la garde nationale, pour l'engager à éviter toute agression contre les Prussiens lors de leur entrée prochaine dans Paris, et à établir, tout autour des quartiers que devait occuper l'ennemi, une série de barricades, afin d'isoler complétement l'ennemi dans cette partie de la ville.

Malgré ces sages recommandations, il y avait tout à craindre de l'exaspération du peuple. Le 27 février, une foule armée se présenta tout à coup devant le parc d'artillerie de la place Wagram, et, forçant la consigne, pénétra dans le parc. On voulait, disait-on, soustraire aux Prussiens les pièces qui y étaient déposées. Hommes, femmes et enfants s'attelèrent aux pièces, canons et mitrailleuses, et elles roulèrent vers les faubourgs. Quelques-unes furent dirigées du côté de Montmartre, d'autres du côté de la Bastille, vers la colonne de Juillet, sur le sommet de laquelle un marin venait d'arborer le drapeau rouge ! Pendant quelques jours, d'imposantes manifestations eurent lieu sur la place de la Bastille, et l'on sentait, en parcourant ces foules émues, qu'il ne fallait qu'une étincelle pour mettre le feu au brasier. Chaque garde national portait à sa boutonnière une fleur d'immortelles, en l'honneur des martyrs dont le nom était gravé sur la colonne, et ceux mêmes qui n'avaient pas été faire leur pèlerinage à la place de la Bastille s'empressaient de prendre la décoration obligée, une fleur d'immortelle jaune ou rouge.

La veille du jour où les Prussiens devaient entrer à Paris, le 28 février, des barricades furent élevées à Belleville, et des canons furent placés sur certains points des faubourgs. Pendant ce temps, je vis des soldats de ligne, en tenue de quartier, occupés à transporter des obus et des boites à mitrailles, venant du Palais de l'Industrie, converti pendant le siége en dépôt de munitions de guerre. Ils transportaient ces obus dans une espèce d'arsenal de la rue de Grenelle. Demain le Palais de l'Industrie devait être le logement des chevaux de l'armée ennemie. Quelle humiliation pour Paris !

Le lendemain, un morne silence régnait dans les rues ; la plupart des magasins étaient fermés. Aucun journal n'avait paru. Paris était en deuil. Je résolus cependant de voir l'arrivée des troupes prussiennes, et je me dirigeai du côté des Champs-Élysées, accompagné de Villaret. Antonin me déclara que, pour sa part, il ne voulait pas assister au triomphe des ennemis de sa nation. Je compris ses scrupules, et, endossant un habit civil, je sortis avec mon compatriote.

Je transcris ici une lettre que j'écrivis le soir même à mes parents, en Suisse, lettre qui contient un récit de mes impressions de ce jour :

Paris, 1er mars, 5 h. du soir.

« Ils sont entrés comme ils l'avaient dit. Il n'y a pas eu d'opposition de la part des Parisiens, comme on aurait pu le supposer encore hier au soir. Voici ce qui s'est passé, en gros :

A dix heures, j'arrivais sur la place de la Concorde. Le quartier Saint-Honoré, que les Prussiens doivent occuper pendant quelques jours, était barré et gardé par la gendarmerie, qui empêchait tout Français en uniforme de passer. Cette consigne était très sévèrement suivie ; j'ai vu des curieux obligés de rebrousser chemin parce qu'ils portaient la casquette de garde-national, ou même parce qu'ils étaient venus en guêtres, mal dissimulées sous leur pantalon. Je remarquai place de la Concorde, que les statues représentant les grandes villes de France, avaient un masque noir sur la figure. Les Parisiens n'avaient pas voulu que les autres villes françaises *voient* l'outrage fait à la leur, et les traits de ces grandes femmes de pierre à la tête surmontée de créneaux, étaient invisibles aux soldats allemands.

Au commencement des Champs-Elysées, je vis les premiers uniformes ennemis. Un escadron de hussards prussiens, immobiles sur leurs chevaux, stationnait au milieu de l'avenue. Tout autour d'eux les gavroches parisiens riaient, couraient, sifflant inpertinemment les cavaliers, ou venant impudemment leur demander du tabac. Ces hussards étaient tous des jeunes gens, d'une physionomie agréable, et l'air sérieux. Quelques-uns souriaient, non d'un

sourire insolent, mais avec une nuance de dédain.
Près d'eux, leur lieutenant, beau garçon d'une vingtaine d'années, était descendu de cheval, et attendait, sur le trottoir voisin, l'arrivée de nouvelles
troupes. Ces hussards étaient en tenue de campagne,
et leurs vêtements n'étaient pas trop râpés.

Un groupe de femmes et d'enfants entourait l'officier de hussards, et tous faisaient leurs réflexions
à haute voix, supposant les Allemands dans la même
ignorance qu'eux à l'égard d'une langue étrangère.

Mais comme je passais près de là, j'entendis une
dame, assez bien mise, s'écrier : « Qu'ils sont sales,
ces Prussiens ! » A cette exclamation, le lieutenant
se retourna, toisa tranquillement la dame, lui jeta
un regard de dédain, presque de mépris, puis il
haussa les épaules et reprit sa première position.
La Parisienne rougit, et s'éclipsa.

Quelques pas plus loin, je rencontrai des soldats de ligne, avec le casque à paratonnerre, le
fusil à aiguille, et la capote enroulée et passée en
sautoir. Ils avaient tous un havresac en cuir rouge,
une blague à tabac qui sautillait à leur ceinture,
et de grandes bottes. Ces soldats, de haute taille,
épais, à large carrure, à cheveux blonds, portaient
sur leurs visages le type accentué de la race ger-
manique. Au premier abord, il est facile de distinguer, aux traits seuls, un soldat allemand d'un soldat français. Cette différence est moins frappante

chez les officiers. Tous ceux que je vis ce jour-là
— et j'en vis par centaines, et de tous les corps —
n'avaient pas ce que j'appelle le type allemand.
Quelques-uns avaient des traits français, d'autres
pouvaient être pris pour des Anglais, ou des Rus-
ses. Presque tous les officiers allemands que je
vis témoignaient, tant par leur air que par leurs
manières, qu'ils étaient instruits et polis.

Tout en remontant les Champs-Elysées, j'exami-
nais avec soin tous les nouveaux uniformes qui se
présentaient à chaque instant. Il y avait des uhlans
prussiens et bavarois, des hussards de la mort, des
cuirassiers blancs, mais en petit nombre, et qui s'é-
taient échelonnés sur tout le parcours des Champs-
Elysées. Des patrouilles de soldats de ligne son-
daient les rues voisines, et visitaient les maisons
qui devaient recevoir les troupes d'occupation. Ces
patrouilles étaient en général commandées par un
sergent, qui avait beaucoup de peine à trouver l'endroit désigné. Je vis un de ces sergents, qui savait
un peu de français. s'adresser inutilement à une
vingtaine de personnes, fort poliment ; tous les
Français à qui il s'adressait lui tournaient le dos.
ou lui désignaient une rue opposée à celle qu'il demandait. En voyant le calme et la modération de
ces bons Germains, je me demandais si les Français, entrant à Berlin, en auraient agi de même, et
auraient supporté les insultes ou les railleries aussi

patiemment, et avec tant de modération vis-à-vis du vaincu.

Il était onze heures, et j'étais arrivé près de l'Arc-de-Triomphe de l'Etoile. Le corps d'armée prussien n'apparaissait pas ; seulement les patrouilles devenaient plus fréquentes, et plusieurs compagnies stationnaient de distance en distance, les fusils en faisceaux, le sac à terre, et la pipe à la bouche. — L'Arc-de-Triomphe avait un air piteux ce jour-là ; les belles sculptures de Rude étaient restées voilées par des planches, depuis le bombardement, et les Parisiens n'avaient eu garde de les découvrir pour la solennité allemande. De plus, des chaînes, des fossés, des tas de terre devaient empêcher l'ennemi de passer sous l'Arc, et il devait se contenter de passer à sa gauche ou à sa droite.

En me retournant du côté de la place de la Concorde, je constatai que, sur toute la longueur de cette immense avenue, le public parisien était, somme toute, relativement peu nombreux, et j'en fus bien aise. Paris était donc convenable. Un morne silence régnait dans la plupart des rues, presque tous les magasins étaient fermés, et aucun journal ne devait paraître pendant l'occupation, de l'accord unanime des journalistes. Une quantité de maisons, surtout autour de l'Arc, étaient fermées, et avaient arboré en grand nombre les drapeaux américains, suisses, italiens. Peu à peu cependant, la place où j'étais se garnit de monde ; de nombreuses bandes de ces insupportables gamins parisiens, sales et déguenillés, firent leur apparition, sifflant les soldats ennemis, ou bien se fourrant dans leurs groupes, et leur demandant du feu ou du tabac. Des ouvriers français, en blouse, considéraient aussi les soldats ennemis ; les uns tristes, courroucés, refusaient froidement de leur donner aucun renseignement ; les autres, gais et souriants, se moquaient des soldats, de leur tenue, les persifflant agréablement. Si ces braves Allemands avaient compris le quart de ce qu'on disait autour d'eux, ils auraient fini par s'en vexer.

— Quel air bête ! disait un ouvrier à son camarade, en désignant un groupe de soldats prussiens au repos.

— Faut-il qu'on ait été trahis pour avoir été battus par ces vieux lourdauds ! disait un autre.

— Je voudrais savoir s'ils ont mis toutes les pendules qu'ils nous ont volées dans leurs petits sacs ? ajoutait un troisième.

Pour moi, je considérais ces grandes et honnêtes figures, et leur équipement si simple, et j'étais convaincu qu'on avait bien surfait, bien exagéré tout ce qu'on avait mis sur leur compte. Malgré la rancune que je leur gardais depuis l'affaire de Villemonble(1), je ne pouvais sans injustice les rendre tous responsables d'un acte de brigandage, et j'avais trop vu de scènes de pillage chez les soldats français, pour laisser mettre sur le dos des Allemands tous les objets disparus.

Cependant, comme l'armée ennemie n'arrivait pas, j'allai me promener jusqu'aux remparts, et, sortant par la porte Maillot, je visitai les environs, et les travaux de défense. Je vis encore là des officiers allemands, à cheval, qui s'adressèrent en bon français, et avec une politesse parfaite, aux promeneurs parisiens ; mais ou ils n'obtinrent aucune réponse, ou ils furent accueillis par des rires et des moqueries, ce dont ils ne se fâchaient nullement. Etonnés au premier abord, ils reprenaient de suite leur sang-froid, et s'en allaient en murmurant : « Ce sont bien des Français ! »

Vers les trois heures de l'après-midi, une rumeur sourde m'annonça que l'armée d'occupation allait enfin apparaître. Des voitures bizarres arrivaient de Versailles, et s'arrêtaient près de l'Arc-de-Triomphe ; j'en vis descendre des officiers vêtus en bourgeois, coiffés seulement d'une casquette plate, sur le devant de laquelle se voyait une petite cocarde noire et blanche. Plusieurs d'entre eux étaient accompagnés de dames allemandes, ce que je trouvai de très mauvais goût.

(1) Voir les *Souvenirs d'un Franc-tireur*.

Le soleil brillait dans tout son éclat. Je m'étais posté près de l'Arc-de-Triomphe, pour deux raisons : d'abord, être bien placé pour voir le défilé, puis ensuite pour observer sur la figure des soldats et surtout sur celle des officiers l'effet produit par la vue des noms gravés au haut du monument de la gloire militaire des Français. Chose curieuse, du côté de l'avenue de Neuilly, par où les Allemands devaient faire leur entrée triomphale, se trouvaient justement les noms suivants, au-dessus du cintre :

FRIEDLAND, WAGRAM, IENA, LUTZEN, BAUTZEN, DRESDE.

Bientôt j'entendis le bruit des tambours et des musiques militaires, puis je vis apparaître deux têtes de colonne, l'une prussienne, arrivant par l'avenue de Neuilly, l'autre bavaroise, et qui suivait l'avenue de l'Impératrice. Arrivés devant l'Arc, les Prussiens tournèrent à gauche et les Bavarois à droite. Plusieurs régiments de ligne défilèrent, musique en tête. Mes voisins riaient et se moquaient.

— Quelles binettes ! sont-ils sales ! s'écriaient-ils.

Les Prussiens n'avaient pas, en effet, mis des habits neufs pour faire leur entrée dans la « capitale du monde civilisé, » comme les journaux l'avaient annoncé, et en cela ils avaient eu raison. Ils portaient leurs habits de guerre, qui attestaient leurs marches et leurs combats. Les vêtements des soldats français sont encore brillants, surtout dans la garde nationale ; ils sont presque neufs, mais aussi quel résultat !

Pendant les premières minutes du défilé, des centaines de gamins, postés au bas de l'Arc, sifflèrent sans interruption les Prussiens, qui n'en continuèrent pas moins impassiblement leur marche. Au bout de dix minutes, les siffleurs se lassèrent. C'est fatigant de siffler une armée de 50,000 hommes. Les gamins se contentèrent de se moquer et de huer de temps en temps. J'entendais dire, avec cet accent bien connu du voyou parisien :

— Oh ! la ! la ! Regarde moi c'te binette ! Qui est-ce qui m'en passe une tranche ?

Puis quand un officier mal monté, ou en costume tant soit peu bizarre, venait à passer devant eux, c'étaient des rires inextinguibles.

Chaque régiment défilait devant moi, et je vis alors les drapeaux noirs et blancs, flotter au milieu des rangs serrés. Je dis « flotter, » mais c'est une figure. La plupart de ces drapeaux étaient terriblement lacérés par les balles ; d'autres n'avaient plus que la hampe et les clous. Je vis alors une plaisante méprise. Un bataillon passait avec son drapeau, dont quelques lanières noires et blanches indiquaient la nationalité ; les voyous le huèrent. Le

commandant, à cheval, prenant ces huées pour des
acclamations, sourit et salua gracieusement. Nouvelles huées, et nouveau salut du commandant.

Partout une grande discipline ; pas un mot dans
les rangs ; les soldats défilaient rapidement ; toutes
les bottes ne frappaient qu'un coup. Leurs casques
et la monture de cuivre de leurs fusils brillaient au
soleil, et leurs sacs rouges, quelque peu pelés,
semblaient avoir été brossés avec soin. Tous portaient, comme ceux que j'avais vus le matin, une
énorme blague à tabac, qui sautillait à leur ceintu-
ron ; ils avaient l'air bonasse, un peu ennuyé, et
pas glorieux. Les officiers, jeunes pour la plupart,
avaient un air distingué, et me semblèrent appar-
tenir à l'aristocratie. Souriant dédaigneusement
aux propos sales des voyous, ou aux observations
des bourgeois qu'ils comprenaient, ils passaient,
saluant leurs collègues, et regardant la colonne
de l'Arc-de-Triomphe d'un air de connaissance. Il
était difficile de lire sur ces figures impassibles.
Dans les moments d'arrêt qui se produisaient de
temps en temps dans la marche des troupes, j'entendais les soldats qui étaient à deux pas de moi,
lire à haute voix : *Lutzen*, *Bautzen*. Mais pas un
sourire, pas une expression sur leurs placides
figures. Quelle différence de race quand on la com-
pare à la race gauloise !

Ce fut vers le milieu du défilé que, escorté d'officiers d'état-major, je vis arriver un vieillard à cheval, portant plusieurs décorations sur sa poitrine, à gauche, et une croix brillante à droite ; ses traits, ses favoris, sa figure rouge, me rappelèrent une photographie bien connue, et qui ne manquait pas à Paris. L'impression de mes voisins et voisines fut semblable, car ils s'écrièrent : C'est le roi Guillaume ! Je crus en effet voir le nouvel empereur, et ce ne fut que le soir que j'appris qu'il n'était pas venu à Paris ; le personnage que je vis ce jour-là, qui ressemblait à l'empereur d'Allemagne, devait donc être simplement un des hauts dignitaires de l'armée ; sur son passage, les officiers le saluaient respectueusement.

L'artillerie parut. Je crus comprendre de suite la supériorité prussienne, et en quoi elle résidait. Les canons, simples tubes d'acier, se chargeant par la culasse, étaient traînés par six chevaux, et six grands chevaux de course, au lieu des quatre petits chevaux de l'artillerie française. Ces batteries, ainsi attelées, pouvaient se porter sur un point avec la rapidité de la cavalerie, et gravir même des collines en peu de temps.

Profitant d'un arrêt momentané, je traversai les rangs prussiens, et j'allai examiner le défilé des Bavarois. Je vis les chasseurs, armés de fusils d'un système à moi inconnu, et coiffés d'un casque à énorme chenille verte. Même pladicité que chez les

Prussiens ; même artillerie. Je vis passer leurs uhlans, portant au bout de leurs lances de petits drapeaux en soie bleue et blanche, dont la fraîcheur indiquait qu'ils étaient mis pour la circonstance. C'était un joli coup d'œil que ces escadrons e uhlans, la lance droite, et défilant au petit trot, le soleil se jouant sur leurs casques et leurs petits drapeaux.

A six heures et demie, l'armée allemande d'occupation était tout entière dans Paris, et je repris le chemin de la maison. Je pus voir, sur tout le parcours des Champs-Elysées, les canons rangés en bon ordre, et les uhlans et les hussards attacher leurs chevaux aux arbres de l'avenue. Les bataillons bivouaquaient, et les soldats fumaient tous dans leurs immenses pipes. Devant le Palais de l'Industrie, une musique jouait des airs nationaux allemands.

En traversant la place de la Concorde, je vis un triste spectacle. Une centaine d'individus, les uns en blouse, d'autres fort bien habillés, entouraient en hurlant une malheureuse femme, coupable, paraît-t-il, d'avoir parlé à un Prussien. Les injures, les coups ne lui étaient pas épargnés. Cette femme était à demi nue, et les cris féroces de : A la Seine ! me rappelèrent les bons temps du siége. Les Prussiens, impassibles, considéraient ce spectacle horrible, et il fallut l'intervention des gendarmes français, postés sur le pont de la Concorde, pour délivrer cette malheureuse, et empêcher les furieux qui la maltraitaient d'exécuter leurs menaces. Des scènes identiques avaient lieu un peu plus loin, et d'honnêtes femmes subirent, paraît-il, d'indignes violences. Je me suis souvent rappelé, en voyant tant de fois ces hommes, et même les femmes, transformés en bêtes féroces, un passage de Châteaubriand, dans lequel il dit, après avoir loué la douceur des paysans allemands :

« De tous les peuples, les Français sont les plus inhumains ..... la férocité du Gaulois nous est restée ; elle est seulement cachée sous la soie de nos bas et de nos cravates. (1) »

Je suis loin de prétendre que Châteaubriand soit complétement dans le vrai ; j'ai admiré bien souvent à Paris, surtout chez les ouvriers, la bonté du cœur et la générosité qui leur semble naturelle ; mais quoiqu'il en soit, le fanatisme politique ou religieux, la violence et la mobilité des passions peuvent les pousser à tous les excès, et on ne trouve chez nul autre peuple des Saint-Barthélemy, des dragonnades, des noyades, des massacres de septembre, des terreurs rouges ou blanches, des orgies de soldats, et enfin des massacres pareils à ceux que Paris vient de voir récemment, et qui

(1) *Mémoires d'Outre-tombe*, T. V. p. 370.

l'ont fait ressembler pendant huit jours à un vaste charnier. Ces grandes orgies de sang sont, il faut l'avouer, particulières à la race gauloise, et sembleraient confirmer les affirmations du grand littérateur français.

CHAPITRE IV.

La loi sur les échéances. — Mécontentement du peuple. — Un
article du *Père Duchêne*. — La *Carmagnole*. — Chanson sur
le général Trochu. — Halte au falot ! — Une entrevue à Versailles.

Il semblait que, plus la situation à Paris était ten-
due, plus l'Assemblée de Bordeaux essayait d'ajouter à
cette tension, à cette effervescence. Le mécontentement populaire était à son comble ; les ouvriers et
les petits bourgeois avaient appris avec stupeur le
vote de la loi sur les échéances, loi qui allait causer la ruine de milliers de petits négociants. En effet, à peine au sortir des misères du siége, et sans
attendre que le travail reprît, les effets de commerce échus du 13 août au 12 novembre 1870,
étaient exigibles dès le 13 mars, sept mois, date
pour date, après l'échéance inscrite aux titres. Aussi
les protêts s'élevèrent, dit-on, à 250,000, pendant

les trois jours qui suivirent le 13 mars, première date fatale pour les effets.

De leur côté, beaucoup de propriétaires mettaient à la porte leurs locataires insolvables, et une quantité de malheureux étaient forcés de recourir aux Mairies pour obtenir un petit logement. Tous ces propriétaires impatients et sans pitié, étaient signalés, il est vrai, dans les colonnes des journaux populaires, mais ils s'en inquiétaient peu. Pendant ce temps, aucune mesure n'était prise à l'égard des loyers par l'Assemblée, qui s'occupait pour lors à décapitaliser Paris, autre grief, en allant siéger à Versailles.

Une quantité de petits journaux venaient d'apparaître, et circulaient dans les masses. Ces journaux, rédigés par des écrivains inconnus, mais dont la plume savait remuer les passions populaires, eurent un énorme succès. J'aurai du reste l'occasion de publier, dans le courant de mes récits, un article de quelques-uns des journaux de cette époque.

Le *Père Duchêne*, petit journal quotidien, paraissant en 8 pages grand in-8, contenait chaque jour des articles virulents, écrits avec force gros mots et jurons. Ce journal était fort répandu, et son style bizarre, quoique grossier et émaillé d'épithètes saugrenues, amusait le public parisien.

Voici ce que le *Père Duchêne* publiait, par exemple, à propos de la loi sur les effets de commerce :

(J'invite mes prudes lectrices à sauter cette citation et la suivante.)

Le Père Duchêne a dit sa pensée sur le projet
des j...-f..... de l'Assemblée nationale d'enlever
à Paris son titre de capitale, et maintenant que
l'honneur, f.....! est satisfait, asseyons-nous, bu-
vons un coup, et du rouge! et causons de nos affaires.

Voici donc ce qui a fait loucher le Père Duchêne
dans ce f.... décret qui a été présenté à l'Assemblée, relativement aux billets de commerce, par ce
grand gueusard de Dufaure qui a traîné ses guêtres
dans les anti-chambres de tous les gouvernements
présents, passés et futurs.

C'est l'article 2 qui dit :

« Tous les effets de commerce échus du 13 août au
12 novembre 1870, seront exigibles sept mois, date
pour date, après l'échéance inscrite aux titres avec
les intérêts depuis le jour de cette échéance.

» Les effets échus du 12 novembre 1870 au 12
avril prochain seront exigibles, date pour date, du
13 juin au 12 juillet.

» Ces dispositions sont applicables aux effets qui
auraient été déjà protestés ou suivis de condamnations. »

Comment, f.....! AVEC LES INTÉRÊTS!

Ce n'est pas assez que malgré le b..... de pétrin
où nous nous trouvons on exige le payement de
tous ces billets accumulés qu'on ne pourra jamais
rembourser, mille tonnerres, quand le diable y
serait, — ou ces j...-f..... d'huissiers qui sont
ses cousins germains!

Il faut encore qu'on paye les intérêts de ces bil-
lets-là!

Mais, f.....! c'est inouï!

On veut donc ruiner le commerce, et que les petits boutiquiers mettent la clef sous leurs portes
et s'en aillent casser des pierres sur les grandes
routes ?

Mais f....., ce Dufaure, ministre de la justice,
qui n'entre que dans sa soixante-quatorzième année — on n'aime pas les têtes à perruque chez nous,
non ! c'est que je danse ! — est donc complétement
ramolli !

Il a donc aussi peu de cervelle que de cœur, ce j...-
f..... qui après s'être usé le nez contre le parapluie
de Louis-Philippe a essayé de se draper dans les
plis du drapeau de la seconde République, et qui
s'en est ensuite allé à l'Elysée astiquer les éperons
du président !

Ah ! f..... ! à quel cénacle de gâteux sommes-
nous encore livrés, et comme il faut que le Père
Duchêne ouvre l'œil plus que jamais.

Je vous demande un peu s'il ne faut pas être plus
bête que le j...-f..... Ferry lui-même, pour vouloir que les pauvres boutiquiers et commerçants
paient l'intérêt des billets échus !

Mais avec quoi, encore un coup !

C'est toujours la même histoire que pour les
loyers !

Depuis tantôt huit mois, qu'avons-nous fait ?
qu'avons-nous échangé ? qu'avons-nous vendu ?

Mais, j...-f..... de Dufaure, le commerce est
ruiné, et quand le boutiquier de Paris ouvre sa
bourse, il n'y voit dedans que le diable !

La plupart des petites industries qui vivaient surtout de la présence de l'étranger à Paris, où en sont-
elles ?

Quels bénéfices ont-elles réalisés ?

Hélas ! ce sont leurs épargnes qui s'en sont allées
en eau de boudin, — et les bijoux des femmes, et
le plus beau du linge, et tout ce qui avait quelque

valeur a pris le même chemin que les outils du prolétaire :

Le mont-de-piété est bourré jusqu'au grenier !

On aurait déjà bien de la peine à payer le capital.

La plupart auraient besoin de renouvellements :

Et beaucoup qui se sont montrés bons patriotes et qui ont fait le coup de feu et supporté pour la République tout cet abominable siége, beaucoup auraient le droit d'exiger qu'on fût coulant avec eux !

Mais pas du tout !

Les pauvres b...... de boutiquiers peuvent s'arranger comme ils voudront !

Il ne faut pas que le capital y perde !

Mille tonnerres ! la propriété financière a maintenant, quoique de noblesse plus récente, toutes les prétentions de la propriété terrienne !

La propriété ! céder quelque chose de ses droits !

Ah ! ah ! laissez le Père Duchêne desserrer la boucle de son haut de chausses pour qu'il puisse rire à son aise !

La propriété est affolée, cette mourante a le délire, et la maladie mortelle dont elle est atteinte, explique les exigences fantastiques qu'elle ose encore montrer à cette heure !

Allons, pauvres b...... !

Faites votre valise !

Dites à la femme de mettre sur elle tout ce qu'elle pourra, dites aux enfants que vous allez « faire un voyage, » et laissant coller sur la porte de votre magasin déshonoré les affiches annonçant la vente forcée, par autorité de justice, de ce que vous avez passé votre vie à acquérir, allez trouver le peuple et demandez-lui si le socialisme est, oui ou non, le salut pour tout le monde.

Allez !

Le peuple vous affirmera sa' foi dans la Révolution !

Viens avec nous, ô boutiquier !

Notre cause est la même, c'est celle du travail et de l'honnêteté contre le parasitisme et l'agiotage !

Viens, tu seras bientôt converti !

Et ce jour-là nous partirons bras dessus bras dessous, le front haut et le cœur libre, et nous arracherons des murs l'affiche infâme qu'on y colle à cette heure et qui annonce ta faillite !

La *Carmagnole* était plus gaie, mais d'une gaieté fauve, et elle invitait très sérieusement « les bons ventrus à qui son titre déplaisait de ne plus la déchirer sur les boulevards, » car, « si la Carmagnole n'est pas le rire qui menace, elle est peut-être le rire qui avertit. Ainsi, messieurs, qui avez bien dîné, ne la brûlez plus sur le boulevard. C'est bête. On vous laisse lire le *Figaro*, n'est-ce pas ? » C'était à la date du 24 février que la *Carmagnole* donnait cet avertissement.

Ce journal publiait en tête de chaque numéro, une chansonnette ; en voici un échantillon, qui ne manque pas d'esprit :

> Monsieur Trochu avait promis, (*bis*)
> Avec son plan d'sauver Paris : (*bis*)
> Mais il n'comptait vraiment
> Qu'sur les départements.
> Dansons la carmagnole,
> Vive le son, vive le son.

Dansons la carmagnole,
Vive le son du canon.

—

Quand Trochu en main nous eut mis (*bis*)
Beaucoup d'canons, beaucoup d'fusils, (*bis*)
Il nous dit : Je n'peux pas
Sortir, y a trop d'verglas.
Un plus rude à sa place,
Vive le son, vive le son,
Eût pissé sur la glace,
Vive le son du canon.

—

Monsieur Trochu ayant promis (*bis*)
De n'jamais rendr' les clefs de Paris, (*bis*)
Pour pas trahir sa foi
Les fait rendr' par Vinoy.
Pour se r'nier sans s'dédire,
Vive le son, vive le son,
C'est comm'ça qu'on s'en tire,
Vive le son du canon.

—

Quand monsieur Trochu fut au bout, (*bis*)
Il dit en r'venant d'Montretout : (*bis*)
« Paris s'rait débloqué.
« Mais Gen'viève a manqué.
« Que l'diable emport' ma vierge, »
Vive le son, vive le son,
« Je m's'rai trompé d'un cierge. »
Vive le son du canon.

L'article ci-dessous, intitulé « *Halte au falot !* »
résume tous les griefs de la population parisienne
contre les différents membres du gouvernement
de la défense nationale, et à ce titre, je ne crois pas
inutile de le citer :

Sur la route de Bordeaux :

— Halte-là... Qui vive ?,..

— Jules Favre.

— Avance au mot de ralliement !

— République !... J'ai pleuré en allant à Ferriè-res, j'ai pleuré à Ferrières, j'ai pleuré en revenant de Ferrières. Cinq mois après, j'ai pleuré en allant à Versailles, j'ai pleuré à Versailles, j'ai pleuré en revenant de Versailles. Je voudrais, en pleurant aller pleurer à l'Assemblée de Bordeaux.

— La République n'a que faire d'un Danton éplu-chant des oignons... Au large !...

*

* *

— Halte-là ?... Qui vive?....

— Trochu.

— Avance au mot de ralliement !...

— Comte de... Je veux dire République.

— Tu as là, citoyen, un mauvais bégaiement. Parle.

— Breton de naissance, chrétien par tempéra-ment, lardé de décorations par l'empire ; j'ai fait tout ce qu'un royaliste peut faire pour sauver une République. J'ai eu contre moi le verglas en dé-cembre ; on ne pouvait pas prévoir ça. J'ai fait trente-trois proclamations d'un triste odéonien ; el-les n'ont pas enlevé l'armée, c'est à déjouer toutes les prévisions. J'ai placé Paris sous la protection de sainte Geneviève. Bismark en a ri comme un bossu ; ce n'est pas de ma faute s'il ne se fait plus de miracles. Du reste, honnête homme, je n'ai jamais manqué à ma parole. J'ai dit aux Parisiens : Le gouverneur de Paris ne capitulera pas, et j'ai fait capituler Vinoy. J'ai dit que je me ferais sauter la cervelle, et je me suis fait sauter celle de Bour-baki. Je demande à aller à Bordeaux expliquer ma conduite, et prouver à la France qu'elle ne fera ja-

mais rien avec des soldats qui ne communieront pas
pas au moins deux fois par jour.

— La République n'a que faire des Dumouriez
qui commencent comme il a fini... Au large !...

*
* *

— Halte-là !... Qui vive ?...
— Thiers.
— Avance au mot de ralliement.
— République... J'ai finassé à Londres, j'ai finassé
à Vienne, à Pétersbourg, à Versailles ; malgré mon
sourire fin, toutes les cours étrangères m'ont roulé,
et si je me suis efforcé de ne pas faire craindre aux
rois la simili-République de 1870, j'ai réussi également à ne pas la leur faire respecter. Je désire
aller finasser à Bordeaux, puisque je ne suis bon
qu'à ça.

— La République n'a que faire des sourires fins
des vieux diplomates ratatinés ; toute la diplomatie
d'un Républicain consiste à tendre la main aux
peuples et à montrer le poing aux rois. Au large !...

*
* *

— Halte-là !... Qui vive ?...
— Ernest Picard.
— Avance au mot de ralliement '...
— République.
— Comme tu dis ça drôlement.
— Disciple et ami d'Ollivier, je lui emboîtais le pas,
Sedan m'a barré la route. Admirateur de Morny, j'ai
cherché le côté du manche, je le cherche encore
et j'espère le trouver à Bordeaux. Ventru, lippu,
repu, je n'ai jamais été bien féroce pour les Prussiens ; mais j'ai trouvé le 31 octobre une énergie
rare contre Flourens ; c'est moi qui ai organisé la
victoire de l'Hôtel-de-Ville. Si l'on m'avait écouté,
on aurait capitulé trois mois plus tôt.

— La République n'a que faire d'un Vergniaud essoufflé. Au large !...

* *

— Halte-là !... Qui vive ?...
— Jules Ferry.
— Avance au mot de ralliement.
— République.
— Tu dis ça sans rire ?.,.
— J'ai organisé les bronchites aux portes des boucheries, j'ai pensé, au cœur de l'hiver, qu'il serait peut-être temps de songer à donner des ordres pour que l'on s'occupât d'examiner s'il n'y aurait pas lieu de prendre une mesure pour préparer des projets de coupes de bois. J'ai saisi juste le moment où il n'y avait presque plus de pommes de terre pour les réquisitionner, ça en a fait quintupler le prix ; plus tard j'ai levé la réquisition, ça a été la même chose. Quand tout Paris a eu acheté du sucre à trente-deux sous la livre, j'ai fixé un prix maximum de vingt sous; ça a fait vendre ce qui restait en cachette à quarante sous. J'ai tout fait pour affamer, altérer, amaigrir et ruiner toute la population, mais j'ai déclaré dans plus d'une proclamation qu'elle avait été admirable de dévouement.
— La République n'a que faire d'un Pétion qui ne trouverait pas douze cents francs d'appointements dans la quincaillerie. Au large !...

* *

— Halte-là !... Qui vive ?...
— Pelletan, Garnier-Pagès, Arago, etc., etc... ,s .
— Avancez au mot de ralliement.
— République !...
— Vous osez prononcer ce mot !... Vous tous qui avez livré ou aidé à livrer la France par mollesse,

5

par impuissance, par incurie, par manque de foi !...
Vous deviez proclamer la République après Wissem-
bourg ; vous avez eu peur des Cassagnacs, et vous
avez attendu Sedan. Le 4 septembre, la main forcée
par le peuple, vous l'avez proclamée ; mais si timidement... vous en rougissiez presque. A peine l'a-
vez-vous eue cette robuste fille au regard hardi, au
geste superbe, vous lui avez dit :

— Cachez tout cela, mon enfant !... baissez les
yeux, croisez les mains, tournez vos pouces ; nous
allons vous faire conduire dans le monde.

Et vous l'avez fait traîner par un petit vieillard
monarchiste aux pieds de tous les trônes de l'Europe.

Elle pouvait faire trembler les rois ; vous l'avez
si bien affublée qu'elle les a fait rire.

Elle pouvait être un astre et aveugler les tyrans ;
vous en avez fait une veilleuse à laquelle ils ont allumé leur cigarette en ricanant.

Au large !... impuissants, vous aviez un outil terrible ; vos mains débiles n'ont pas seulement pu
le soulever.

Au large !... mauvais citoyens... Ce levier irrésistible que vous n'aviez pas la force de manœuvrer, vous n'avez pas voulu le laisser toucher à
d'autres plus vigoureux, qui eussent avec lui bous-
culé tous les trônes à mille lieues à la ronde.

Au large !... au large !... exploiteurs de fausses
enseignes, républicains sirupeux, la République
n'a que faire de vos tisanes débilitantes ; elle veut
être traitée au fer.

Au large ! au large !... au large !...

*
* *

— Halte-là !... Qui vive ?...
— Gambetta.
— Avance au mot de ralliement.
— La République ou la mort !...

— Qu'as-tu fait, que veux-tu faire pour elle ?

— Ils la croient morte, je crois qu'elle respire encore, ma foi en elle est mon seul mérite.

— Passe, citoyen.

De tous les membres du défunt gouvernement, Jules Favre était le plus détesté de la *Carmagnole* ; je lus dans un autre numéro, l'article sarcastique suivant, intitulé :

UNE ENTREVUE A VERSAILLES.

I.

BISMARK, *furieux*. — Savez-vous bien, monsieur Jules Favre, que je suis fort mécontent.

JULES FAVRE. — Son Excellence m'étonne, nous faisons tout notre possible pour lui être agréables... En ce moment encore, on fond tout le bronze disponible à Paris afin de le remettre à son Excellence sous forme de pièces de 7 rayées.

BISMARK. — Assez... pas d'observations... D'ailleurs, il ne s'agit pas de cela... Un esprit funeste anime votre capitale... Prenez garde, monsieur, vos républicains feront tant qu'ils lasseront ma patience.

JULES FAVRE. — Croyez, Excellence, qu'ils me gênent au moins autant que vous.

BISMARK, *se montant*. — Savez-vous bien, monsieur, que je puis laisser vos Parisiens mourir de faim ?

JULES FAVRE. — Je le sais, Excellence !

BISMARK. — Et ensuite, que je puis les foudroyer tous en dix heures.

JULES FAVRE. — Oh ! Excellence, une fois qu'ils seraient morts de faim, ça leur serait peut-être égal.

BISMARK. — Assez, monsieur, je n'aime pas ce

genre de plaisanteries ; si j'ai dit une bêtise j'en ai le droit, je suis vainqueur.

JULES FAVRE. — Oui, Excellence.

BISMARK. —. Je me résume, monsieur, je veux que tout se passe en France avec le plus grand ordre ; je ferai lancer sur Paris cinquante obus à pétrole par calembour que se permettra M. Rochefort à l'assemblée de Bordeaux.

JULES FAVRE. — Oui, Excellence.

BISMARK. — Ensuite, au premier cri de vive la République ! qui sera poussé dans n'importe quel coin de la France, j'arrête le ravitaillement de Paris. Allez ! j'ai dit.

JULES FAVRE, *sortant*. — Oui, Excellence.

BISMARK, *rappelant Jules Favre dans l'escalier.* — Ici, monsieur.

JULES FAVRE . — Qu'y a-t-il pour le servi ce de Son Excellen ce ?

BISMARK. — C'était pour que vous fermiez votre porte.

II.

JULES FAVRE *seul dans son coupé sur la route de Sèvres.* — Oh ! misères ! humiliations ! je pleure en dedans et je bois mes larmes !

LE VENT *soufflant par la fente de la portière.* — C'est le sort de ceux qui dédaignent les peuples d'être humiliés par les rois.

III

Dans son cabinet, Jules Favre dicte à son secrétaire une lettre destinée aux journaux :

« M. Jules Favre a eu aujourd'hui une longue «entrevue avec le grand-chancelier d'Allemagne, «qui l'a beaucoup félicité sur l'attitude de la popu- «lation parisienne pendant le siège. Discutant pied à «pied le terrain avec une grande autorité, M. Jules

«Favre a amené M. de Bismark à d'importantes
«améliorations dans les conditions de l'armistice.»

IV

LES LECTEURS PARISIENS, *à la vue de cette note.*
— As-tu fini ?

Ces quelques citations peindront le journal ; dans
un prochain chapitre, je reviendrai sur d'autres
feuilles qui eurent quelque influence sur les
masses pendant la période révolutionnaire. Je
reviendrai aussi sur le *Père Duchêne*, qui eut plus
d'importance par son langage violent qu'on ne l'a
supposé généralement.

CHAPITRE V.

Nouveaux détails sur l'affaire du 22 janvier. — Lettre des délégués du XIII⁰ arrondissement. — La fédération républicaine de la garde nationale. — Statuts. — Le Comité de la rue des Rosiers. — La place de la Bastille. — La paix ! du *Cri du Peuple.*— *L'Univers* et M. Jules Favre. — L'horizon devient sombre.

J'ai raconté, dans la première partie de ces *Souvenirs*(1) comment, le 22 janvier, les émeutiers étaient venus attaquer l'Hôtel-de-Ville. N'ayant pas été témoin oculaire de cette triste journée, qui précéda de peu la capitulation, je l'ai décrite à grands traits, sur la foi des principaux journaux, inspirés par le gouvernement. Mon devoir de narrateur impartial m'oblige maintenant à revenir sur cette question. Le jour qui suivit celui de l'entrée des Prussiens à Paris, je trouvai dans le *Cri du Peuple*, de Jules Vallès, n° du 28 février, la lettre suivante, qui montrait l'affaire du 22 janvier sous un nou-

(1) Page 226.

veau jour, et il importe de la connaître. Voici cette lettre :

Paris, 26 février 1871.

Citoyen rédacteur,

Dans l'intérêt de la vérité comme dans celui des prisonniers, nous croyons de notre devoir de porter à la connaissance du public les renseignements suivants sur les faits qui se sont passés le 22 janvier à l'Hôtel-de-Ville.

Les citoyens du treizième arrondissement qui se sont rendus sur la place, étaient convoqués pour une manifestation pacifique, dans le but d'obtenir la levée en masse et le rationnement gratuit de tous les défenseurs de Paris.

Il n'y a dans ces faits aucune préméditation capable de faire croire que nous étions disposés à nous servir de nos armes. Et il y aurait eu folie, à 300 au plus que nous étions armés, à provoquer nos adversaires.

Nous avons défilé, la crosse en l'air, devant l'Hôtel-de-Ville, en demandant la Commune et le combat à outrance. Cri unanimement répété par tous les citoyens sans armes, et ils étaient nombreux, qui garnissaient la place.

C'est à ce moment que les portes de l'Hôtel-de-Ville se sont ouvertes pour vomir la mort sur le malheureux peuple si naïf et si confiant.

Nous avons beau chercher, nous ne trouvons aucun terme pour flétrir le crime qu'a commis le gouvernement de la défense nationale. La conscience se révolte et refuse de croire à de pareils outrages contre toute justice et humanité, s'ils n'étaient attestés par les malheureuses victimes. C'est au nom de ces malheureuses victimes qui voulaient répandre leur sang pour l'honneur de la

France et la délivrance de la patrie que nous vous prions, citoyen rédacteur, d'insérer la présente rectification aux faits énoncés par l'*Officiel* et les journaux officieux.

Les *délégués du treizième arrondissement*,

Danezan Jean, rue du Moulin-des-Prés, 16.

Eugène Soyeux, avenue de Choisy, 103.

Auguste Beauchery, avenue de Choisy, 165.

Martial Tardif, avenue d'Italie, 18.

Richard, boulevard d'Italie, 25.

Limousin, rue des Cinq-Diamants, 26.

Brunet, rue Thiers, 1.

Pierlot, rue Moulinet, 11.

Nicolas Gerdy, rue Vandreganne, 11.

Favre, capitaine.

Comte, trésorier.

Maintenant, qui faut-il croire? les délégués signataires de cette lettre, ou les affirmations des journaux de « l'ordre »? Pour moi, qui ai connu les exagérations et les mensonges de ces derniers pendant le siége, je n'hésite pas : les délégués me paraissent plus dignes de foi.

Revenons maintenant à l'organisation de la garde nationale.

L'occupation prussienne se termina sans incidents. Les bataillons des faubourgs, contenus par les proclamations dignes et énergiques du Comité central, se tinrent strictement sur la défensive. Le Comité central sut en outre augmenter son influence en attirant à lui une nouvelle organisation qui s'était fondée et qui s'intitulait *Comité fédéral républicain*. Ce comité composé d'officiers de la garde nationale, visait au même but que le Comité central, et ne tarda pas à opérer sa fusion avec lui, et cette fusion des deux grandes organisations de la garde nationale fut dès lors connue sous le nom de *Fédération républicaine de la garde nationale*; dès le 3 mars, la Fédération publia ses statuts, dont je me contenterai de faire connaître les articles les plus importants :

STATUTS.

DÉCLARATION PRÉALABLE.

La République, étant le seul gouvernement de droit et de justice, ne peut être subordonnée au suffrage universel qui est son œuvre.

La garde nationale a le droit absolu de nommer tous ses chefs et de les révoquer dès qu'ils ont perdu la confiance de ceux qui les ont élus ; toutefois, après enquête préalable destinée à sauvegarder les droits sacrés de la justice.

ART. 1er. — La Fédération républicaine de la garde nationale est organisée ainsi qu'il suit :

1º L'Assemblée générale des délégués ;

2º Le Cercle de bataillon ;

3º Le Conseil de légion ;

4º Le Comité central.

ART. 6. — Les délégués aux Cercle de bataillon, Conseil de légion et Comité central sont les défenseurs naturels de tous les intérêts de la garde nationale. Ils devront veiller au maintien de l'armement de tous les corps spéciaux et autres de ladite garde, et *prévenir toute tentative qui aurait pour but le renversement de la République.*

ART. 10. — Tous les gardes nationaux sont solidaires, et les délégués de la Fédération sont placés sous la sauvegarde immédiate et directe de la garde nationale tout entière.

C'est ainsi que se trouva consommée cette organisation puissante, qui devait être bientôt pendant quelques jours, le seul pouvoir organisé dans Paris.

Quelques délégués, enflés par ce succès, allèrent un peu loin ; le citoyen Boursier proposa un jour aux délégués de mettre à l'étude de leurs cercles respectifs la motion suivante :

Dans le cas où, comme certains bruits tendent à le faire croire, le siége du gouvernement viendrait à être transporté ailleurs qu'à Paris, la ville de Paris devrait se constituer immédiatement en République indépendante.

A la date du 15 mars, plus de 200 bataillons avaient adhéré aux statuts de la Fédération ; mon bataillon, assez insouciant d'ordinaire pour tout ce qui touchait à la politique, avait envoyé son adhésion ; les délégués furent nommés dans une réunion fort peu nombreuse ; il y avait, dans tout mon quartier, une extrême indifférence, qui contrastait singulièrement avec l'ardeur et l'enthousiasme des faubourgs républicains.

J'ai dit, dans un précédent chapitre, que les canons enlevés au parc de la place Wagram, avaient été dirigés dans les quartiers éloignés ; une partie de ces canons avait été amenée par les bataillons de Montmartre au boulevard Ornano, et pendant quelques jours, ces bataillons montèrent la garde tour à tour pour les protéger. Puis, quelque temps après, il fut décidé, dans une réunion tenue à la salle Robert, *rue des Rosiers, 6* (1) que les canons seraient placés sur la butte Montmartre, afin de pouvoir mieux résister aux coups de mains des partisans des idées monarchiques. Les républicains de Montmartre formèrent, *en dehors de la Fédération,* un Comité indépendant qui fut chargé de la défense des buttes. Ce Comité siégea dès lors en permanence, rue des Rosiers, 6, et poussa activement les travaux de défense qui devaient convertir les buttes Montmartre en une citadelle hérissée de canons, et protégée par des tranchées et des épaulements.

Un fait à noter et qui prouve qu'à ce moment, le mouvement national était plus patriotique que révolutionnaire, c'est que le commandant de Poulizac, l'ancien chef de mon camarade Lacroix, dirigea les travaux de défense de la butte, et se fit tuer cependant plus tard dans les rangs des Versailles. L. Brin coopéra aussi à ces travaux.

(1) Le lecteur retrouvera bientôt, dans la triste scène qui ensanglanta la journée du 18 mars, le nom de la rue des Rosiers.

Les démonstrations sur la place de la Bastille continuaient toujours. Chaque jour des bataillons en retard de patriotisme arrivaient sur cette grande place.

J'allai voir, vers le milieu de mars, ces manifestations, qui avaient parfois un caractère imposant et solennel. Une foule considérable, où l'on voyait pêle-mêle les képis des gardes nationaux, les schakos des chasseurs, les calottes des zouaves et le bonnet bleu des marins, confondue avec une quantités de Parisiennes enthousiastes qui accompagnaient leurs maris et portaient la décoration, entourait la colonne de Juillet.

Chaque bataillon apportait une couronne de fleurs et un petit drapeau, et ce grand mausolée noir, tout doré d'immortelles, se dressait au milieu de la place, muet comme il convient à un monument de bronze, mais vivant de la vie qui l'entourait.

De jour en jour, les journaux populaires prenaient un langage plus violent. Des moqueries on avait passé aux injures, et des injures on passa aux menaces. Dès le 5 mars, Julles Vallès publiait dans le *Cri du Peuple*, les lignes suivantes :

La paix ! Ils croient qu'elle est faite !
Sur quoi cela se signe-t-il, une paix ?
Sur un bout de parchemin, un chiffon de chancellerie ?

Vous croyez ?

Cela se signe et s'écrie sur la peau d'un peuple : rien que sur la peau , et si, par hasard, ce peuple mue, le traité pourrit.

..... La paix ?

Vous entendez par là le silence des canons. — Je ne sais si ce silence ne sera pas troublé, un jour, par un orage d'insurrection !

..... On a fait taire nos fusils, mouillé notre poudre, voulu emmailloter la pointe de nos baïonnettes ; il en reste encore trois cent mille, aiguës et fraîches.

J'accepte qu'on ait tout jeté, — pêle-mêle avec l'honneur, — dans l'abîme où gisent, mutilés et gelés, les sacrifiés de Champigny et de Buzenval, et qu'il ne reste pas une arme aux mains de ceux qui aiment à tâter le canon d'un fusil.

Est-ce la paix, ce silence ? Cette agonie, est-ce la mort ?

La paix ?

Paix de qui, paix de quoi ? Entre les balayeurs alsaciens et les bonnes parisiennes ? Entre les chanteurs des *P'tits agneaux* et les chanteurs de *La-i-tou !*

Mais ils ne se haïssent pas, ces gens, à preuve que de la Villette au faubourg Antoine, on se fréquente, on trinque et l'on se marie ! Bien des uhlans ont pesé du sucre à Montmartre et ont vendu des coupures au café Grétry.

La guerre ne fait qu'habiller en costume de carnaval des guerriers de vingt ans ou de trente, qui portent la veste bleue ou le manteau blanc. — Ils font, pendant six mois, ou pendant un an, le métier de héros. Au bout de ce temps, on signe la paix au profit de l'un ou au profit de l'autre. On met au bout du fusil un laurier ou un crêpe.

Il y a un vainqueur, un vaincu ; — mais il reste vivant, debout et menaçant, plus fort que le triomphe et au-dessus de la défaite, l'antagonisme éternel de la fainéantise et de l'effort, de la pauvreté et de la richesse, de l'écumage et du labeur, du capital et du travail.

Les haines d'exploité à exploiteur, de prolétaire à patron, de locataire à propriétaire, de fermier à seigneur, les avez-vous éteintes ?

Elles couvent partout, sous les cendres de Paris brûlé ou sous les feux de joie de Berlin victorieux, — et les socialistes vous rient au nez, vainqueurs de Berlin, traîtres de Paris.

La paix ?

C'est nous, vaincus, qui déclarons la guerre, entendez-vous ?

Au treizième arrondissement, il y a déjà des canonniers — à la Westermann, — qui ont amené les pièces sur la place Jeanne-d'Arc et sur la place d'Italie, devant la mairie.

Le dix-huitième arrondissement a élu un comité de défense et posté des sentinelles au coin de ses barricades.

Il y a des balles et des boulets dans les cartouchières et les caissons.

Et l'on s'est battu au Creusot.

La paix !

Vous n'entendez donc pas sonner le tocsin ! .....

C'était significatif ; le parti socialiste allait chercher à mettre à profit la révolution qui devait immanquablement éclater sous peu, et chercher à réaliser ses utopies, avec l'aide des masses révolutionnaires purement républicaines.

Les grands journaux avancés du parti républicain ne cachaient pas non plus leur peu de sym-

pathie pour le ci-devant gouvernement de la défense nationale ; les reproches, les accusations ne
manquaient pas. De tous les côtés, il semblait qu'on
cherchât à éveiller les soupçons, la défiance, et à
envenimer les choses. Il n'y avait pas jusqu'à l'*U-
nivers*, qui ne voulût donner le coup de pied de
l'âne. Oui, l'*Univers* même, journal de Veuillot,
voulut mêler sa note au concert discordant qui
s'élevait contre le gouvernement de la *défiance* nationale, comme on disait alors. Elle flairait, elle aussi,
la pieuse feuille, une petite restauration, et c'était
le moment de se venger du gouvernement qui n'a-
vait pas voulu organiser, pendant le siége, une procession en l'honneur de Sainte-Geneviève.

M. Jules Favre ministre de M. Thiers, disait l'*Univers*, est aussi maladroit dans son langage que M.
Jules Favre, ministre de lui-même. En annonçant
la suspension des hostilités, il se donne un air de
déposer la foudre. Cela lui va bien !
Ces malheureux cuistres du 4 septembre ne sont
pas nés seulement pour nous ruiner et nous assas-
siner, mais encore pour nous rendre ridicules.
Nous le serons par eux, jusque dans les affres de
la mort, et jusqu'à la dernière scène de l'enterrement. Quand disparaîtront-ils enfin ?

Ainsi le mécontentement était partout, et les
avertissements ne manquaient pas au gouvernement. Chacun pouvait prévoir le dénouement fatal.
Si les propriétaires continuaient à être inhumains

envers leurs malheureux locataires, et à les mettre sans pitié dans la rue, si le gouvernement ne modifiait pas la loi sur les échéances, qui ruinait les petits boutiquiers, la catastrophe était imminente. Si, à cette époque le gouvernement avait sacrifié quelques millions pour aider à la reprise du travail, et si la haute bourgeoisie y avait aidé, nul doute que le danger eût été écarté. Mais le gouvernement, au lieu de cela, entretenait et payait trois cent mille gardes nationaux ; et de jour en jour, l'élément riche s'éloignant, il n'allait bientôt rester à Paris que la classe pauvre et souffrante, mais armée et compacte.

Les journaux socialistes, tout en menaçant, avertissaient aussi.

« L'empire, disait le *Cri du Peuple* du 8 mars, était moins menacé par les cent-cinquante mille hommes qui descendaient, le 12 janvier, l'avenue de la Grande-Armée, derrière le fiacre de Rochefort (1), que la bourgeoisie n'est menacée aujourd'hui par la misère des pauvres qui ne peuvent payer les trois termes.

« On le voit, la Révolution a toujours raison ; elle ne provoque pas les catastrophes, mais les prédit. Comment dénoncera-t-on cette situation terrible ?

(1) Après l'enterrement de Victor Noir.

« Nous supplions tous les citoyens d'élever la voix et de parler !

« Tous, sur le pont !

« La bourgeoisie voudra-t-elle jeter à la mer, comme dans un naufrage, un morceau de sa cargaison, et pour se sauver, sacrifier les trois termes? ou bien s'exposera-t-elle à sombrer avec le peuple qui se noie, au fond de l'abîme? En tous cas, le vent souffle : c'est la tempête ! »

Quelques jours après, Jules Vallès écrivait encore :

« .... Ils nous appellent ambitieux, quelquefois. — Quelle ambition? celle d'être toujours misérable, toujours calomnié, toujours à la veille de partir pour les pontons ou d'être fusillé à Vincennes, l'éternelle amertume et l'éternel péril ! (1)

Oh! non ! si on n'obéissait pas à la voix du devoir, si l'on n'était pas entraîné, malgré soi, dans les chemins où l'on défend de sa vie les revendications qu'on croit justes, non, on ne choisirait pas cette route sans fleurs et sans moisson !

A peine on ose se faire une famille, garder une affection, avoir un foyer ! Il suffit d'un ordre signé d'un soldat, porté par un agent, pour que tous les liens soient coupés, le bonheur brisé, le père et l'enfant séparés !

Voilà la vie qu'il vivent ! ces *rouges !* Fusillez-les n'est-ce pas, ils l'ont bien mérité.

Fusillez-les, — c'est en tous cas, la réaction qui

(1) Vallès prophétisait : on sait qu'il fut fusillé lors de la prise de Paris par les Versaillais, près d'une barricade qu'il défendait.

6

dans ce Fontenay lugubre, tirera la première. Fusillez-les, ou bien, comme nous vous en supplions, au nom de la douleur commune, rapprochons-nous, pour que ce drapeau noir, sous lequel la réconciliation se fera, soit seulement un crêpe, et non pas un linceul ! »

Le gouvernement savait tout cela, et il semblait faiblir. M. Thiers devait être bien embarrassé. Le quartier des buttes Montmartre était maintenant capable de résister à une attaque. Losque, le 9 mars, j'allai visiter les travaux de défense, je trouvai toutes les rues qui aboutissaient aux buttes gardées par des sentinelles, et la place Saint-Pierre entourée de barricades. Cette place était un véritable camp retranché. Une vingtaine de canons et une douzaine de mitrailleuses en défendaient les abords. Trois postes de gardes nationaux gardaient la colline, et un quatrième, au pied, la place Saint-Pierre. Une grande et forte barricade, au coin de la rue des Acacias, construite avec des moëllons, des tonneaux et une charrette renversée, était surmontée d'un drapeau noir. C'était une menace permanente au gouvernement, ou plutôt, dans l'intention des habitants de Montmartre, une invitation à respecter la République, et à ne pas empiéter sur les droits du peuple.

CHAPITRE VI.

L'armée de la Loire. — Aurelles de Paladines. — La peste bo-
vine à Paris. — Le Mont-de-Piété et le *Père Duchêne*. —
Rencontre d'un ancien camarade. — Un curieux hasard. —
Un soldat de Bourbaki à Fleurier. — Ses impressions.

Cependant, de jour en jour, les gardes de ma
compagnie devenaient moins nombreux. Les uns
quittaient Paris, d'autres, ayant trouvé du travail,
déposaient leur fusil pour reprendre leur ancien
métier. Il leur fallait à toute force gagner enfin
quelque argent, menacés qu'ils étaient par les décrets ruineux de l'assemblée nationale.

Quelques ateliers s'étaient rouverts, en effet, dès
le commencement de mars, quelques chefs d'éta-
blissement ayant pu enfin se procurer du charbon
de terre. Mais la masse des ouvriers était encore
inoccupée ; en outre, la garde mobile de Paris avait
été licenciée le 5 mars, et ces 20,000 jeunes gens
allaient aussi se trouver dans l'inaction, peut-être dans
la misère, n'ayant obtenu de la parcimonie du gou-

vernement que 8 jours de solde, payables le jour
du licenciement.

Le 9 mars, les divisions de l'armée de la Loire,
arrivées depuis peu à Paris, envoyèrent une députation à la colonne de Juillet, et fraternisèrent avec
la garde nationale. Ces jeunes soldats de la province
furent bientôt circonvenus par la foule, et, entraînés par les républicains des faubourgs, la plupart
jurèrent, dès ce jour, que, quoiqu'il arrivât, ils ne
tireraient jamais sur le peuple. On verra bientôt
qu'ils tinrent parole.

Ce fut dans ce moment qu'Aurelles de Paladines,
nommé par Thiers au commandement en chef des
gardes nationales de Paris, publia sa première
proclamation, qui se terminait par ces mots :

« J'ai la ferme volonté de réprimer avec énergie
tout ce qui pourrait porter atteinte à la tranquillité
de la cité. »

Cette phrase fit sourire tout le monde, car chacun sentait qu'avec l'organisation actuelle de la
garde nationale, Aurelles de Paladines n'avait, de
fait, aucun pouvoir. Il ne pouvait avoir, en effet,
que la « ferme volonté ». Tant que son élection
n'était pas confirmée par un vote des bataillons de
Paris, sa nomination par M. Thiers était considé-
rée comme nulle et non avenue.

Et il n'y avait guère d'apparence que le vaincu
d'Orléans fût nommé au grade élevé qu'il ambi-

tionnait. Il circulait, sur le compte d'Aurelles de Paladines, une quantité d'histoires, plus ou moins vraisemblables, où sa sévérité, sa férocité même, étaient mises en jeu, et où on le représentait comme un homme dur et cruel. Un journal même racontait, à la date du 9 mars, « que dans les premiers mois de 1851, alors que se préparait déjà le sourd travail du 2 décembre, Aurelles de Paladines commandait en Algérie l'unique régiment de zouaves qui existât alors. Ce régiment était signalé comme coupable de républicanisme : le sauvetage de l'ordre par l'empire ne lui apparaissait point comme une vérité primordiale et nécessaire. Ce fut alors que, dans une expédition dont l'un des faits principaux fut la prise du village de Séloum, Aurelles de Paladines donna les premières preuves de sa « ferme volonté de réprimer avec énergie » tout ce qui ne serait pas monarchiste.

« Au moment où ses onze cents zouaves soutenaient l'attaque de trente mille Arabes, il fit pointer sur ses propres troupes des pièces d'artillerie, et leur envoya une pluie d'obus »

Aurelles de Paladines était donc, pour le moment, un général sans soldats ; et le général Vinoy, qui commandait l'armée de la Loire, n'était guère plus sûr des siens. Le gouvernement devait sentir son impuissance, et prendre des mesures conciliantes, en évitant tout ce qui pouvait irriter le peuple.

Le malheur avait d'ailleurs, à cette époque, tellement aigri le cœur des Parisiens, que je me souviens qu'au milieu de mars, des bœufs étant tombés, en grand nombre, le long de la rue de Rennes, où ils expiraient comme frappés de la foudre, on ne manqua pas d'accuser le gouvernement de ces nouveaux malheurs. On parlait d'empoisonnement, tandis que ces pauvres bêtes succombaient simplement aux attaques de la peste bovine. Je me rappelle toujours ces groupes nombreux, entourant ces pauvres bêtes qui râlaient ; il y avait là des gens qui avaient l'air d'avoir faim, et regardaient avec tristesse cette masse de viande qu'on allait enlever et enfouir.

Par une maladresse inexplicable, la direction du Mont-de-Piété, qui dépendait du gouvernement, prit une résolution qui devait irriter au plus haut point la population ouvrière. Un avis, signé André Cochut, directeur du Mont-de-Piété, prévenait le public que les ventes d'objets déposés, qui avaient cessé le 15 août, allaient reprendre leurs cours.

Ainsi donc, le dernier avoir du pauvre allait être vendu ! Il fallait donc qu'échéances, loyers et ventes du Mont-de-Piété, tout accablât le pauvre, sans délais et à la fois !

On comprend que la nouvelle de cette vente des objets périmés souleva une indignation générale. Le *Père Duchêne* se fit l'écho des plaintes du peuple

dans un article où se fait jour, sous la grossièreté
du langage, un sentiment vrai et poignant :

Au moment de la déclaration de guerre un grand
nombre d'ateliers étaient fermés ; et les pauvres
b...... de travailleurs, qui font par leur industrie la
richesse de la nation, ne trouvant plus d'ouvrage,
la bourgeoise et les mioches voyaient passer bien
des jours sans avoir rien à se mettre sous la dent.
Et c'est alors que tout le pauvre mobilier du prolétaire, acheté par tant de sueurs et d'économies,
prit le chemin de ce gouffre où, sous prétexte de
charité, l'administration du Mont-de-Piété est au-
torisée à faire la plus grande f..... usure qu'on puisse
imaginer.
Ainsi tous les pauvres b....... de patriotes se sont
battus pour la nation et pour la République, et ils
ont eu faim, ils ont eu froid, ils ont mis au service
de la patrie non pas trois mois, mais près de cinq
mois leurs frusques et leurs bibelots, qu'ils ne pourront point racheter puisqu'ils n'ont pas le sou, que
toutes les épargnes ont été absorbées par la guerre
et que le travail n'a pas encore repris.
Les puissants de ce monde ont vraiment le cœur
trop dur !
Allons, pauvres b..... il faut dire adieu à tous ces
misérables et chers ustensiles achetés par tant de
peines, et ces meubles tristes et adorés qui étaient
les formes vivantes de vos souvenirs et de vos
amours, à l'anneau de mariage de ta femme, aux
habits de fête de ton fils, à ta montre d'argent, à ta
seconde paire de draps — aux outils de ton travail
peut-être.
Tout va être acquis à vil prix par la bande des
juifs, des brocanteurs au nez crochu, des revendeu-
ses aux serres rapaces. Ce que tu as mis dix ans à

acheter au prix de tes privations, de tes veilles, de tes heures de travail supplémentaires, de ta matinée du dimanche impitoyablement sacrifiée à la lutte contre le besoin, tout cela va passer en d'autres mains. Les juifs auront pour vingt-cinq francs, ce qui t'en a coûté quatre cents.

Oh ! le cœur se fend et saigne, — et l'on se demande si nous ne sommes pas éternellement condamnés à tourner dans le cercle de notre douleur, de notre servitude et de notre sottise !

N'as-tu pas fait ton devoir pour qu'on te traite ainsi ?

As-tu trahi comme Bazaine ?

As-tu menti comme Favre ?

As-tu été lâche comme Trochu ?

As-tu désespéré comme Thiers ?

Non, tu as été au feu : les balles t'ont sifflé aux oreilles, et je vois du sang dans le chemin où tu as passé, et d'autres cicatrices que celles du travail labourent tes bras, et ton fils a une jambe de bois, et ta fille est morte de faim, et ta femme pleure encore sur le berceau vide de ton dernier-né !

Qu'importe ?

On vendra tout !

On vendra tout, et par-dessus le marché on te jettera encore sur le pavé, et on te bouclera dans une prison si tu ne trouves point pour ta paillasse une autre place que ce pavé qui est à toi pourtant !

Ah ! l'on parle de révolte, on incrimine tes murmures, tes yeux où brille la faim, on t'accuse de méditer la guerre civile quand tu montres tes bras robustes qui ont plus l'habitude du marteau et du rabot que du sabre et du fusil.

Et qui songe à la guerre civile cependant, sinon ceux qui te poussent par leur impitoyable dureté !

Veille bien sur ta République, pauvre b....., le salut est là, il faudra bien qu'il y ait un change-

ment à la fin, tout le monde le pense, le dit, et tu
es celui qui le dit le moins. Tu as été tellement
battu et meurtri qu'il ne te reste plus de peau sur la
chair, ni de voix dans la gorge !

Malgré les rumeurs sinistres qui couraient chaque
jour dans Paris, malgré l'excitation des esprits, et
la violence des journaux populaires, on n'aurait
pas cru, à voir la tranquillité de mon quartier, que
l'on fût à la veille d'une révolution. Les gardes de
jour et de nuit que les bataillons du VIe arrondissement montaient à tour de rôle, commençaient
à lasser tout le monde, même les plus enragés et
les plus défiants ; on disait aussi que les gardes
nationaux de Montmartre étaient déjà fatigués de
veiller sur des canons que personne ne semblait vouloir prendre, et chaque jour les mesures de sûreté
prises par le comité de la rue des Rosiers paraissaient de plus en plus inutiles. Il y avait un dégoût
général chez tous ces soldats improvisés, et chacun soupirait après le retour du travail, et les la-
beurs sains et la vie plus active de l'atelier. Le bon
sens populaire avait compris que ces batteries for-
midables qui menaçaient Paris, devaient retarder
la reprise des affaires, et des pourparlers eurent
lieu entre les gardeurs de canons et le général Vinoy. Un arrangement pacifique était près d'intervenir. C'était le 15 mars.

Le soir de cette journée, en rentrant chez moi,

je fus arrêté au passage par Madame L., la maî-
tresse de mon hôtel ; après m'avoir fait ses plaintes,
comme de coutume, sur la stupidité des *ruraux*
de Versailles, sur la loi des échéances, sur celle
des loyers, elle m'annonça qu'un jeune homme que
je connaissais, qui avait quitté Paris avant le
siége, était revenu, et qu'il avait à me commu-
niquer des choses qui m'intéresseraient beaucoup.

M. Arnoud était un jeune étudiant en droit, venu à Paris l'année précédente pour faire ses études.
Avant que l'armée prussienne eût investi la capitale, il était parti pour la province, à Montpellier,
je crois, où habitaient ses parents. Nous n'avions
pas eu depuis de ses nouvelles, et l'annonce de
son retour me causa un certain étonnement. Il devait avoir d'intéressantes choses à raconter, et je
voulus le questionner de suite. Mais mon impatience
ne put être satisfaite. Arnoud, accablé de fatigue,
dormait profondément dans sa chambre, et je dus
renvoyer notre conversation au lendemain.

J'allai, de bon matin, frapper à sa porte, et j'eus
enfin le plaisir de lui serrer la main. Il m'apprit
alors ses aventures, et la bizarrerie du sort qui l'a-
vait, lui précisément, conduit en Suisse sous le toit
hospitalier d'un de mes oncles. En effet, chose curieuse, le seul soldat que je connusse de l'armée de
Bourbaki, avait été Arnoud, et par un étrange hasard,
il était tombé du premier coup, à son entrée en

Suisse, dans la seule famille dont il connût le nom. C'était on l'avouera, une curieuse coïncidence, et je me hâtai de lui demander des détails.

Arnoud me raconta que lors de la grande déroute de l'armée de l'Est, dans laquelle il servait comme employé au Trésor, il avait passé en Suisse un des premiers, accompagnant les voitures qui portaient la caisse de l'armée. Il avait vu les premiers soldats de la Confédération aux Verrières-Suisses, et il avait été frappé de leur bonne tenue et de leur bonne mine, qui contrastait étrangement avec ses pauvres compatriotes, mourant de froid et de faim, et à peine vêtus. Les Suisses désarmaient les soldats français à mesure qu'ils franchissaient le territoire helvétique, et leur souhaitaient la bienvenue. Arnoud se sentit dès lors chez un peuple ami. Il arriva à Fleurier vers le matin, et là, il fut témoin de scènes touchantes.

« Tout le monde, me dit-il, était sur sa porte, avec des vivres de toute nature. Bouillons, viandes, soupes, vin, pain blanc, nous étaient prodigués tout le long du village ; nous devions refuser même quelquefois, car nous savions que nous étions suivis par toute une armée mourant de besoin. A mesure que les soldats arrivaient, et ils défilaient par centaines et par milliers, on leur distribuait de bonnes soupes, et on logeait dans les maisons du village ceux qui ne passaient pas outre. Le soir,

chaque chambre, chaque étage, chaque grange fut
bourrée de soldats. Comme j'avais passé le pont,
près de l'église, dans l'après-midi, je vis sur le seuil
d'une porte une dame qui, remarquant ma pâleur,
me demanda si je voulais prendre quelque chose.
Je lui répondis que je n'avais besoin que d'un lit.
Elle me dit alors : « Si vous ne trouvez point de
gîte ce soir et que vous reconnaissiez notre demeure, venez chez nous et nous tâcherons de vous
arranger quelque chose. » — Je m'y rendis en effet,
vers les sept heures du soir, et je trouvai que quoiqu'il y eût déjà des soldats suisses logés dans la
maison, on avait trouvé le moyen de me préparer
dans une chambre une couche où je pus goûter
le repos dont j'avais tant besoin. Je ne me doutais
pas alors que cette dame qui m'avait offert l'hospitalité était votre tante.

» Mais si les simples soldats étaient l'objet de soins
empressés et généreux, il n'en fut pas de même
pour nos officiers. Je m'aperçus que vos compatriotes n'avaient guère d'égards pour eux, et pour
dire la vérité, ils avaient raison. Nos officiers, au
lieu d'aider dans leur tâche colossale les officiers
suisses, s'étaient pour la plupart fourrés dans
les hôtels et les restaurants, et s'occupaient pre-
mièrement de leur bouche, pendant que des centaines de pauvres soldats se morfondaient dans
la neige. Les Suisses ne se gênaient pas pour nous

exprimer leur étonnement d'une pareille conduite, mais nous leur répondions qu'ils en avaient ainsi fait pendant toute la campagne, et qu'ils étaient presque tous détestés des soldats.

» Le lendemain de mon arrivée à Fleurier, continua Arnoud, j'entendis pour la première fois nommer mon hôte, et ce nom me rappelant de suite le vôtre, je lui dis naturellement que j'avais connu à Paris, l'automne précédent, un jeune Suisse, de Neuchâtel, qui portait un nom semblable. Là-dessus, demandes, questions et réponses. Puis, une fois qu'il fut bien établi qu'il n'y avait pas de méprise, que j'avais réellement connu à Paris un neveu de la famille, je fus encore mieux soigné, s'il est possible. Pendant les premiers jours que dura le passage de l'armée de Bourbaki, j'aidai à vos jeunes cousines à porter des vivres pour les malades de l'ambulance ; un soir, j'allai avec votre oncle dans un cercle du village, et je fus fort surpris d'entendre la conversation intelligente des ouvriers horlogers. Quelle différence avec nos populations françaises des villages ! J'étais frappé du bon sens de tous ces villageois, et de la manière dont ils s'exprimaient et causaient. Leur air intelligent, leur politesse, leur bon cœur m'ont surpris et touché. L'hospitalité des habitants suisses du Val-de-Travers, comparée avec l'égoïsme des bourgeois de Pontarlier, était navrante pour un Français ; les Suisses nous

accueillaient en amis, en frères, et nos compatriotes de la frontière nous avaient fermé leurs portes, et refusé du pain, voire même de l'eau. »

Arnoud continua sur ce ton un moment, puis il
me raconta différents épisodes de sa campagne ;
mais il ne se lassait pas de me parler de Fleurier,
et de mes parents ; j'avoue que les éloges qu'il
donnait à mon pays, et au joli village du Val-de-
Travers où j'avais passé les beaux jours de mon enfance, me faisaient plaisir, et j'étais heureux de
recueillir de la bouche d'un Français, un récit de
ses impressions pendant son séjour en Suisse. Je
me rappelais qu'un an auparavant, il parlait de la
Suisse avec un certain dédain. Maintenant son ton
avait changé. Il avait conçu une estime profonde
et un respect réel pour le pays qui avait non-seulement sauvé 85,000 de ses compatriotes et secouru
avec une large hospitalité tant de malheureux,
mais encore qui était en mesure, grâce à son
armée bien organisée, disciplinée, de résister à une
agression étrangère, chose dont il ne s'était jamais
douté auparavant.

CHAPITRE VII.

Le matin du 18 mars. — Proclamation du gouvernement. —
Promenade au Luxembourg.—Les *lignards* et leurs officiers.
— Déploiement militaire sur la rive gauche. — Attaque de la
butte Montmartre. — Le général Lecomte commande le feu.
— Il est fait prisonnier.

Il y avait chez le peuple, le 17 mars, un mécontentement général, mais, comme je l'ai dit plus
haut, les chefs du parti exalté s'en étaient tenus
aux menaces jusqu'alors, et chacun était persuadé
que les canons de Montmartre rentreraient promptement en la possession du gouvernement. Tout
ce que celui-ci avait à faire pour le moment, c'était
de hâter, par tous les moyens possibles, la reprise
des affaires.

Mais le gouvernement ne voulut ou ne put pas
prendre des mesures conciliatrices. Plusieurs journaux populaires, entr'autres le *Cri du Peuple* et le
Père Duchêne, furent supprimés, et les journaux

bien pensants, les journaux de l'*ordre*, le *Gaulois*
par exemple, demandèrent qu'il fût pris d'énergiques mesures contre les fauteurs de désordre, et
les factieux de Montmartre.

Le 18 mars, je descendis dans la rue vers les
sept heures du matin, et rien au premier abord ne
me parut indiquer qu'il se passait des événements
graves dans une partie de Paris. Seule, une grande
affiche blanche, posée au coin de la rue, et entourée
de curieux, attira mon attention. C'était la proclamation suivante, signée par M. Thiers et tous les
ministres :

Habitants de Paris,

Nous nous adressons encore à vous, à votre raison et à votre patriotisme, et nous espérons que
nous serons écoutés.

Votre grande cité, qui ne peut vivre que par l'ordre, est profondément troublée dans quelques quartiers, et le trouble de ces quartiers sans se propa-
ger dans les autres, suffit cependant pour y empêcher le retour du travail et de l'aisance.

Depuis quelque temps, des hommes malinten-
tionnés, sous prétexte de résister aux Prussiens,
qui ne sont plus dans vos murs, se sont constitués
les maîtres d'une partie de la ville, y ont élevé des
retranchements, y montent la garde, vous forcent
à la monter avec eux, par ordre d'un comité occulte qui prétend commander seul à une partie de
la garde nationale, méconnaît ainsi l'autorité du
général d'Aurelles, si digne d'être à votre tête, et
veut former un gouvernement en opposition au

gouvernement légal, institué par le suffrage universel.

Ces hommes qui vous ont causé déjà tant de mal, que vous avez dispersés vous-mêmes au 31 octobre, affichent la prétention de vous défendre contre les Prussiens, qui n'ont fait que paraître dans vos murs, et dont ces désordres retardent le départ définitif ; braquent des canons qui, s'ils faisaient feu, ne foudroieraient que vos maisons, vos enfants et vous-mêmes ; enfin, compromettent la République au lieu de la défendre ; car s'il s'établissait dans l'opinion de la France que la République est la compagne nécessaire du désordre, la République serait perdue. Ne les croyez pas, et écoutez la vérité que nous vous disons en toute sincérité !

Le gouvernement, institué par la nation tout entière, aurait déjà pu reprendre ces canons dérobés à l'État, et qui, en ce moment, ne menacent que vous ; enlever ces retranchements ridicules qui n'arrêtent que le commerce, et mettre sous la main de la justice les criminels qui ne craindraient pas de faire succéder la guerre civile à la guerre étrangère ; mais il a voulu donner aux hommes trompés le temps de se séparer de ceux qui les trompent.

Cependant le temps qu'on a accordé aux hommes de bonne foi pour se séparer des hommes de mauvaise foi est pris sur votre repos, sur votre bien-être, sur le bien-être de la France tout entière. Il faut donc ne pas le prolonger indéfiniment. Tant que dure cet état de choses, le commerce est arrêté, vos boutiques sont désertes, les commandes qui viendraient de toutes parts sont suspendues, vos bras sont oisifs, le crédit ne renaît pas ; les capitaux, dont le gouvernement a besoin pour délivrer le territoire de la présence de l'ennemi, hésitent à se présenter. Dans votre intérêt même, dans celui

7

de votre Cité, comme dans celui de la France, le gouvernement est résolu à agir. Les coupables qui ont prétendu instituer un gouvernement à eux vont être livrés à la justice régulière. Les canons dérobés à l'Etat vont être rétablis dans les arsenaux, et pour exécuter cet acte urgent de justice et de raison, le gouvernement compte sur votre concours. Que les bons citoyens se séparent des mauvais ; qu'ils aident à la force publique au lieu de lui résister. Ils hâteront ainsi le retour de l'aisance dans la Cité, et rendront service à la République elle-même, que le désordre ruinerait dans l'opinion de la France.

Parisiens, nous vous tenons ce langage parce que nous estimons votre bon sens, votre sagesse, votre patriotisme ; mais, cet avertissement donné, vous nous approuverez de recourir à la force, car il faut à tout prix, et sans un jour de retard, que l'ordre, condition de votre bien-être, renaisse entier, immédiat, inaltérable.

Paris, le 17 mars 1871.

Après la lecture de cette affiche, je ne doutai pas que le gouvernement ne tentât dès le même jour une attaque contre les canons de Montmartre, et que les troupes de ligne, que j'avais vues la veille en grand nombre dans Paris, ne fussent lancées contre les barricades de la garde nationale.

J'allai voir, dans la matinée, avec Antonin et Villaret, ce qui se passait à la place Saint-Sulpice ; une assez grande quantité de gardes nationaux s'y promenaient, la plupart sans armes ; le 83e bataillon était de garde, et occupait les postes de l'arrondissement ; la foule me sembla émue et inquiète, et cependant personne ne savait au juste ce qui se passait.

Je poussai jusqu'au Luxembourg, dont les grilles étaient ouvertes, et je fus témoin d'un spectacle curieux. Les tentes des soldats couvraient une partie du jardin, autour de la grande pièce d'eau, et les troupes du gouvernement, soldats de ligne, artilleurs et soldats du train, se promenaient autour des tentes et des fusils en faisceaux. Les canons étaient groupés dans l'allée principale, protégés par un détachement de gardes nationaux. C'étaient, pour la plupart, des pièces de sept, toutes neuves, à en juger par leur bronze brillant.

En passant près de ces canons, je remarquai des attelages nombreux conduits par des soldats du train, attelages destinés à enlever les pièces contenues dans le jardin; mais les soldats du train, comme les lignards, avaient refusé de se battre contre les gardes nationaux, et un simple piquet de ces derniers semblait tenir en respect les deux régiments campés dans les jardins.

Bien plus, les soldats de ligne injuriaient leurs officiers, qui avaient voulu les pousser à la violence, et les chefs de bataillons, presque tous bonapartistes, quittaient précipitamment le Luxembourg.

Je me promenai de long en large dans ce magnifique jardin, qui, à cette époque, n'avait pas encore revêtu sa livrée du printemps, mais donc l'aspect actuel ne laissait pas d'être original, par les contrastes de tous genres qui s'y heurtaient. Des statues grises surgissant au milieu des tentes blanches ; des pantalons rouges se découpant sur le vert tendre du gazon anglais ; des rangées de canons et de mitrailleuses dont le bronze poli et les essieux tout neufs attestaient la jeunesse ; aussi n'avaient-elles rien de guerrier et ressemblaient-elles à d'immenses joujoux d'enfants ; des longues files de chassepots en faisceaux ; tout cet appareil bizarre et belliqueux, cet assemblage d'outils de destruction réunis dans ce paisible jardin semblait être un non-sens, et un acte de folie. Lorsque je sortis du Luxembourg, il me semblait rêver.

Deux choses m'avaient cependant frappé dans ma promenade. En passant avec mes camarades devant les faisceaux des soldats, ceux-ci nous avaient dit, en nous montrant leurs pyramides de chassepots : — Prenez-les si vous voulez ; nous n'en voulons plus, nous sommes du peuple. D'autres avaient crié sur notre passage : Vive la garde nationale ! à quoi nous avions naturellement répondu : Vive la ligne ! — Ensuite, en passant le long des tentes, nous avions entendu des plaintes générales ; tous les soldats demandaient à manger ; ils n'avaient rien reçu de l'intendance militaire depuis le jour précédent, et la faim commençait à les talonner. Plusieurs d'entre eux nous demandèrent un morceau de pain. Beaucoup d'autres, pressés par la faim, sortirent du jardin, se souciant peu de la consigne et de leurs factionnaires, qui d'ailleurs ne tardèrent pas à être remplacés par des gardes nationaux ; les soldats sortirent alors en foule pour chercher des vivres, la plupart donnant le bras aux gardes nationaux, avec lesquels ils allaient « fraterniser. »

Chose curieuse, lorsque nous rentrâmes à onze heures dans notre hôtel, personne ne savait un mot de ce qui s'était passé à Montmartre, à une lieue de nous, tout au plus. Cette ville de Paris est un petit monde, et les nouvelles mettent quelquefois bien du temps à venir de l'extrémité des faubourgs au Quartier Latin.

Ce ne-fut qu'à deux heures de l'après-midi que j'eus enfin quelques renseignements sur ce qui s'était passé de bon matin à Montmartre, mais ces renseignements étaient encore trop confus, trop vagues, pour que je pusse me faire une idée un peu exacte du coup de main qu'avait tenté le gouvernement. Je me dirigeai alors du côté de la Seine, et là un spectacle nouveau s'offrit à mes regards. Sur le Pont-Neuf, du côté de la rue Dauphine, où la circulation ne cessait pas cependant, trois canons et une mitrailleuse étaient braqués, destinés sans doute à balayer le pont en cas d'invasion de l'autre rive. Sur le quai des Augustins, et jusqu'au pont Saint-

Michel, de nombreux bataillons bivouaquaient. Devant le bâtiment de la Monnaie, et devant l'Institut, des escadrons de chasseurs d'Afrique et de gendarmerie, le sabre au poing, semblaient prêts à charger au premier signal.

En m'avançant vers la place Saint-Michel, je rencontrai encore de l'artillerie ; des mitrailleuses étaient placées sur le quai, sur le pont, et sur le boulevard ; des détachements d'infanterie de ligne les surveillaient. Je voulus passer le pont, mais là, les sentinelles m'arrêtèrent en me disant : On ne passe pas.

Contraint de retourner en arrière, je repassai près du Luxembourg où je trouvai un grand nombre de mes camarades en armes, qui postés aux grilles du jardin, empêchaient les soldats de sortir avec leurs fusils. Des gardes nationaux de tous les bataillons de l'arrondissement étaient là, complétement armés, et lorsque plus tard, un bataillon de ligne tout entier voulut sortir du jardin, avec armes et bagages, la garde nationale s'y opposa formellement. Un conflit allait éclater, mais les officiers de la ligne surent prendre un sage parti ; ils attendirent, et restèrent tranquillement dans le jardin.

Que signifiait cette attitude défensive de la part de l'armée du gouvernement ? L'attaque du matin sur Montmartre avait-elle échoué, et l'insurrection avait-elle triomphé sur toute la rive droite, puisque la défense semblait être concentrée sur les quais de la rive gauche ?

Et encore, quelle défense ! Si le peuple avait voulu, il se serait facilement emparé des canons du Pont-Neuf, entre lesquels chacun circulait à sa guise. Et il n'aurait pas fallu longtemps pour entraîner à la révolte tous ces soldats de l'ancienne armée de la Loire, impatients de secouer le fardeau de la discipline militaire. La gendarmerie seule aurait tenu bon. Ce corps d'élite, plié à la discipline, et composé uniquement d'anciens militaires, a été le seul, je crois, dans lequel il n'y eut pas de défection, ce jour-là, et le seul aussi qui consentit à faire feu sur le peuple.

Mais il est temps de terminer le récit de mes observations personnelles, si imparfaites, dans une journée qui devait avoir un tel retentissement dans le monde ; je dois maintenant raconter l'histoire du 18 mars, et présenter au lecteur les événements tels que je les appris le lendemain et les jours suivants. Je compléterai mes notes à l'aide du récit remarquable qu'ont fait de cette révolution MM. Paul Lanjalley et Paul Corriez, dans leur *Histoire de la Révolution du 18 mars*.

Vers 3 heures du matin, tous les parcs d'artillerie de Paris avaient été occupés à la fois, et presque partout sans résistance. Mais, comme nous l'avons vu au Luxembourg, les soldats, entourés et excités par la foule, avaient refusé de tirer sur les piquets de gardes nationaux, et les pièces d'artillerie étaient restées en place, grâce à l'inertie de la troupe, inertie que leurs officiers qualifiaient de trahison. En somme, les choses s'étaient passées presque partout fort tranquillement ; mais à Montmartre, des incidents très graves avaient eu lieu.

Le poste des gardes nationaux préposé à la garde des canons de Montmartre, était installé sur la butte, dans la maison de Mme veuve Scribe, située rue des Rosiers, 6. C'est dans cette maison, on se le rappelle, qu'était aussi le siége du comité de défense de Montmartre. Dans la nuit du 17 au 18, ce poste, occupé ordinairement par toute une compagnie, n'était gardé que par 25 hommes du 61e bataillon, dont sept étaient de faction auprès des canons ; ce qui démontre suffisamment que la population de Montmartre ignorait la tentative projetée par le gouvernement.

Vers les quatre heures du matin, le 88e régiment de ligne, le 1er bataillon de chasseurs de Vincennes, et 200 gendarmes gravissent la butte en suivant la rue Muller. Ces troupes, formant un effectif de plus de 3000 hommes, sont commandées par le général Lecomte. Arrivés devant le n° 30 de la rue Muller, un garde national en faction les arrête par le cri de : Halte ! Qui vive ? Ce garde, nommé Turpin, n'obtient pas de réponse, et croise la baïonnette. Une décharge subite l'étend par terre, grièvement blessé.

Dans la rue des Rosiers, les gendarmes débutent par un feu de peloton dirigé sur le poste, dont ils s'emparent. Puis, des attelages arrivent, et, sans tarder, on enlève les canons, et les soldats commencent à détruire les travaux de défense exécutés sur la butte.

Cependant la fusillade avait jeté l'alarme dans le quartier, et tambours et clairons appellent la garde nationale. En même temps, trois coups de canon, partis des buttes Chaumont, attaquées en même temps que les buttes Montmartre, viennent apprendre aux Parisiens endormis le nouveau coup de main nocturne.

« Bientôt, disent MM. Lanjalley et Corriez (1), une soixantaine de gardes nationaux se trouvent groupés au bas de la rue Müller ; ils gravissent la butte. A une assez grande distance, deux gardes semblent les devancer comme parlementaires. Le plus âgé mit son mouchoir au bout du fusil, comme ils ar-

(1) *Histoire de la Révolution du 18 Mars*, par Paul Lanjalley et Paul Corriez ; Paris, chez Lacroix. — Nous recommandons à nos lecteurs ce livre, écrit dans un véritable esprit d'impartialité, et dont les auteurs sont deux jeunes démocrates, de la bonne foi desquels nous nous portons garants.

rivaient près de la troupe. Ces deux gardes étaient suivis d'un homme armé, revêtu d'un costume de garde national.

A l'approche de ce groupe, les sentinelles se replient vers la butte, en annonçant l'arrivée des gardes nationaux qui s'arrêtent à droite de la tour Solferino. Les deux gardes qui les précédaient parlementent avec les chasseurs.

La foule, composée, en majeure partie, de femmes et d'enfants, s'était accumulée aux abords de la rue Müller.

Aucun renfort n'arrivait à ce petit détachement de gardes nationaux.

Lorsqu'il eut avancé sur la butte, le général Lecomte ordonna à sa troupe de mettre en joue, ce qui fut exécuté. Ensuite il commanda : Feu ! Les soldats n'obéissent pas cet ordre ; ils replacent leurs fusils dans la position de l'arme au repos. Au commandement de Lecomte, un seul coup de fusil avait été tiré, non par la troupe, mais par l'homme qui suivait les parlementaires : il s'était retourné vers les gardes nationaux et avait fait feu sur eux. Ceux-ci ripostèrent par quelques coups de fusil, auxquels les chasseurs ne répondirent pas. De toutes parts, la foule criait avec animation : « Ne faites pas feu ! cessez le feu ! » Cette fusillade dura peu d'instants, et n'eut pas d'effet meurtrier.

Par trois fois, le général Lecomte réitère à sa

troupe l'ordre de tirer. Elle ne veut pas obéir, bien qu'il menace très-rudement ses soldats de leur brûler la cervelle s'il n'obtempèrent pas à ses ordres. L'attitude des soldats ne se modifiant pas, le général Lecomte leur dit ironiquement : « Alors, rendez-vous ! » — « Nous ne demandons que cela, lui répondit-on. Et un grand nombre de soldats jettent leurs fusils à terre.

Les gardes nationaux, dont le nombre s'était accru d'un bataillon environ, lèvent la crosse en l'air et fraternisent avec les soldats. On recherche l'homme qui avait tiré le premier sur la garde nationale, et comme la foule s'aperçoit que c'est un sergent de ville déguisé, il est malmené ; on lui fait dégringoler la butte.

Les gardes nationaux du poste des Rosiers, faits prisonniers au début de l'action, furent délivrés, et une soixantaine de gendarmes emmenés à la mairie du XVIIIᵉ arrondissement, où ils restèrent détenus.

Le général Lecomte fut alors fait prisonnier avec tout son état-major. Il donna à sa troupe l'ordre d'évacuer.

En ce moment, on le prenait pour le général Vinoy. Il fut mené, sous les huées de la foule, au Château-Rouge, où il y avait un poste très-nombreux de gardes nationaux, composant ce qu'on appelle un piquet d'attente. Ce poste était commandé par les capitaines Garcin et Meyer, du 169e bataillon. »

Mais avant de raconter le tragique dénouement de cet épisode, je dois indiquer ce qui se passait ailleurs.

CHAPITRE VIII.

Échec du gouvernement sur toute la ligne. — Proclamation du
général d'Aurelles. — Appel du gouvernement à la garde nationale. — Attitude des gardes nationaux. — Le gouvernement à Versailles et le Comité central à l'Hôtel-de-Ville.

Je ne prétends pas au rôle d'historien, et par conséquent je n'ai pas à faire un tableau complet de
la physionomie de Paris dans la journée mémorable
du 18 mars. Je ne raconte que ce que j'ai vu, ou ce
que j'ai entendu répéter par des témoins dignes de
foi. Je n'insisterai donc pas davantage sur les incidents militaires de ce jour, qui du reste furent partout semblables : dans tous les quartiers envahis,
la troupe refusait de faire feu sur la garde nationale,
et ses chefs étaient obligés de la faire battre promptement en retraite, pour éviter qu'elle ne rendît
ses armes au peuple. Le gouvernement échouait
donc sur toute la ligne.

En rentrant de ma seconde promenade au Lu-

xembourg, je m'arrêtai près d'un groupe de gardes
nationaux occupés à lire une affiche apposée au
coin d'une rue. Les éclats de rire qui partaient de
ce groupe me firent penser qu'il s'agissait de quelque chose de très-plaisant ; et effectivement, la
chose était risible. C'était une proclamation du général d'Aurelles de Paladines, qui, certain de la victoire, avait fait imprimer d'avance un bulletin de
triomphe, que les afficheurs officiels avaient pla-
cardé dès le matin sur les murs. Voici ce que disait
l'affiche du général, qui avait compté sans son hôte :

« Une proclamation du chef du pouvoir exécutif
va paraître, et sera affichée sur les murs de Paris
pour expliquer le but des mouvements qui s'opè-
rent. Ce but est l'affermissement de la République,
la répression de toute tentative de désordre, et la
reprise des canons qui effraient la population. Les
buttes Montmartre sont prises et occupées par nos
troupes, ainsi que les buttes Chaumont et Belleville.
Les canons de Montmartre, des buttes Chaumont et
de Belleville sont au pouvoir du gouvernement de
la République.

» D'AURELLES DE PALADINES. »

On avouera qu'il y avait là de quoi égayer les
gardes nationaux, qui lisaient ces phrases ron-
flantes au moment même où le gouvernement se
voyait en pleine déconfiture. Ce document, repro-
duit par les journaux du soir, ne figura pas, on le
pense bien, dans le *Journal officiel* du jour suivant.

Je m'acheminais vers mon logement, lorsque soudain je vis apparaître, au détour d'une rue, un clairon du 85e qui d'un air ennuyé, sonna le rappel du bataillon. Assez surpris, je hâtais le pas pour lui demander le motif de cet appel, lorsque je fus arrêté par un camarade :

— Où vas-tu si vite ? me demanda-t-il.

— Parbleu, n'entends-tu pas le rappel ? Qu'est-ce que cela veut dire ?

— Je m'en moque ! Cela ne me regarde pas.

— Comment, cela ne te regarde pas ! Ne reconnais-tu pas la sonnerie de notre compagnie ?

Mon camarade se mit à rire.

— Ah ça ! crois-tu que je veux aller me faire casser les os pour le gouvernement ? Voilà assez longtemps qu'on se joue de nous. On dit que les troupes ne veulent plus marcher, et on voudrait nous faire marcher à leur place. Ah bien, merci ; tirer sur nos frères, il ne manquerait plus que cela. Non, non, que les capitulards aillent se cacher, et qu'ils nous laissent tranquilles ; les Parisiens ne s'égorgeront pas entre eux pour leur faire plaisir.

D'autres gardes nationaux s'approchèrent de nous et se mêlèrent à la conversation.

— Personne ne marchera, dit l'un d'eux, nous en avons assez. D'ailleurs que voudrait-on de nous ? on nous demande la guerre civile : nous n'en voulons pas !

— Non, non, nous n'en voulons pas ! répétèrent les autres.

Je trouvai qu'ils avaient raison, et qu'en effet, le gouvernement qui voulait faire battre entre eux des concitoyens, jouait un rôle odieux.

— Tiens ! s'écria un garde national en s'approchant d'un placard qu'un afficheur venait de poser, qu'est-ce que c'est que ça ? Encore une blague du gouvernement !

Et il commença à lire à haute voix :

« Gardes nationaux de Paris,
On répand le bruit absurde que le gouvernement prépare un coup d'État. »

— Il n'est déjà pas si absurde, le bruit, interrompit un auditeur. C'est un assez joli petit coup d'État, il me semble, que toute cette histoire ! dommage qu'il n'ait pas réussi aussi bien qu'au 2 décembre !

Le lecteur reprit :

«Le gouvernement de la République n'a et ne peut avoir d'autre but que le salut de la République. »

— Oui, M. Thiers est un fameux républicain, cria une voix.

«Les mesures qu'il a prises étaient indispensables au maintien de l'ordre ; il a voulu et il veut en finir avec un comité insurrectionnel dont les membres, presque tous inconnus à la population..... »

Nouvelles interruptions.

— Comment, un Comité insurrectionnel ! c'est

notre Comité central qu'on appelle ainsi ! Ah, par
exemple. Est-ce que nous sommes en insurrection,
voyons ? Est-ce que quelqu'un trouble l'ordre,
si ce n'est le gouvernement ?

— Et que parlent-ils d'*inconnus !* Les membres
du Comité, c'est nous qui les avons nommés, et
nous les connaissons bien.

— Et nous les soutiendrons, s'il le faut, contre
es royalistes !

— Allons, dit le lecteur, laissez-moi achever.

« ... Presque tous inconnus à la population, ne re-
présentent que les doctrines communistes, et met-
traient Paris au pillage et la France au tombeau,
si la garde nationale et l'armée ne se levaient pour
défendre, d'un commun accord, la patrie et la République.
Paris, le 18 mars 1871.

THIERS, DUFAURE, PICARD, Jules FAVRE,
Jules SIMON, POUYER-QUERTIER, général
LE FLO, amiral POTHUAU, LAMBRECHT, de
LARCY. »

— C'est une infamie ! ce sont des horreurs !
crièrent des voix irritées. Paris au pillage ! nous
sommes donc des voleurs ! Ah, si c'est comme ça
que le gouvernement croit se rendre populaire, il
se trompe.

Et le groupe se dissipa, chacun se sentant
moins disposé que jamais à prendre les armes pour
la défense d'un gouvernement pareil.

8

D'ailleurs, ce gouvernement, qui l'attaquait? On n'en savait rien. On voyait bien les troupes battre en retraite, et on se disait que probablement les bataillons des faubourgs les avaient repoussés de leurs quartiers. Mais il n'était pas question de faire une révolution, et nous fûmes grandement surpris le soir d'apprendre que le gouvernement s'était sauvé de Paris et s'était réfugié à Versailles.

Je dois dire que tous les gardes nationaux de mon arrondissement ne se montraient pas sympathiques au Comité central; mais presque tous étaient plus ou moins hostiles au gouvernement; et la bourgeoisie, quoique très irritée contre les faubourgs et les gardeurs de canons, ne bougea pas et laissa tout faire.

Cependant des bataillons de Montmartre et de Belleville s'avançaient dans l'intérieur sans rencontrer de résistance. Trouvant l'Hôtel-de-Ville abandonné, ils l'occupèrent, ainsi que la préfecture de police et divers ministères. C'est alors qu'on apprit la fuite du gouvernement. Les gardes nationaux rassemblés devant l'Hôtel-de-Ville réclamaient à grands cris la présence du Comité central qui siégeait en permanence dans une maison de la rue Bafroy, au XIe arrondissement, et qui ne s'était mêlé de rien. Plusieurs bataillons allèrent le chercher, et à minuit, aux acclamations de la foule, le Comité central de la garde nationale, précédé du drapeau rouge, était installé à l'Hôtel-de-Ville.

CHAPITRE IX

Récit authentique de la mort des généraux Lecomte et Clément Thomas. — Mauvaise foi de l'*Officiel* versaillais. — Pièces justificatives. — Les troupes se retirent à Versailles. — Le 19 mars. — Proclamations du Comité central.

Le lendemain matin, 10 mars, j'appris avec une stupeur profonde le meurtre des généraux Lecomte et Clément Thomas, fusillés à Montmartre.

La mort de Clément Thomas, à qui j'avais parlé quelques mois auparavant, et qui venait d'être la victime des fureurs populaires, excita en moi un mouvement de pitié, et j'eus un moment de colère contre ses bourreaux. Je voulus connaître les détails de l'affaire : mais impossible d'en avoir autrement que par les journaux, et chacun avait sa version. Seulement, je fus heureux de constater que tous les Comités désavouaient le crime, et que les assassins étaient recherchés par le Comité central.

Je crois que le récit suivant de ce triste événement, emprunté à MM. Lanjalley et Corriez, présente tous les garanties possibles de vérité et d'impartialité, et que mes lecteurs peuvent s'en rapporter avec confiance à la bonne foi de ces historiens.

« Le général Lecomte avait été retenu prisonnier, avons-nous dit, au Château-Rouge.

Ceux qui l'avaient arrêté crurent devoir l'envoyer rue des Rosiers, 6, au siége du Comité de Montmartre, afin de sauvegarder leur responsabilité.

Avant son départ, on l'interrogea sommairement. Il signa une déclaration par laquelle il s'engageait à ne plus servir le gouvernement actuel et à ne plus faire tirer sur le peuple.

Au moment de quitter le Château-Rouge, le général Lecomte implora le capitaine Meyer, lui disant qu'il avait de tristes pressentiments. Le souvenir des huées de la foule qui l'avait escorté le matin, son aspect irrité, se présentaient probablement à son esprit et lui semblaient dangereux. Ces appréhensions se réalisèrent. Quoique protégé par un peloton de gardes nationaux, il fut l'objet des invectives d'une foule furieuse qui l'accompagna jusqu'au haut de la butte.

Une centaine de soldats de la ligne qui avaient passé dans les rangs de la garde nationale, se trouvaient alors réfugiés au poste de la rue des Rosiers. En apercevant leur général, leur irritation fut très-vive. Ils joignirent leurs clameurs à celles de la foule, criant comme elle qu'il fallait exécuter Lecomte. Le comité de l'arrondissement délibérait alors, ainsi que nous l'avons dit plus haut, à la mairie de Montmartre.

On procéda aussitôt à la formation d'un conseil de guerre improvisé, opération qui demanda un assez long temps, parce que tous ceux auxquels on s'adressait refusaient d'en faire partie. Cependant quelques officiers de la garde nationale, qui se trouvaient là, et un officier garibaldien de l'armée des Vosges, furent contraints de remplir les fonctions de conseil de guerre.

Le général Lecomte, interrogé, nia, tout d'abord, avoir commandé de faire feu. Sur la déposition d'un sergent qui affirmait le fait, il avoua enfin qu'il avait ordonné de tirer sur le peuple. Le conseil improvisé demanda au général, si, le cas échéant, il agirait de même. — On voulait essayer de le soustraire aux projets de vengeance d'une foule affolée et de ses soldats révoltés et furieux. — Il répondit : « Ce que j'ai fait a été bien fait. »

Une vive discussion s'engage parmi les membres du conseil, désireux de sauver le général Lecomte. Quelques-uns demandent qu'il soit renvoyé salle Robert. Un délégué est dirigé vers la mairie afin d'informer la municipalité du grave événement qui se préparait.

Au dehors, le tumulte grondait toujours. Les exclamations violentes, sanguinaires, sinistres, de cette populace, parvenaient distinctement jusque dans la petite salle où se trouvaient le général et le conseil. Les protestations les plus énergiques s'élevaient contre ces façons sommaires de jugement. L'officier garibaldien surtout insistait pour qu'il eût lieu en règle comme devant l'ennemi.

En ce moment, on amena Clément Thomas. Sans son arrivée, le général Lecomte aurait peut-être été sauvé.

Clément Thomas se promenait sur la place Pigalle lorsqu'on commençait à y élever une barricade. Aperçu et reconnu par un factionnaire, la nouvelle de sa présence se répandit bientôt parmi les gardes nationaux groupés sur la place, L'homme qui avait tant contribué, pendant le siége, à fatiguer inutilement, à décourager la garde nationale, leur parut de bonne prise. Ils décidèrent son arrestation, qui fut immédiatement effectuée. Clément Thomas, accusé de venir inspecter les travaux de défense de Montmartre, protesta vainement de son innocence ; il fut entouré par un peloton de gardes nationaux, au nombre de quarante environ. Ce détachement se dirigea par le boulevard Clichy, la rue des Martyrs, la rue Marie-Antoinette et la place Saint-Pierre, vers la butte, et atteignit la rue des Rosiers.

Son arrivée exalta encore l'exaspération de la foule qui stationnait aux abords de la maison où l'on jugeait Lecomte, et qui avait aussi pénétré dans la cour.

Clément Thomas est conduit dans la salle où était réuni le conseil. Il n'est pas procédé à son jugement comme pour Lecomte. On constate son identité. Alors on lui reproche violemment d'avoir fait tirer sur le peuple en 1848, d'avoir fait massacrer inutilement les gardes nationaux à Montretout. Il répond à peine à ces accusations énergiquement formulées. Aussitôt il est entraîné, par un mouvement de la foule envahissante, hors de la salle, dans le jardin. Dès qu'il paraît, un tumulte indescriptible se produit. Tous les griefs, toutes les rancunes, toutes les haines, toutes les passions sauvages de cette foule surexcitée se manifestent en un instant sous l'influence de souvenirs multiples : les dures souffrances du siége, l'agonie des siens, la mort de tant d'autres ; sacrifices surhumains que l'incapacité ou la trahison des chefs militaires a rendus inutiles. Clément Thomas est l'un d'eux. Comme il descendait les marches, un coup de feu part, son chapeau est traversé par une balle. Il est amené auprès du mur du jardin, le long des pêchers, à gauche. Devant lui se trouve un peloton *composé surtout de francs-tireurs et de soldats de la ligne* auxquels se mêlèrent quelques gardes nationaux. De tous côtés, une foule immense ; les femmes sont en grand nombre. Les murs du jardin sont couronnés de spectateurs. Cette cohue humaine réclame immédiatement l'exécution.

Le peloton d'exécution était commandé par un jeune sous-lieutenant du 169e bataillon, homme d'aspect très-doux que les circonstances amenèrent à participer à l'un des actes les plus terribles que puissent entraîner les mouvements populaires.

Clément Thomas, très-pâle, se découvre ; il veut parler ; son émotion l'en empêche. Avant que l'ordre de faire feu ait été donné, une détonation retentit. Clément Thomas tombe, la face contre terre. La fusillade se poursuit.

Le général Lecomte est amené.

Lorsque Clément Thomas eut quitté la salle où était le conseil de guerre, la discussion avait continué, très animée, à propos du jugement de Lecomte. Ceux qui s'opposaient à son exécution, entre autres l'officier garibaldien, n'étaient plus écoutés. La foule, furieuse, proférait contre eux les plus violentes menaces. Elle les entraîna, en quelque sorte, jusqu'auprès du jardin.

Le général Lecomte fut poussé à côté du corps de Clément Thomas. Il était en proie à une extrême émotion ; il tremblait ; il fléchissait sur ses jambes.

Cet homme qui, le matin, commandait à trois

reprises avec sang-froid, avec calme, de faire feu sur la foule, ne sut pas mourir dignement.

On tire sur lui. Il tombe sur le dos, la face découverte.

La foule se disperse alors. Elle sort par la porte du jardin qui donne sur une petite ruelle communiquant avec la rue des Rosiers aux cris répétés de « Vive la République ! Mort aux traîtres ! »

Après que la foule se fut écoulée, un assez grand nombre de curieux, amenés par les détonations, entrèrent dans le jardin pour contempler les cadavres.

Vers six heures, un sergent-major du 169e bataillon, en sortant par la rue des Rosiers, dans le but de commander des bataillons pour la surveillance des canons, rencontra le citoyen Clémenceau, maire du XVIIIe arrondissement, qui se disposait à entrer, revêtu de ses insignes municipaux.

Il questionna le sergent-major, sans même pénétrer dans la cour : « Eh bien ! qu'y a-t-il ?... Eh quoi ? » — « Ils n'existent plus, » répondit le sergent.

M. Clémenceau resta quelques instants dans la rue, accueilli par les murmures de la foule, auxquels il se déroba bientôt en accompagnant jusqu'au Château-Rouge plusieurs officiers supérieurs de la ligne qui venaient d'être arrêtés sur la butte, et qui furent relâchés le lendemain. »

Voici maintenant le récit, beaucoup plus concis, qu'a publié le *Gaulois*, journal versaillais (n° du 20 mars) :

Le général Lecomte a été arrêté en haut des buttes. Il était à la tête de ses troupes, il a été conduit au Château-Rouge.

Le général Clément Thomas qui était en habit bourgeois, a été reconnu et arrêté au coin de la rue Marie-Antoinette ; on l'a mené également au poste du Château-Rouge.

Vers quatre heures, les deux généraux étaient transférés rue des Rosiers, n° 6, où se trouvaient des soldats de la ligne, des garibaldiens, et d'autres individus. Après un semblant de jugement, ils furent traînés au fond d'un jardin, où on les lia ensemble, puis on les jeta le long du mur.

Quelques protestations essayèrent de se faire entendre. Un officier garibaldien monta au premier étage de la maison, demandant que le général Clément Thomas fût jugé par une cour martiale et qu'on se contentât de le maintenir en état d'arrestation. La voix de l'officier fut couverte par les cris, et avant même qu'il eût quitté la croisée, on entendait la première décharge de dix fusils environ.

Le général Lecomte fut tué raide par une balle qui l'atteignit derrière l'oreille.

Le général Clément Thomas n'avait pas été touché. Dix coups de fusil partirent de nouveau. Le général Clément Thomas fut seulement blessé et cria : « Lâches ! »

Une troisième et dernière décharge le fit enfin tomber. Il était quatre heures et demie.

M. de Montebello, lieutenant de vaisseau, qui a été fait prisonnier, ainsi que M. Duvil, en haut de la rue des Martyrs, ont été conduits, à quatre heures du soir, rue des Rosiers, 6,

A six heures, on a mis en liberté MM. de Montebello et Duvil, devant lesquels le comité a protesté de son impuissance à contenir ceux qui ont exécuté les deux généraux. »

Ces deux récits prouvent surabondamment, il me semble, que l'exécution des deux malheureux généraux ne fut pas ordonnée par le Comité central, ni par aucune autorité reconnue par la garde nationale ; ce meurtre est le fait de cette foule aveugle et féroce qui, dans les grandes villes, et surtout à Paris, profite de tous les troubles pour venger les haines ou les ressentiments particuliers.

Aucune personne de bonne foi ne peut donc rendre responsable le peuple parisien de la mort des deux généraux, et pourtant le peuple avait des griefs très fondés contre Lecomte, qui avait voulu forcer ses soldats à faire feu sur une foule désarmée, et contre Clément Thomas, qui avait joué le même rôle en juin 1848.

Néanmoins, le gouvernement voulut faire retomber la responsabilité de ce crime sur la garde nationale et sur son Comité Central. Le *Journal officiel* de Versailles publia, dans son numéro du 19 mars, l'entrefilet suivant :

« Ce matin, vers midi, le général Lecomte, séparé de ses troupes, a été amené par une bande de forcenés rue des Rosiers, à Montmartre, devant quelques individus prenant le titre de Comité central. Des cris « A mort ! » se faisaient entendre.

Le général Clément Thomas, survenu peu de temps après, en habit de ville, a été reconnu. Un des assistants s'est écrié : « C'est le général Clément Thomas ; son affaire est faite ! »

Le général Lecomte et le général Clément Thomas ont été poussés dans un jardin, suivis par une centaine d'hommes. Ils ont été attachés et fusillés. Leurs cadavres ont été mutilés à coups de baïonnette.

Ce crime épouvantable, accompli sous les yeux du Comité central, donne la mesure des horreurs dont Paris est menacé, si les sauvages agitateurs qui troublent la cité et déshonorent la France pouvaient triompher.

Les deux aides de camp du général Lecomte allaient subir le même sort que leur général, quand ils ont été sauvés par l'intervention d'un jeune homme de dix-sept ans, qui s'est écrié que ce qui se passait était horrible ; qu'après tout on ne connaissait pas ceux qui prononçaient ces condamnations à mort. Il a réussi à faire épargner les deux jeunes officiers, menacés d'une mort affreuse.

Que la population de Paris, si indulgente jusqu'ici pour les fauteurs de désordres, comprenne enfin qu'elle doit se montrer énergique contre de pareils forfaits, sous peine d'en être complice ! »

Mais les trois pièces qui suivent mettent à néant les perfides insinuations de *l'Officiel* :

« Le Comité du XVIIIe arrondissement (Montmartre) proteste en ces termes contre les récits qui lui imputeraient une participation quelconque dans l'assassinat des généraux Clément Thomas et Lecomte :

Les récits les plus contradictoires se répètent sur l'exécution des généraux Clément Thomas et Lecomte. D'après ces bruits le Comité se serait constitué en cour martiale et aurait prononcé la condamnation des deux généraux.

Le comité du XVIIIᵉ arrondissement proteste énergiquement contre ces allégations.

La foule seule, excitée par les provocations de la matinée, a procédé à l'exécution sans aucun jugement.

Les membres du Comité siégeaient à la mairie au moment où l'on vint les avertir du danger que couraient les prisonniers.

Ils se rendirent immédiatement sur les lieux pour empêcher un accident : leur énergie se brisa contre la fureur populaire ; leur protestation n'eut pour effet que d'irriter cette fureur, et ils ne purent que rester spectateurs passifs de cette exécution.

Le procès-verbal suivant, signé de cinq personnes retenues prisonnières pendant ces événements, qui ont assisté forcément à toutes les péripéties de ce drame, justifiera complétement le comité :

Procès-verbal attestant que les membres du Comité ne sont pour rien dans le fait qui vient de s'accomplir dans le jardin des Rosiers.

Les deux personnes désignées ont été fusillées à quatre heures et demie, contre l'assentiment de tous les membres présents, qui ont fait ce qu'ils ont pu pour empêcher ces accidents, car les victimes de ce fait sont le général Lecomte et un individu en bourgeois désigné par la foule comme étant Clément Thomas.

Les personnes qui attestent ce qui est ci-dessus désigné ont été amenées par cas d'arrestation.

Le fait a été accompli généralement par des

soldats appartenant à la ligne, puis quelques mobiles et quelques gardes nationaux.

Les victimes étaient au Château-Rouge, et c'est en ramenant ces individus que la foule, en s'en emparant, a exécuté cet acte que nous répudions.

Montmartre, le 18 mars 1871.

Signé : LANNES DE MONTEBELLO (Napoléon-Camille), officier de marine démissionnaire, rue de la Baume, 31,

DOUVILLE DE MAILLEFIN (Gaston), officier de marine démissionnaire, 32, rue Blanche.

LEDUC, serrurier, 17, rue Feudan.

MIRADAINE (Henri), employé, 6, rue Charon.

LÉON MARIN, 92, rue de Richelieu.

Déposition du citoyen Dufil.

Le citoyen Dufil (Alexandre), ayant exercé les fonctions de sous-lieutenant en second (2e escadron) dans le corps franc des *cavaliers de la République,* a assisté à l'exécution des deux accusés Clément Thomas et Lecomte, et affirme que le Comité de légion du XVIIIe arrondissement a fait tout son possible pour que l'exécution n'ait pas lieu ; mais malgré nos efforts, il nous a été impossible d'y remédier, même aux dépens de notre vie.

19 mars 1871.

Signé : Dufil (Alexandre).

Ont également signé les membres du Comité du XVIIIe arrondissement.

Mais en voilà assez sur cette triste affaire. Revenons à l'insurrection.

Les gardes nationaux avaient envahi plusieurs

casernes, dans la soirée du 18, et, sous les yeux des officiers de la ligne, ils s'emparaient des chassepots des soldats. Ceux-ci ne faisaient aucune opposition. Vers six heures du soir, arriva un ordre de l'autorité militaire, d'évacuer les casernes. Le gouvernement, à ce moment réuni encore dans le palais du quai d'Orsay, venait apparemment de prendre une décision. Il fallait préserver les troupes du contact de l'émeute, et, à cet effet, tous les régiments prirent le chemin de Versailles, les uns pour s'y reformer, les autres pour y être sévèrement punis.

Un grand nombre de soldats de ligne et d'artilleurs restèrent parmi les gardes nationaux, et ne purent rejoindre le lendemain leur corps, les gares étant occupées par les fédérés. De plus, la crainte d'être trop sévèrement punis modéra leur zèle ; ils étaient en effet coupables : ils avaient refusé de tirer sur le peuple, et l'on sait que les compagnies rentrées à Versailles, convaincues de ce fait, furent dégradées, dissoutes, et versées dans d'autres bataillons. La crainte du châtiment, le bon accueil des habitants des faubourgs, retinrent ainsi une quantité de soldats, qui plus tard furent incorporés dans la garde nationale. Tous croyaient bien faire. Républicains pour la plupart, ils se défiaient de l'assemblée dite nationale, et refusaient de faire partie de la nouvelle garde prétorienne de M. Thiers.

On verra plus tard avec quelle horrible cruauté tous ces pauvres soldats furent massacrés par les ordres du gouvernement de Versailles.

Pendant que de tous les faubourgs de nombreux bataillons républicains arrivaient sans cesse vers l'Hôtel-de-Ville, prêts à appuyer ou à défendre le Comité central, les quartiers bourgeois restaient dans une complète inertie. Le tambour battait, les clairons faisaient entendre leurs appels les plus assourdissants, aucun partisan de l'ordre ne descendait dans la rue. Le gouvernement, inquiet, fit alors paraître cet appel :

A LA GARDE NATIONALE DE LA SEINE.

Le gouvernement vous appelle à défendre votre cité, vos foyers, vos familles, vos propriétés.

Quelques hommes égarés, se mettant au-dessus des lois, n'obéissant qu'à des chefs occultes, dirigent contre Paris les canons qui avaient été soustraits aux Prussiens.

Ils résistent par la force *à la garde nationale* et à l'armée.

Voulez-vous le souffrir ?

Voulez-vous, sous les yeux de l'étranger, prêt à profiter de nos discordes, abandonner Paris à la sédition ?

Si vous ne l'étouffez pas dans son germe, c'en est fait de la République et peut-être de la France !

Vous avez leur sort entre vos mains.

Le gouvernement a voulu que vos armes vous fussent laissées.

9

Saisissez-les avec résolution pour rétablir le régime des lois, sauver la République de l'anarchie, qui serait sa perte ; groupez-vous autour de vos chefs ; c'est le seul moyen d'échapper à la ruine et à la domination de l'étranger.

Paris, le 18 mars 1871.

Le général commandant supérieur
des gardes nationales,
D'AURELLES.

Le ministre de l'intérieur,
ERNEST PICARD.

Ainsi, dans le langage du gouvernement, la population des faubourgs, qui s'était levée tout entière, s'appelait *quelques hommes*, et la résistance faite *par la garde nationale* à l'armée, devenait la résistance de quelques hommes *à la garde nationale !*

Cet appel ne produisit aucun résultat. Les gardes nationaux de l'ordre semblaient terrifiés, et, bien loin de songer à « saisir leurs armes avec résolution, » ils se renfermaient prudemment dans leurs maisons.

————

Le 19 mars, Paris tout entier était au pouvoir des fédérés, et plusieurs colonnes de Bellevillois poussèrent leurs excursions jusque dans notre arrondissement. Mon bataillon, réuni à 11 heures sur la place Saint-Sulpice, faisait froide mine aux Bellevillois, et personne n'osait applaudir ou protester. Chacun attendait de voir l'attitude que prendrait le

Comité central, car, à cette heure-là, on ignorait encore la portée du mouvement insurrectionnel.

Enfin deux proclamations furent affichées dans le quartier, qui nous révélèrent tout un monde nouveau.

La première était adressée *Au peuple* :

> Citoyens,
>
> Le peuple de Paris a secoué le joug qu'on essayait de lui imposer.
>
> Calme, impassible dans sa force, il a attendu sans crainte comme sans provocation les fous éhontés qui voulaient toucher à la République.
>
> Cette fois, nos frères de l'armée n'ont pas voulu porter la main sur l'arche sainte de nos libertés. Merci à tous, et que Paris et la France jettent ensemble les bases d'une République acclamée avec toutes ses conséquences, le seul gouvernement qui fermera pour toujours l'ère des invasions et des guerres civiles.
>
> L'état de siége est levé.
>
> Le peuple de Paris est convoqué dans ses sections pour faire ses élections communales. La sûreté de tous les citoyens est assurée par le concours de la garde nationale.
>
> Hôtel-de-Ville de Paris, le 19 mars 1871.
>
> *Le Comité central de la garde nationale,*
> Assi, Billioray, Ferrat, Babick, Ed. Moreau, Ch. Dupont, Varlin, Boursier, Mortier, Gouhier, Lavalette, Fr. Jourde, Rousseau, Ch. Lullier, Blanchet, J. Grollard, Barroud, H. Géresme, Fabre, Pougeret.

La seconde, que voici, s'adressait *Aux gardes nationaux de Paris* :

Citoyens,

Vous nous aviez chargés d'organiser la défense de Paris et de vos droits.

Nous avons conscience d'avoir rempli cette mission : aidés par votre généreux courage et votre admirable sang-froid, nous avons chassé ce gouvernement qui nous trahissait.

A ce moment, notre mandat est expiré, et nous vous le rapportons, car nous ne prétendons pas prendre la place de ceux que le souffle populaire vient de renverser.

Préparez donc et faites de suite vos élections communales, et donnez-nous pour récompense la seule que nous ayons jamais espérée : celle de vous voir établir la véritable République.

En attendant, nous conservons, au nom du peuple, l'Hôtel-de-Ville.

Hôtel-de-Ville de Paris, le 19 mars 1871.

Le Comité central de la garde nationale :

Assi, Billioray, Ferrat, Babick, Ed. Moreau, Ch. Dupont, Varlin, Boursier, Mortier, Gouhier, Lavalette, Fr. Jourde, Rousseau, Ch. Lullier, Blanchet, J. Grollard, Barroud, H. Géresme, Fabre, Pougeret.

C'était donc une vraie révolution, révolution toute pacifique, et qui fit plaisir à tout le monde, une fois que chacun sut que le gouvernement et ses agents étaient dûment partis. Le meurtre des généraux assombrissait seul le brillant avenir qui semblait vouloir se dérouler pour Paris. La capitale allait enfin avoir ses franchises municipales, et la Com-

mune pouvait contrebalancer par son influence les
réactionnaires de l'Assemblée, et anéantir les décrets insensés qui ruinaient le peuple.

CHAPITRE X.

La place de l'Hôtel-de-Ville. — Allégresse du peuple parisien. Préparatifs à Versailles. — Communication du Comité central. — L'*Officiel* de Versailles. — Déloyauté de ce journal. — Tentative de conciliation des maires de Paris. — M. Jules Favre et sa politique.

J'allai, dans l'après-midi du 19, visiter l'Hôtel-de-Ville que je trouvai envahi par une foule immense. La place, entourée de barricades construites avec des pavés, était remplie de gardes nationaux, de femmes et d'enfants, et tous les visages resplendissaient de bonheur et de confiance. Un drapeau rouge flottait au sommet du monument, et une rangée de plus de quatre-vingts canons, serrés devant la grande façade, lui faisait une brillante ceinture. Personne, dans ce peuple nombreux, ne paraissait s'inquiéter de l'avenir. D'ailleurs, l'avenir était maintenant à Paris ! Qui oserait s'attaquer au peuple, maintenant qu'il avait vaincu l'armée !

Des bataillons arrivaient constamment sur la place ; ils venaient acclamer quelques membres du

Comité central installés à l'Hôtel-de-Ville, puis repartaient pour faire place à d'autres; c'étaient des ovations, des hourrah, des cris frénétiques, des embrassades. Nombre de femmes pleuraient de joie devant ce spectacle, et il semblait que, sur cette grande place, la Paix et la Fraternité fussent enfin descendues sur la terre.

Pauvres gens! pendant que vous croyez à la paix, à la prospérité de votre pays, à la reprise du travail et des affaires, vous ne voyez pas là-bas ce nuage noir. Versailles range ses bataillons, éliminant avec soin tous ceux qui ont horreur de verser du sang français; il groupe et compose une armée nouvelle; les sergents-de-ville, les gardes municipaux de l'empire, les prisonniers revenus de Prusse, les chouans de Cathelineau, les vendéens de Charette, les zouaves pontificaux, voilà l'armée que le parti de l'ordre prépare, armée qui, lorsqu'elle sera prête, vous écrasera. En attendant, dormez sur les deux oreilles, faites des discours, des proclamations; un cordon sanitaire sera établi autour de Paris, et la province ne saura de vous et de vos actes que ce que Versailles se chargera de lui faire savoir.

Le peuple parisien a un grand défaut; il aime les parades, les cortéges, les manifestations; de même que, pendant le siége, on fit de longues et inutiles

démonstrations sur la place de la Concorde, devant
la statue de Strasbourg, tandis qu'il y avait à creu-
ser des tranchées et à élever des ouvrages de défense, de même le Comité central et les fédérés
perdirent un temps précieux en processions, en
défilés et en discours. Je suis persuadé que si Paris,
au lendemain du 18 mars, avait lancé ses bataillons
sur Versailles, maître qu'il était de Châtillon et des
bois de Meudon et de Clamart, la ville des rois
n'aurait pu résister au choc puissant des bataillons
fédérés. L'armée, encore désorganisée, n'aurait pu
s'opposer à la marche de cent mille gardes nationaux enthousiastes. C'était l'avis du général Dombrowski. Pourquoi le Comité central ne l'a-t-il pas
suivi ?

Avant d'aller plus loin, je dois citer ici un document remarquable ; c'est une affiche publiée le 19
mars par le Comité central, et dont le ton modéré
contraste étrangement avec les proclamations que
le gouvernement, retiré à Versailles, fit paraître le
même jour :

FÉDÉRATION RÉPUBLICAINE DE LA GARDE NATIONALE.
Comité central.

Si le Comité central de la garde nationale était
un gouvernement, il pourrait, pour la dignité de
ses électeurs, dédaigner de se justifier. Mais comme
sa première affirmation a été de déclarer « qu'il ne
prétendait pas prendre la place de ceux que le souf-

fle populaire avait renversés, » tenant à simple honnêteté de rester exactement dans la limite expresse
du mandat qui lui a été confié, il demeure un composé de personnalités qui ont le droit de se défendre.

Enfant de la République qui écrit sur sa devise
le grand mot de : « Fraternité, » il pardonne à ses
détracteurs ; mais il veut persuader les honnêtes
gens qui ont accepté la calomnie par ignorance.

Il n'a pas été occulte : ses membres ont mis
leurs noms à toutes ses affiches. Si ces noms étaient
obscurs, ils n'ont pas fui la responsabilité, et elle
était grande.

Il n'a pas été inconnu, car il était issu de la libre
expression des suffrages de deux cent quinze bataillons de la garde nationale.

Il n'a pas été fauteur de désordres, car la garde
nationale, qui lui a fait l'honneur d'accepter sa direction, n'a commis ni excès ni représailles, et s'est
montrée imposante et forte par la sagesse et la modération de sa conduite.

Et pourtant, les provocations n'ont pas manqué ;
et pourtant, le gouvernement n'a cessé, par les
moyens les plus honteux, de tenter l'essai du plus
épouvantables des crimes : la guerre civile.

Il a calomnié Paris et a ameuté contre lui la province.

Il a amené contre nous nos frères de l'armée,
qu'il a fait mourir de froid sur nos places, tandis
que leurs foyers les attendaient.

Il a voulu vous imposer un général en chef.

Il a, par des tentatives nocturnes, tenté de nous
désarmer de nos canons, après avoir été empêché
par nous de les livrer aux Prussiens.

Il a enfin, avec le concours de ses complices ef-
farés de Bordeaux, dit à Paris : « Tu viens de te

montrer héroïque ; or, nous avons peur de toi, donc nous t'arrachons ta couronne de capitale. »

Qu'a fait le Comité central pour répondre à ces attaques ? Il a fondé la fédération ; il a prêché la modération, — disons le mot, — la générosité ; au moment où l'attaque armée commençait, il disait à tous : « Jamais d'agression, et ne ripostez qu'à la dernière extrémité ! »

Il a appelé à lui toutes les intelligences, toutes les capacités ; il a demandé le concours du corps d'officiers ; il a ouvert sa porte chaque fois que l'on y frappait au nom de la République.

De quel côté étaient donc le droit et la justice ? De quel côté était la mauvaise foi ?

Cette histoire est trop courte et trop près de nous, pour que chacun ne l'ait pas encore à la mémoire. Si nous l'écrivons à la veille du jour où nous allons nous retirer, c'est, nous le répétons, pour les honnêtes gens qui ont accepté légèrement des calomnies dignes seulement de ceux qui les avaient lancées.

Un des plus grands sujets de colère de ces derniers contre nous est l'obscurité de nos noms. Hélas ! bien des noms étaient connus, très-connus, et cette notoriété nous a été bien fatale !.....

Voulez-vous connaître un des derniers moyens qu'ils ont employés contre nous ? Ils refusent du pain aux troupes, qui ont mieux aimé se laisser désarmer que de tirer sur le peuple. Et ils nous appellent assassins, eux qui punissent le refus d'assassinat par la faim !

D'abord, nous le disons avec indignation : la boue sanglante dont on essaie de flétrir notre honneur est une ignoble infamie. Jamais un arrêt d'exécution n'a été signé par nous ; jamais la garde nationale n'a pris part à l'exécution d'un crime.

Quel intérêt y aurait-elle? Quel intérêt y aurions-nous?

C'est aussi absurde qu'infâme.

Au surplus, il est presque honteux de nous défendre. Notre conduite montre, en définitive, ce que nous sommes. Avons-nous brigué des traitements ou des honneurs? Si nous sommes inconnus, ayant pu obtenir, comme nous l'avons fait, la confiance de 215 bataillons, n'est-ce pas parce que nous avons dédaigné de nous faire une propagande? La notoriété s'obtient à bon marché : quelques phrases creuses ou un peu de lâcheté suffit ; un passé tout récent l'a prouvé.

Nous, chargés d'un mandat qui faisait peser sur nos têtes une terrible responsabilité, nous l'avons accompli sans hésitation, sans peur, et dès que nous voici arrivés au but, nous disons au peuple qui nous a assez estimés pour écouter nos avis, qui ont souvent froissé son impatience :

« Voici le mandat que tu nous a confié : là où notre intérêt personnel commencerait, notre devoir finit ; fais ta volonté. Mon maître, tu t'es fait libre. Obscurs il y a quelques jours, nous allons rentrer dans tes rangs, et montrer aux gouvernants que l'on peut descendre, la tête haute, les marches de ton Hôtel-de-Ville, avec la certitude de trouver au bas l'étreinte de ta loyale et robuste main. »

Les membres du Comité central :

Ant. Arnaud, Assi, Billioray, Ferrat, Babick, Ed. Moreau, C. Dupont, Varlin, Boursier, Mortier, Gouhier, Lavalette, F. Jourde, Ch. Lullier, Rousseau, Henry Fortuné, G. Arnold, Viard, Blanchet, J. Grollard, Barroud, H. Géresme, Fabre, Pougeret, Bouit.

Voici maintenant ce qu'on lisait dans le *Journal officiel* de Versailles, du 19 mars :

« ..... On se demande avec une douloureuse stupeur quel peut être le but de ce coupable attentat; des malveillants n'ont pas craint de répandre le bruit que le gouvernement préparait un coup d'Etat, que plusieurs républicains étaient arrêtés. Ce sont d'odieuses calomnies. Le gouvernement, issu d'une assemblée nommée par le suffrage universel, a plusieurs fois déclaré qu'il voulait fonder la République. Ceux qui veulent la renverser sont les hommes de désordre, les assassins qui ne craignent pas de semer l'épouvante et la mort dans une cité qui ne peut se sauver que par le calme, le respect des lois. Ces hommes ne peuvent être que les stipendiés de l'ennemi ou du despotisme. Leurs crimes, nous l'espérons, soulèveront la juste indignation de la population de Paris, qui sera debout pour leur infliger les châtiments qu'ils méritent. »

Puis, voici l'affiche du même jour, placardée dans quelques quartiers de Paris :

Gardes nationaux de Paris !

Un Comité prenant le nom de Comité central, après s'être emparé d'un certain nombre de canons, a couvert Paris de barricades, et a pris possession pendant la nuit du ministère de la justice. Il a tiré sur les défenseurs de l'ordre, il a fait des prisonniers. Il a assassiné de sang-froid le général Clément Thomas et un général de l'armée française, le général Lecomte.

Quels sont les membres de ce Comité ? Personne à Paris ne les connaît. Leurs noms sont nouveaux pour tout le monde ; nul ne saurait même dire à quel parti ils appartiennent. Sont-ils communistes, bonapartistes ou Prussiens ? Sont-ils les agents d'une triple coalition ? Quels qu'ils soient, ce sont les ennemis de Paris qu'ils livrent au pillage, de la France qu'ils livrent aux Prussiens, de la République qu'ils livreront au despotisme. Les crimes abominables de ces hommes ôtent toute excuse à ceux qui oseraient ou les suivre, ou les subir.

Voulez-vous prendre la responsabilité de leurs assassinats et des ruines qu'ils vont accumuler? Alors demeurez chez vous! Mais si vous avez souci de l'honneur et de vos intérêts les plus sacrés, ralliez-vous au gouvernement de la République et à l'Assemblée nationale.

Paris, le 19 mars 1871.

Les ministres présents à Paris :
Dufaure, Jules Favre, Ernest Picard, Jules Simon, amiral Pothuau, général Leflô.

On voit que le gouvernement, réfugié maintenant à Versailles, persistait à faire croire que le Comité central était réellement coupable du meurtre des généraux. Bien plus, il cherchait, lui suspect à bon droit de tendances monarchistes, à faire passer les révolutionnaires pour des bonapartistes; lui qui plus tard devait s'allier avec les Prussiens contre Paris, il traitait d'agents prussiens les hommes du Comité central. C'était peu loyal de sa part, et c'était rendre impossible toute tentative de conciliation.

Il est essentiel pourtant de mentionner ici celles qui furent faites à plusieurs reprises par les maires de Paris, soit auprès de M. Thiers, soit auprès de M. Jules Favre. On verra que c'est grâce à l'entêtement de ce dernier que ces tentatives échouèrent.

Une première réunion des maires avait eu lieu dans la journée du 18 mars, à 3 heures de l'après-midi. Cette réunion, convoquée par le citoyen Bonvalet, maire du III⁰ arrondissement, se réunit à la mairie du II⁰ arrondissement ; quelques députés y assistèrent. On convint d'abord d'envoyer une délégation auprès de M. Thiers, pendant que deux délégués iraient trouver Aurelles de Paladines. Mais M. Thiers n'était pas visible, et M. Picard, seul *visible* (!), répondit qu'il ne pouvait prendre aucune décision sans l'assentiment de ses collègues. M. d'Aurelles de Paladines, lui, chercha à se disculper de toute responsabilité pour l'attaque de la nuit. Puis il aurait ajouté :

« Ce sont les avocats qui l'ont voulu. Cependant
» je leur avais bien dit que cela se terminerait ainsi.
» Ils ont cru pouvoir compter sur l'armée, et l'armée
» fraternise avec l'émeute. Réunissez-vous, Messieurs, et décidez. Le sort de Paris, que dis-je, le
» sort de la France est entre vos mains (1). »

Vers le soir, une autre réunion des maires et des députés de Paris eut lieu à la mairie du I⁰ʳ arrondissement. On y nomma une délégation de douze membres, qui furent chargés de proposer au gou-

(1) P. Lanjalley et P. Corriez.

ernement quelques mesures qui apaiseraient le
peuple soulevé, telles que la nomination du colonel
Langlois comme commandant en chef de la garde
nationale, et des élections municipales immédiates.
M. Jules Favre, en recevant cette députation, commença par demander si la nouvelle de l'exécution
de Lecomte et de Clément Thomas était authentique.

« On lui répondit affirmativement. — Alors, il
n'est plus possible, dit-il, de faire aucune conces-
sion. Demain nous ferons appel à la garde nationale;
nous nous mettrons à sa tête et essaierons de maî-
riser cette insurrection. » Il fut impossible d'argu-
menter, de raisonner avec lui. Les maires déclarè-
rent qu'ils croyaient qu'il y avait encore des issues
possibles à une situation que chaque heure aggra-
vait. M. Jules Favre ne voulut rien entendre. —
« On ne discute pas, on ne parlemente pas avec
l'émeute! on ne traite pas avec des assassins! »
telle est la phrase qui revint souvent ce jour-là et
les jours suivants. M. Jules Favre aurait dû se souvenir que lorsqu'on remplit les fonctions de ministre, on doit être, avant tout, homme d'Etat, c'est-
à-dire rechercher, sans se laisser dominer par ses
sentiments personnels, toutes les combinaisons qui,
par leur immédiate application, peuvent calmer les
esprits, faire cesser le trouble (1). »

Le lendemain, il était trop tard, et les conces-

(1) P. Lanjalley et P. Corriez.

sions du gouvernement étaient inutiles ; les régiments étaient en route pour Versailles, et la classe bourgeoise, abandonnée par le gouvernement, en présence d'une insurrection provoquée par sa maladresse, et victorieuse par suite de sa faiblesse, en conçut une vive irritation.

Voici encore, pour terminer, une courte citation de MM. P. Lanjalley et P. Corriez :

Le Comité central qui, d'après les statuts de la Fédération, avait « pour mission de veiller au maintien de l'armement de tous les corps spéciaux et autres de la garde nationale, et de prévenir toute tentative qui aurait pour but le renversement de la République, » était, en effet, poussé par la force des choses, à se transporter à l'Hôtel-de-Ville pour essayer d'y suppléer le gouvernement évanoui, — prétention qu'il n'avait certes point, la veille au soir.

L'impression générale fut que, dans cette fuite du gouvernement, il y eut autant de pusillanimité que de prétendue prudence.

CHAPITRE XI.

Le *Temps* et *l'Opinion Nationale.* — Le parti de *l'ordre* jugé par un ses organes.—Occupation des forts de la rive gauche par les fédérés. Actes du Comité Central. — Dépêches versaillaises. — Nouvelle tentative de conciliation. — La « poignée de misérables » de M. Jules Favre. — L'amiral Saisset.— Les Amis de *l'Ordre.* — Nouvelle proclamation du Comité Central — Perfidie du *Journal Officiel* de Versailles.

J'ai dit plus haut que, malgré les appels du gouvernement, les partisans de *l'ordre* n'avaient pas trouvé bon de combattre l'émeute. Mécontents eux-mêmes du gouvernement, la plupart des gardes nationaux appartenant à la classe bourgeoise laissaient faire.

Le *Temps* constata lui-même cet état de choses : « L'insurrection, disait-il le 19 mars, a vaincu sur tous les points, et presque sans combat, par la défection de l'armée, la connivence d'une partie de la garde nationale, et l'indifférence de l'autre. »

Voici en outre un jugement tiré de *l'Opinion nationale*, dont il est bon de prendre note. Après

10

avoir parlé du meurtre des deux généraux, ce journal ajoute :

« Mais selon nous, il y a quelque chose de plus
abominable encore, c'est la lâcheté, la mollesse,
l'inertie, l'égoïsme de la population soi-disant honnête, subissant toutes ces infamies avec une parfaite
résignation. C'est cette garde nationale des quartiers centraux, envoyant vingt hommes par compagnie, quatre-vingts hommes par bataillon de douze
cents hommes ; ces boutiquiers ne voulant pas
quitter leur boutique, et s'en remettant à la ligne
ou à la Providence pour les sauver. »

Ces paroles sont dures, mais elles sont vraies.
Cette classe, dont parle l'*Opinion nationale*, tomba
dès ce jour dans une espèce de torpeur, dont elle
ne sortit qu'après la chute de la Commune, pour
insulter les vaincus, cracher sur les prisonniers,
dénoncer les malheureux fédérés en demandant à
grands cris leur mort, et livrer lâchement ceux qui
étaient maintenant sans défense ; il faut connaître
Paris pour se figurer ces haines féroces et cette soif
de sang.

La garde nationale fédérée eut un heureux début ;
tous les forts situés sur la rive gauche furent occupés sans résistance dans la soirée du 19 mars, et
des bataillons s'y installèrent et les mirent en état
de défense. Seulement les forts d'Issy et de Vanves,
à demi-ruinés par les obus prussiens, exigeaient de
grandes réparations, et la guerre civile devait éclater

trop vite pour permettre qu'on les remît en état de résister longtemps. Les murailles étaient ébréchées, plusieurs casemates étaient percées, et les casernes n'étaient plus qu'une ruine.

Le 20, le Comité central publia un arrêté, annonçant que les élections pour le Conseil communal de la ville de Paris auraient lieu le 22 mars, au scrutin de liste, et par arrondissement. Chaque arrondissement devait nommer un conseiller par chaque vingt mille habitants, ou fraction excédant dix mille. Le même jour, le Comité central annonça que le traité conclu avec la Prusse serait respecté, et décréta que l'état de siége était levé dans le département de la Seine, et qu'une amnistie pleine et entière était accordée à tous les détenus politiques.

Le même jour encore, une circulaire était envoyée aux départements, les invitant à suivre l'exemple de la capitale, et à se mettre en rapport avec elle. Le gouvernement réuni à Versailles y répondit par l'envoi en province du télégramme suivant :

Versailles, 20 mars, 12 h. 55 m. soir.

Donnez l'ordre à tous les militaires, soldats ou officiers, venant isolément ou en troupe, de s'arrêter aux stations de Versailles, Etampes, Corbeil, Melun, Nogent-sur-Seine, Meaux, Soissons, Pontoise, Chantilly et Poissy. Donnez le même ordre aux marins, ainsi qu'aux fonctionnaires publics.

Signé : A. Thiers.

Et M. Ernest Picard envoyait à tous les préfets la circulaire suivante :

20 mars, 9 h. 40 du matin.
Intérieur aux préfets et sous-préfets.
Faites saisir de suite le *Journal officiel* du 20 mars, daté de Paris ; il est l'œuvre de l'insurrection qui s'est emparée des presses de l'*Officiel* à Paris : prévenez les populations.

Ernest PICARD.

La journée du 21 fut tranquille ; le peuple parisien, étonné de sa victoire facile, inondait les places publiques, et chacun allait visiter les barricades qui défendaient certains quartiers ; cet attirail révolutionnaire n'effrayait plus, et de fait, ces barricades, telles qu'elles étaient alors, étaient des barricades pour rire ; elles n'auraient pas résisté au choc d'une seule décharge d'artillerie, et auraient même été dangereuses pour ceux qui les gardaient, car elles étaient construites presque toutes avec des pavés, entassés plus ou moins régulièrement.

Ce jour-là, les maires et les députés de Paris tentèrent une nouvelle démarche à Versailles, et invitèrent le peuple parisien, par une affiche, à écarter toute cause de conflit, en attendant les décisions qui seraient prises par l'Assemblée nationale. Un grand nombre de journaux, qui représentaient les opinions les plus diverses, car il y avait dans le nombre le *Constitutionnel*, le *Figaro*, le *Pays*, l'*Uni-*

vers, le *Temps*, engagèrent les électeurs à s'abstenir d'aller voter le 22, attendu que, la convocation des électeurs étant un acte de la souveraineté nationale, l'exercice de cette souveraineté n'appartenait qu'aux pouvoirs émanés du suffrage universel.

A Versailles, quelques hommes, poussés par la haine, entravaient toutes les tentatives de conciliation. Tandis que MM. Clémenceau, Langlois, Henri Brisson et Léon Say n'avaient que des paroles modérées et conciliantes, M. Jules Favre, lui, sembla prendre à tâche d'effrayer l'Assemblée, en augmentant son trouble, en dénaturant le mouvement insurrectionnel de Paris.

« Avec quelle tristesse, disent P. Lanjalley et P. Corriez, ne l'avons-nous pas entendu prononcer ce discours de forme magnifique et si magnifiquement débité ! Tout ce qu'un homme pour qui l'art oratoire n'a pas de secret, peut mettre de fiel et de venin dans ses paroles, tous les artifices qu'il peut employer pour exciter les passions haineuses d'hommes déjà affolés par la terreur d'un mouvement qu'ils ne connaissent ni ne comprennent, tout cela se trouve accumulé dans le discours que prononça M. Jules Favre.

» A l'entendre, ceux qui, poussés par l'agression du pouvoir, avaient fait le mouvement du 18 mars, étaient « une poignée de misérables, » des gens « mettant au-dessus de l'autorité légitime, issue du suffrage universl, *je ne sais quel idéal sanglant et rapace,* » des gens « ayant usurpé le pouvoir et ne voulant s'en servir que pour la violence, l'assassinat et le vol. »

» M. Jules Favre ne craignait pas d'altérer cruellement la vérité pour augmenter la terreur de la majorité rurale. Il lui disait que Paris prétendait « imposer sa domination à la France pour ne pas la subir ! »

C'est ainsi que le ministre des affaires étrangères entendait l'apaisement. Par quelle incroyable aberration le grand avocat croyait-il nécessaire d'exciter encore par ses paroles, hélas ! trop écoutées, le fanatisme et la folie de cette Assemblée, qui entrait en colère au seul cri de : Vive la République !

L'amiral Saisset, qui applaudit avec chaleur au discours de M. Jules Favre, l'interrompit même par cet appel à la guerre civile :

« — Appelons la province ! et marchons, s'il le faut, sur Paris. Il faut qu'on en finisse ! »

L'amiral essaya cependant le lendemain de démentir ses propres paroles. Le *Rappel* du vendredi 24 mars contenait ce petit entrefilet :

Dans le compte-rendu *in-extenso* de la séance du 21, le *Journal officiel* avait consigné de M. l'amiral Saisset une malheureuse exclamation, singulièrement hostile au peuple de Paris.

M. l'amiral Saisset déclare que les paroles qui lui

ont été prêtées : « Appelons la province et marchons sur Paris ! » n'ont jamais été prononcées par lui.

Notre impartialité nous fait un devoir de donner acte de sa déclaration à M. l'amiral Saisset.

Dans l'après-midi de la même journée, une manifestation du parti de l'*ordre*, composée de citoyens sans armes, se rendit sur la place Vendôme, en criant : Vive l'Assemblée ! A bas le Comité ! Pendant quelque temps, les « Amis de l'Ordre, » prenant courage devant l'attitude passive des fédérés qui gardaient la porte de l'état-major, s'évertuèrent à crier : Vive l'Ordre ! Vive l'Assemblée ! A bas les Assassins ! A bas le Comité ! Perdant alors patience, les fédérés croisèrent l'arme, et se déployant lentement, firent vider la place à toute cette foule hostile, qui continua sa marche par les rues.

La situation était étrange. Les Parisiens, calmes dans leur force, prêchaient la conciliation ; le Comité central publiait des proclamations ultra-pacifiques, des délégués, des maires, des députés se rendaient à Versailles en hommes conciliants. A Versailles, on n'entendait que des paroles de haine et de vengeance. On privait Paris de ses communications avec la province ; on désorganisait tous les services publics, et l'on excitait, par tous les moyens possibles, la haine et la colère des campagnes contre la capitale, sans reculer devant le mensonge et la calomnie.

Voici ce que publiait, la veille du 22 mars, le Comité central, pouvoir représenté à Versailles comme dirigeant « la poignée de factieux et de coquins qui voulaient mettre Paris à feu et à sang : »

Les mesures sages et prévoyantes prises par le Comité central de la garde nationale ont complétement calmé l'effervescence de la population parisienne.

Sur les boulevards et dans les rues, la circulation est aussi active que d'habitude. Bien que les événements accomplis ces derniers jours soient commentés avec animation, les citoyens acceptent franchement le nouvel état de choses, garanti, du reste, par l'aide et le concours de la garde nationale tout entière.

La troupe régulière a, de son côté, compris que ses chefs ne pouvaient plus lui commander le feu sur les Français après les avoir fait fuir devant les Prussiens.

Les auteurs de tous nos maux ont quitté Paris sans emporter le moindre regret.

Et maintenant, soldats, mobiles et gardes nationaux sont unis par la même pensée, le même désir, le même but : nous voulons tous l'union et la paix.

Plus d'émeutes dans les rues ! Assez de sang versé pour les tyrans !

Que les ambitieux ou les traîtres se le tiennent pour dit.

Vous, commerçants, qui voulez la stabilité dans les affaires ; vous, boutiquiers, qui demandez le va-et-vient favorable à la consommation ; vous, ouvriers, qui avez besoin d'utiliser vos bras pour assurer l'existence de vos familles ; vous tous, enfin, qui, après tant de calamités, aspirez à jouir de la sécurité indispensable au bonheur d'un grand peuple, rejetez les conseils funestes qui tendent à nous mettre de nouveau entre des mains royales ou impériales.

Pour renverser notre République sacro-sainte, cimentée hier encore par l'œuvre commune, *il faudrait supporter l'horreur d'une nouvelle lutte fratricide, et passer sur nombre de cadavres républicains.*

Sacrifions toutes nos jalousies, toutes nos rancunes sur l'autel de la patrie, et que de toutes les poitrines françaises parte ce cri grand et sublime :

Vive à jamais la République !

Le *Journal officiel* de Versailles, lui, terminait par ces paroles menteuses et perfides un appel à la province :

Déjà, comme nous l'avons dit, la garde nationale de Paris se reconstitue pour avoir raison de la surprise qui lui a été faite. L'amiral Saisset, acclamé sur les boulevards, a été nommé pour la commander. Le gouvernement est prêt à la seconder. Grâce à leur accord, les factieux qui ont porté à la République une si grave atteinte, seront forcés de rentrer dans l'ombre : mais ce ne sera pas sans laisser derrière eux, avec les ruines qu'ils ont faites, avec le sang généreux versé par leurs assassins, *la preuve certaine de leur affiliation avec les plus détestables agents de l'Empire et les intrigues ennemies.* Le jour de la justice est prochain. Il dépend de la fermeté de tous les bons citoyens qu'il soit exemplaire.

Je laisse maintenant au lecteur le soin de juger de quel côté est la modération et la bonne foi.

CHAPITRE XII.

Le 22 mars. — Nouvelle manifestation du parti de l'ordre. —
La rue de la Paix. —

L'étranger qui, demeurant à Paris, voulait se
faire une idée nette de la situation, était terriblement embarrassé. D'un côté, Versailles, c'est-à-dire
le gouvernement légal (1), mais la violence, la haine
de la République, les tendances monarchiques hautement avouées, le manque absolu de véracité; de
l'autre côté Paris, c'est-à-dire, l'insurrection, mais
l'insurrection républicaine, revendiquant des libertés municipales, et déclarant vouloir garder à tout
prix la forme républicaine. Pouvait-on raisonnable-
ment espérer que M. Thiers pût contenir les aspi-
rations réactionnaires des députés ruraux? Pouvait-on affirmer aussi que les chefs du mouvement révolutionnaire de la grande ville pussent,

(1) Si on peut appeler *légal* un gouvernement élu par des
électeurs ignorants et craintifs, abusés et imbéciles.

une fois lancés dans la voie des bouleversements sociaux, arrêter le peuple en temps utile ? C'est ce que nul ne pouvait prévoir.

L'article suivant, de *l'Avenir national*, peint avec justesse cet état de trouble de bien des esprits ; je parle de ceux qui n'étaient ni franchement révolutionnaires, ni Versaillais :

« La situation présente est tellement exceptionnelle, tellement difficile et complexe, que nous avons entendu, depuis hier, nombre d'hommes des plus fermes habituellement dans leurs résolutions nous dire : Nous ne savons plus où nous en sommes ; nous ne pouvons plus retrouver notre chemin dans ce chaos, dans ces ruines, dans ces désastres qui nous environnent.

C'est là véritablement, en effet, l'état général des esprits ; on ne sait plus où l'on en est. Nonseulement les citoyens sont divisés entre eux, mais chaque individu est lui-même divisé et sent sa pensée, sa volonté flotter au gré des événements de chaque heure. L'homme du soir n'est plus celui du matin ; la résolution de la veille n'est plus celle du lendemain et nous vivons, non plus au jour le jour, mais à l'heure l'heure.

Nous n'avons pas à rappeler quelle désastreuse série d'événements a fait naître ce trouble immense des intelligences et des volontés. Le temps nous presse, toutes les récriminations, toutes les analyses, toutes les discussions ne serviraient de rien. Le trouble existe, trouble matériel et moral, trouble dans la rue, trouble dans les intelligences : ce trouble, il faut en sortir. Quels sont les moyens ? Voilà la seule chose importante dont pour l'heure il faille s'enquérir.

Au milieu de tous les désaccords, il faut rechercher l'affirmation politique qui puisse grouper le plus grand nombre de volontés communes. Cette affirmation existe. C'est l'affirmation de la République. Conserver la République, rétablir l'ordre, éviter la guerre civile, voilà trois points sur lesquels il y a un accord unanime.

Si ces trois points eussent été nettement affirmés par l'Assemblée de Versailles, comme ils le sont par la population parisienne, la tranquillité eût été promptement rétablie, l'accord eût été instantané ; mais la majorité de l'Assemblée, emportée par des passions d'une violence sans exemple dans l'histoire parlementaire, ne veut tenir aucun compte des nécessités; elle dépasse en déraison, dans un sens opposé, l'exaltation des plus exaltés parmi les agitateurs de Montmartre et de Belleville ; elle ne songe, pour parer aux difficultés de la situation, qu'à l'emploi de la force, et son unique préoccupation est de garantir sa sécurité en accumulant des troupes autour de Versailles, et en formant des plans de bataille pour la réduction de Paris.

En 1848, lors des affaires de juin, l'Assemblée constituante, siégeant au palais Bourbon, sut accepter la responsabilité et le danger de la répression, plusieurs de ses membres coururent au-devant du péril. L'Assemblée de Versailles ne sait que trembler et haïr. Elle se rend par là même impuissante à prévenir les maux qui nous menacent, et puisque nous, gens de Paris, qui voulons la République, c'est-à-dire l'ordre et la liberté, nous sommes ainsi abandonnés et livrés à nous-mêmes, ne comptons que sur nous, et sauvons à la fois contre toutes les folies, de quelque part qu'elles viennent, notre ville, notre foyer et notre honneur. »

La veille au soir, une certaine inquiétude s'était emparée des gardes nationaux de mon arrondissement ; c'était jour de paie, et les officiers payeurs n'avaient pas d'argent ; la solde allait-elle être suspendue ? une inquiétude légitime s'emparait de tout ce monde, qui n'avait absolument pour vivre que les trente sous, comme pendant le siége. Le Comité central n'avait donc pas d'argent ; la caisse du gouvernement était vide. Que faire ? Heureusement, un avis vint faire prendre patience, et les sergents-majors purent annoncer à leurs compagnies que dès le lendemain la solde serait continuée d'une manière régulière.

Comment le Comité central put-il trouver de l'argent et où le trouva-t-il ? C'est ce que je n'appris que plus tard. Pour le moment, la Banque de France lui était fermée, s'il faut en croir le *Petit Moniteur* :

« Vendredi, disait ce journal, un délégué du Comité de l'hôtel-de-ville s'est présenté à la Banque, escorté de deux gardes nationaux armés, et il a demandé au nom du comité une avance de deux millions.

C'était pousser la plaisanterie un peu loin. Le caissier l'a pris sur le même ton, et a répondu placidement au délégué de l'hôtel-de-ville que la Banque n'avait pas l'habitude de conclure des affaires avec les maisons qui lui étaient inconnues ; qu'en conséquence, avant de conclure avec les membres du comité, dont les signatures ne lui

étaient pas familières, la petite affaire qui lui était
proposée, il demandait à prendre quelques infor-
mations.

Le délégué et ses deux gardes du corps s'en sont
allés comme ils étaient venus. »

Dans la soirée du 22, mon camarade Lacroix,
que je n'avais pas aperçu depuis quelques jours,
vint me faire visite, et nous causâmes des derniers
événements. Il me raconta qu'il avait été témoin
dans la journée d'une scène fort triste, qui avait
eu lieu à la place Vendôme. Vers les deux heures
de l'après-midi, se trouvant près de cette place,
il vit arriver une colonne de gens sans armes qui,
paraît-il, appartenait au parti de l'ordre, et se com-
posait d'un millier de personnes. Cette colonne,
en tête de laquelle marchait un grand drapeau tri-
colore, se dirigeait sur la place Vendôme, et sur
son chemin, Lacroix la vit désarmer et insulter
des sentinelles fédérées. — Ces imbéciles de sentinelles, continuait Lacroix, se sont laissé enlever
leurs fusils, sans résistance. J'aurais voulu être
à leur place. Je te réponds que tous ces amis de
l'*ordre* réunis ne m'auraient pas désarmé. Au premier coup de feu de tiré, ils ont tous décampé,
et lestement.

— Il y a donc eu des coups de fusil ? lui demandai-je.

— C'est-à-dire, me répondit-il, qu'il y a eu une

vraie fusillade. Les gardes nationaux, à force d'être traités de lâches, d'assassins, par cette foule qui les menaçait, ont marché sur eux. A ce moment, plusieurs coups de pistolet partis de la foule blessent plusieurs fédérés, et aussitôt ceux-ci font feu. J'ai aidé à porter, au poste voisin, un de ces blessés, qui avait reçu une balle de revolver dans le mollet, et j'ai pu voir, en sortant, plusieurs cadavres étendus au coin de la rue de la Paix, cadavres appartenant à la colonne du parti de l'*ordre*, comme ils s'appellent eux-mêmes.

Ici Lacroix fit une pause, puis au bout d'un moment, il reprit :

— Comprends-tu ces imbéciles ? Pour moi, je ne les comprends pas. Venir ainsi provoquer un poste armé, l'insulter, lui tirer dessus, puis se sauver après à toutes jambes. Qu'ont-ils prétendu faire, ces gens de l'ordre ?

Dès le lendemain, j'eus des détails sur l'affaire dont me parlait Lacroix, affaire qui fut dénaturée par les journaux de l'*ordre*. Naturellement, d'après ceux-ci tous les torts étaient du côté des fédérés.

Je trouvai cependant un récit qui me parut impartial, dans l'*Officiel* du 25, et je crois utile de le citer ici :

Le Comité central a ordonné une enquête sur les événements qui se sont passés place Vendôme, dans

la journée du 22 mars. Le Comité n'a pas voulu publier un récit immédiat, qui aurait pu être accusé
de parti pris. Voici les faits, tels qu'ils résultent des
témoignages produits dans l'enquête.

A une heure et demie, la manifestation, qui se
massait depuis midi sur la place du Nouvel-Opéra,
s'est engagée dans la rue de la Paix. Dans les premiers rangs, un groupe très-exalté, parmi lesquels
les gardes nationaux affirment avoir reconnu MM. de
Heckeeren, de Coëtlogon et H. de Pène, anciens fami-
liers de l'Empire, agitait violemment un drapeau
sans inscription. Arrivée à la hauteur de la rue
Neuve-Saint-Augustin, la manifestation a entouré,
désarmé et maltraité deux gardes nationaux déta-
chés en sentinelles avancées. Ces citoyens n'ont dû
leur salut qu'à la retraite, et sans fusils, les vêtements déchirés, il se sont réfugiés sur la place
Vendôme. Aussitôt les gardes nationaux, saisissant
leurs armes, se sont portés immédiatement, en ordre de bataille, jusqu'à la hauteur de la rue Neuve-
des-Petits-Champs.

La première ligne avait reçu l'ordre de lever la
crosse en l'air si elle était rompue, et de se replier
derrière la troisième ; de même pour la seconde ;
la troisième devait croiser la baïonnette ; mais recommandation expresse était faite de ne pas tirer.

Le premier rang de la foule, qui comptait environ
800 à 1,000 personnes, se trouve bientôt face à face
avec les gardes nationaux. Le caractère de la manifestation se dessine dès lors nettement. On crie :
A bas les assassins ! A bas le Comité ! Les gardes
nationaux sont l'objet des plus grossières insultes.
On les appelle : *Assassins ! lâches ! brigands !* Des
furieux saisissent les fusils des gardes nationaux.
On arrache le sabre d'un officier. Les cris redou-
blent ; on a affaire non à une manifestation, mais
à une véritable émeute. En effet, un coup de révol-

ver vient atteindre à la cuisse le citoyen Maljournal, lieutenant d'état-major de la place, membre du Comité central. Le général Bergeret, commandant la place, accouru au premier rang dès le début, fait sommer les émeutiers de se retirer. Pendant près de cinq minutes on entend le roulement du tambour. Dix sommations sont faites. On n'y répond que par des cris et des injures. Deux gardes nationaux tombent grièvement blessés. Cependant leurs camarades hésitent et tirent en l'air. Les émeutiers s'efforcent de rompre les lignes et de les désarmer. Des coups de feu retentissent, et l'émeute est subitément dispersée. Le général Bergeret fait immédiatement cesser le feu. Les officiers se précipitent, joignant leurs efforts à ceux du général. Cependant quelques coups de fusil se font entendre encore dans l'intérieur de la place ; il n'est que trop vrai que des maisons on a tiré sur les gardes nationaux. Deux d'entre eux ont été tués : les citoyens Wahlin et François, appartenant au 7e et au 215e bataillon ; huit ont été blessés : ce sont les citoyens Maljournal, Cochet, Miche, Ancelot, Legat, Reyer, Train et Laborde.

Le premiers des morts, porté à l'ambulance du Crédit mobilier, est le vicomte de Molinet, atteint à la tête et par derrière, au premier rang de l'émeute. Il est tombé au coin de la rue de la Paix et de la rue Neuve-des-Petits-Champs, la face contre terre, du côté de la place Vendôme. Il est de toute évidence que le vicomte de Molinet a été frappé par les émeutiers ; car s'il eût été atteint en fuyant le corps serait tombé dans la direction du nouvel Opéra. On a trouvé sur le corps un poignard fixé à la ceinture par une chaînette.

Un grand nombre de révolvers et de cannes à

épée ont été ramassés dans la rue de la paix et portés à l'état-major de la place.

Le docteur Ramlow, ancien chirurgien-major du
camp de Toulouse, domicilié, 32, rue de la Victoire,
et un certain nombre de médecins accourus, ont
donné leurs soins aux blessés et signé les procès-
verbaux.

C'est grâce au sang-froid et à la fermeté du général Bergeret, qui a su contenir la juste indignation
des gardes nationaux, que de plus grands accidents
ont pu être évités.

Le général américain Shéridan, qui d'une croisée
de la rue de la Paix a suivi les événements, a attesté
que des coups de feu ont été tirés par les hommes
de la manifestation.

CHAPITRE XIII.

Les mairies du Ier et du IIe arrondissement. — Intolérance des *ruraux* de Versailles. — Exposé du Comité central. — Entente des maires et des députés avec le Comité.—Un article du *Faubourg*.

Le *Journal officiel* du 23 mars apprit aux Parisiens que les élections pour la Commune étaient renvoyées au dimanche 26 mars. Il fallait, disait une proclamation parue le même jour, puisque la réaction déclarait la guerre, accepter la lutte et briser la résistance, afin de pouvoir ensuite procéder calmement aux élections.

Deux mairies, celles du Ier et du IIe arrondissement, résistaient en effet aux ordres émanés du Comité central. Quelques milliers d'hommes, réunis à grand peine dans tous les quartiers où le parti de l'ordre dominait, défendaient ces mairies, et faisaient mine de résister à toute tentative armée de la part des fédérés.

A Versailles, les maires et adjoints de Paris ten-

taient un nouvel effort en faveur de la conciliation.
Mais au cri de : Vive la République ! cri par lequel
ils sont accueillis par les membres de la gauche de
l'Assemblée, ceux de la droite répondent : Vive la
France ! Les maires répètent : Vive la République !
Alors la droite devient furieuse. Les cris de : A l'ordre ! A l'ordre ! éclatent de toutes parts. L'agitation
s'accroît, et enfin les députés de la droite et du
centre sortent de la salle, et le président lève la
séance.

Pendant que la nouvelle de cette inqualifiable
réception parvenait à Paris, le Comité central adressait à la population parisienne la proclamation suivante, où l'on trouve exposées avec beaucoup de
modération et de netteté les causes qui amenèrent
le soulèvement du 18 mars :

Citoyens,

La cause de nos divisions repose sur un malen-
tendu. En adversaires loyaux, voulant le dissiper,
nous exprimerons encore nos légitimes griefs.

Le gouvernement, suspect à la démocratie par
sa composition même, avait néanmoins été accepté
par nous, en nous réservant de veiller à ce qu'il ne
trahît pas la République, après avoir trahi Paris.

Nous avons fait, sans coup férir, une révolution :
c'était un devoir sacré ; en voici les preuves.

Que demandons-nous ?

Le maintien de la République comme gouvernement seul possible et indiscutable.

Le droit commun pour Paris, c'est-à-dire un Conseil communal élu.

La suppression de la préfecture de police, que le préfet de Kératry avait lui-même réclamée.

La suppression de l'armée permanente, et le droit pour vous, garde nationale, d'être seule à assurer l'ordre dans Paris.

Le droit de nommer tous nos chefs.

Enfin, la réorganisation de la garde nationale sur des bases qui donneraient des garanties au peuple.

Comment le gouvernement a-t-il répondu à cette revendication légitime?

Il a rétabli l'état de siége, tombé en désuétude, et donné le commandement à Vinoy, qui s'est installé la menace à la bouche.

Il a porté la main sur la liberté de la presse en supprimant six journaux.

Il a nommé au commandement de la garde nationale un général impopulaire, qui avait mission de l'assujettir à une discipline de fer et de la réorganiser sur les vieilles bases anti-démocratiques.

Il nous a mis la gendarmerie à la préfecture dans la personne du général Valentin, ex-colonel de gendarmes.

L'Assemblée même n'a pas craint de souffleter Paris qui venait de prouver son héroïsme.

Nous gardions jusqu'à notre réorganisation, des canons payés par nous et que nous avions soustraits aux Prussiens. On a tenté de s'en emparer par des entreprises nocturnes, et les armes à la main.

On ne voulait rien accorder; il fallait obtenir, et nous nous sommes levés pacifiquement, mais en masse.

On nous objecte aujourd'hui que l'Assemblée, saisie de peur, nous promet, pour un temps non déterminé, l'élection communale et celle de nos chefs, et que, dès lors, notre résistance au pouvoir n'a plus à se prolonger.

La raison est mauvaise. Nous avons été trompés trop de fois pour ne l'être pas encore ; la main gauche, tout au moins, reprendrait ce qu'aurait donné la droite, et le peuple, encore une fois évincé, serait encore une fois de plus la victime du mensonge et de la trahison.

Voyez, en effet, ce que le gouvernement fait déjà !

Il vient de jeter à la Chambre, par la voix de Jules Favre, le plus épouvantable appel à la guerre civile, à la destruction de Paris par la province, et déverse sur nous les calomnies les plus odieuses.

Citoyens,

Notre cause est juste, notre cause est la vôtre ; joignez-vous donc à nous pour son triomphe. Ne prêtez pas l'oreille aux conseils de quelques hommes soldés qui cherchent à semer la division dans nos rangs ; et, enfin, si vos convictions sont autres, venez donc protester par des bulletins blancs, comme c'est le devoir de tout bon citoyen.

Déserter les urnes n'est pas prouver qu'on a raison ; c'est, au contraire, user de subterfuge pour s'assimiler comme voix d'abstention les défaillances des indifférents, des paresseux ou des citoyens sans foi politique.

Les hommes honnêtes répudient d'habitude de semblables compromissions.

Avant l'accomplissement de l'acte après lequel nous devons disparaître, nous avons voulu tenter cet appel à la raison et à la vérité.

Notre devoir est accompli.

Hôtel-de-Ville, 24 mars 1871.

(Suivent les signatures.)

Ce même jour, 24 mars, une colonne de fédérés se dirigea sur le IIᵉ arrondissement, et une lutte regrettable aurait peut-être eu lieu, sans l'intervention des maires qui s'y trouvaient réunis. Cependant les gardes nationaux réactionnaires qui entouraient la Bourse et les mairies du Iᵉʳ et du IIᵉ arrondissement inquiétaient le Comité central, et il aurait sans nul doute recouru à la force pour les en chasser, si heureusement un accord amiable ne fût intervenu le lendemain.

En effet, les maires et adjoints, les représentants de la Seine et le Comité central s'étaient entendus, et l'affiche suivante fut placardée dans Paris, dans la matinée du 25 :

RÉPUBLIQUE FRANÇAISE.

Liberté, Egalité, Fraternité.

Les députés de Paris, les maires et les adjoints élus réintégrés dans les mairies de leurs arrondissements, et les membres du Comité central fédéral de la garde nationale, convaincus que, pour éviter la guerre civile, l'effusion du sang à Paris, et pour affermir la République, il faut procéder à des élections immédiates, convoquent les électeurs demain dimanche, dans leurs colléges électoraux.

Le scrutin sera ouvert à huit heures du matin et fermé à minuit.

Les habitants de Paris comprendront que, dans les circonstances actuelles, ils doivent tous prendre part au vote, afin que ce vote ait le caractère sérieux qui seul peut assurer la paix dans la cité.

> Les maires et adjoints de Paris ; les représentants de la Seine présents à Paris ; les délégués du Comité central de la garde nationale.

Il était temps qu'une réconciliation arrivât, car les journaux populaires, qui ignoraient encore le soir auparavant l'entente des maires et des délégués du Comité, demandaient qu'on étouffât sans retard toute tentative de contre-révolution.

Le *Faubourg*, petit journal quotidien, qui eut quelque vogue à cette époque, grâce au style original et sauvage de son rédacteur, publia dans son numéro du 26 mars les lignes suivantes :

L'heure a sonné ; les dés sont en l'air.

Les perroquets appellent les aigles : Favre conspire avec Guillaume.

Les uhlans ont l'éperon au flanc de leurs chevaux, et le vent du nord nous apporte des bruits d'acier.

Il faut aujourd'hui choisir son drapeau.

Le nôtre est rouge ; oui, rouge ; mais de notre sang.

Lamartine a chanté faux en l'accusant de n'avoir jamais flotté que sur le Champ-de-Mars.

Le peuple, en effet, marchait derrière quand Lafayette le mitrailla ; mais il fut encore à Nancy troué par les balles de Bouillé.

A Avignon les cagots l'ensanglantèrent, il claqua sur le cloître Saint-Merry et la rue Transnonnain, à la Guillotière et à Rouen.

Juin l'avait piqué sur la crête de ses barricades.

Il ne signifie pas, comme on le dit, révolte, mais conquête.

C'est un peuple en marche qui l'arbore.

*
* *

Les hommes sont en avant, besace au dos, fusil chargé ; les femmes suivent avec le dernier né sur l'épaule, emmailloté dans un jupon. Ils veulent s'affranchir ; ils sont las de vivre comme des bêtes ; Lazare veut s'asseoir au banquet.

Qui donc a cloué la table, tissé la nappe ? Qui donc a, la nuit, au feu des brasiers, pétri le pain ?

Lazare boira dans son verre ; sà femme sera comme les vôtres, belle et blanche, et ses petits qui tendent le bec comme des sansonnets, apprendront à lire.

*
* *

Venez vous joindre à la caravane, vous tous que le travail courbe ; toi, ma fille, qui couds le torchon ; toi, mon gars, qui tournes le cornet.

Tu rouleras des cartouches ; elle éguenillera du linge en charpie.

Trompette ! souffle à faire crever ton cuivre !

— Qui vive !

— Le Peuple.

La grande armée des parasites, des lâches et des voleurs, veut nous barrer la route au nom de Dieu et du roi, de la gabelle et du bénitier.

Feu ! sur les cosaques, et vive la République !

Aujourd'hui nous triomphons, après vingt ans de honte, de combats et de misère, quand tous les corbeaux sont gorgés de notre chair.

Nous sommes la force en même temps que le droit.

Pas de faiblesse et pas de pitié !

*
* *

Les hommes de 48 voulurent être des apôtres ;
la République sombra.

Sombrons, s'il le faut ; mais en combattant comme
le *Vengeur*.

Royalistes et Bonapartistes conspirent ; la réaction s'organise.

— Sabrez-moi la canaille, criait Clément Thomas.....

Vive la sociale !

Voilà un échantillon du style de Gustave Maro-
teau. On sait que celui-ci a été condamné à mort
par l'impitoyable tribunal de Versailles, aéropage
sans pitié, qui ne se laissa attendrir ni par la jeunesse de l'ex-rédacteur du *Faubourg*, ni par la
masse du sang déjà versé.

CHAPITRE XIV.

Les élections de la Commune. — Promenade à Bondy. — Aspect du plateau d'Avron. — Eglantines et éclats d'obus.

Le dimanche, 26 mars, pendant que les Parisiens procédaient aux élections de la Commune, nous résolûmes, Villaret et moi, de faire une promenade en dehors des remparts, et de visiter les localités que nous avions parcourues étant francs-tireurs. Antonin ne put nous accompagner, mais par contre Monaski nous déclara qu'il serait enchanté de nous suivre et de faire avec nous une promenade aux environs de Paris. Nous partîmes donc tous les trois vers les neuf heures du matin, traversant Paris dans toute sa longueur, pour arriver à la porte de la Villette. Sur toute notre route, les murs de la capitale étaient littéralement couverts d'affiches, annonçant les élections, prônant des candidats, ou donnant des conseils aux électeurs. Je fus frappé, entr'autres, d'une proclamation du Comité central, qui engageait les Parisiens à bien choisir leurs mandataires.

« Citoyens, disait l'affiche, ne perdez pas de vue que les hommes qui vous serviront le mieux sont ceux que vous choisirez parmi vous, vivant de votre propre vie, souffrant des mêmes maux.

Défiez-vous autant des ambitieux que des parvenus ; les uns comme les autres ne consultent que leur propre intérêt, et finissent toujours par se cousidérer comme indispensables.

Défiez-vous également des parleurs, incapables de passer à l'action ; ils sacrifieront tout à un discours, à un effet oratoire ou à un mot spirituel. — Evitez également ceux que la fortune a trop favorisés, car trop rarement celui qui possède la fortune est disposé à regarder le travailleur comme un frère.

Enfin, cherchez des hommes aux convictions sincères, des hommes du peuple, résolus, actifs, ayant un sens droit et une honnêteté reconnue. — Portez vos préférences sur ceux qui ne brigueront pas vos suffrages ; le véritable mérite est modeste, et c'est aux électeurs à connaître leurs hommes, et non à ceux-ci de se présenter. »

Arrivés à la porte de la Villette, nous franchîmes l'enceinte sans difficulté, et nous nous trouvâmes devant une barrière en planches, qui coupait la route à 100 mètres des remparts. Cette barrière était gardée par des sentinelles prussiennes, qui, le fusil à aiguille sur l'épaule, se promenaient nonchalamment de long en large, laissant passer tous les promeneurs en habits civils. Comme nous avions eu soin de laisser à Paris nos uniformes de gardes nationaux, et de nous costumer en bourgeois tranquilles, nous passâmes sans éveiller l'attention des soldats vainqueurs, et nous suivîmes tout droit la route, qui nous conduisit en peu de temps au village d'Aubervilliers.

Ce village, protégé par le fort du même nom, n'avait pas souffert du bombardement pendant le siége ; toutes les maisons que nous vîmes étaient parfaitement intactes. Un bataillon prussien, précédé d'une musique retentissante, défila devant nous, se rendant au fort, pour en relever probablement la garnison. Ce fort, bâti au milieu d'une plaine unie, était surmonté du drapeau allemand.

A partir de ce moment, nous eûmes à chaque pas, l'occasion de constater les misères de toute nature, qu'entraîne la guerre et l'occupation étrangère. Le chemin que nous suivions, et qui devait nous conduire à Bondy, en laissant le Bourget à notre gauche, et Bobigny à notre droite, était encore sillonné par les empreintes profondes des roues de canon ; les arbres qui, auparavant, faisaient l'ornement de cette route, avaient été abattus, les uns, pour alimenter de bois la ville assiégée, les autres pour donner un champ plus libre aux projectiles du fort d'Aubervilliers. A quatre cents mètres environ de ce fort, une longue et profonde tranchée s'étendait à gauche et à droite de la route ; c'était là que, pendant les nuits glaciales du dernier hiver, les Parisiens montaient les grand'gardes. Cent mètres plus loin, une maisonnette, crénelée de tous côtés, devait avoir servi de poste avancé aux francs-tireurs et aux mobiles, comme nous l'indiquaient les inscriptions patriotiques ou grotesques qui en couvraient les murs.

Une odeur atroce infectait l'air sur tout le parcours de notre route. L'on sait que tous les immondices, résidus de la grande ville, sont conduits à Bondy, où ils sont convertis, par des procédés chimiques, en poudrette fertilisante. Les champs voisins, naguère le théâtre des combats des francs-tireurs, étaient couverts de ce riche engrais ; mais, malgré toutes mes sympathies pour l'agriculture et les engrais, l'horrible odeur qu'exhalaient ces champs, arrosés d'un beau soleil, m'incommoda tellement que je fus obligé de doubler le pas, et de m'éloigner rapidement de ces exhalaisons pestilentielles. Nous laissâmes à notre droite, sans le visiter, le village de Bobigny, à peu près détruit par les obus et l'incendie, et nous arrivâmes enfin au bord du canal de l'Ourcq.

Ce canal, que j'avais vu l'automne précédent, desséché et boueux, ressemblait maintenant à une rivière profonde, dont les eaux bleues et rapides portaient des barques chargées de bois. Nous le traversâmes sur un petit pont, et je me trouvai en pays de connaissance.

Devant moi, le canal courait en longeant la route de Metz, bordée de saules et de plantes aquatiques ; quelques renoncules printanières étalaient leurs corolles d'un jaune brillant au milieu d'une herbe d'un vert tendre. En avançant, la route se retrouva subitement bordée de grands arbres, qui étaient pour moi de vieilles connaissances. Nous étions sur le théâtre des combats d'avant-postes ; les haches parisiennes n'avaient pu continuer plus loin leur œuvre de destruction, et je retrouvai tous ces colosses de la végétation, droits et impassibles ; ils avaient vu passer balles et boulets, obus et mitraille ; leur tronc avait protégé les francs-tireurs, et avait arrêté dans sa marche plus d'une balle homicide ; l'incendie et la mort les avaient frôlés, et maintenant, ils étaient là, toujours debout, et de petits bourgeons d'un brun doré, qui apparaissaient au bout des branches, annonçaient qu'ils allaient bientôt se couvrir de feuilles, et protéger dans leurs rameaux les nids des joyeux pinsons, qui pourraient chanter le printemps en face des ruines de Bondy.

Car Bondy, dont nous apercevions les premières maisons, était bien en ruines. Ce village, que j'avais vu l'année précédente encore intact, avec ses villas coquettes, ses treilles magnifiques, et ses jolis jardins, n'était plus maintenant qu'un amas de décombres, qui bordaient de chaque côté les rues pavées du malheureux village. Par-ci par-là, quelques pans de murs noircis s'élevaient encore dans l'air, comme pour protester contre ce grand désastre. A nos pieds, devant nous, derrière nous, à notre gauche, à notre droite, ce n'étaient que ruines, écroulements, traces d'incendies, tuiles brisées, fers tordus. Sur le sol, d'énormes éclats d'obus, couverts de rouille, gisaient là, à côté des débris qu'ils avaient faits. Dans les jardins, dans les champs voisins, aucun être vivant n'apparaissait, et dans ce chaos, dans ce silence lugubre, nous avancions, le cœur ému, et saisis d'un trouble involontaire, en présence de tant de maux et d'affreux souvenirs.

Quittant les masses de pierres informes qui étaient autrefois Bondy, nous allâmes visiter la Maison-Grise, et saluer une dernière fois les arbres de la route de Metz. Je revis le petit mur crénelé, et les arbres, encore foulés à leur pied, où j'avais vu le feu pour la première fois, et, perdu dans ma contemplation et mes souvenirs, je répondais à peine

aux questions innombrables que me faisait Monaski.

Nous dirigeant ensuite à travers champs, nous
arrivâmes à la gare de Bondy. Nouveaux souvenirs,
tristes et gais. Elle était encore telle que je l'avais
laissée en la quittant. Les inscriptions au charbon
sur le grand mur, les dessins exécutés par les ar-
tistes de chaque escouade, étaient encore parfaitement visibles ; je voulus retrouver le petit écus-
son suisse que j'avais dessiné au bout du mur ; mais
deux employés du chemin de fer, sortant d'une
hutte voisine, vinrent nous avertir qu'il était défendu de rester où nous étions, et nous prièrent de
déguerpir au plus vite.

L'apparition de ces deux fonctionnaires dérangea
tous nos plans, en nous rappelant à la réalité. Le
service des lignes était rétabli, et nous ne pouvions plus suivre la voie, pour arriver à Villemonble.
En conséquence, nous prîmes à travers champs, et
nous nous dirigeâmes du côté du plateau d'Avron,
laissant à notre droite les villages de Noisy et de
Rosny, que dominaient les forts du même nom.

Après avoir longtemps marché dans des terrains
en friche, nous atteignîmes la route qui conduit de
Merlan à Villemonble, et nous la suivîmes. Quelques chariots de paysans, et quelques caissons
d'artillerie, conduits par des soldats du train prus-

sien, furent les seules rencontres que nous fîmes. Arrivés au bas du plateau, près du château aux quatre tourelles, dont j'ai parlé dans le premier volume de ces *Souvenirs*, je retrouvai un petit sentier, et, non loin de là, quelques débris d'os et de poils marquaient la place où un franc-tireur des Lilas avait abattu un cheval prussien.

Le petit sentier qui nous conduisait au sommet était bordé d'aubépines fleuries, et, sur les buissons couverts d'une neige de ces blanches petites fleurs, de nombreux insectes, éclos sous le soleil du printemps, bourdonnaient et prenaient leurs ébats. Quelques papillons voltigeaient aussi de ça, de là. C'était une vraie journée de mai.

La première chose qui me frappa sur le plateau fut une longue tranchée, où l'on distinguait encore la place où étaient braqués les canons, qui devaient être dirigés contre les batteries prussiennes du Raincy. Une autre tranchée, au sud, que je connaissais, existait encore, mais elle avait été bouleversée par les obus ennemis. Sur la *Grande-Pelouse*, nous rencontrâmes un nombre prodigieux d'éclats d'obus, prussiens et français. Le bombardement avait dû être d'une grande intensité. Un affût de canon et des roues brisées étaient encore là, au milieu d'un champ, derniers vestiges de la lutte.

Après avoir constaté que les maisonnettes d'Avron avaient peu souffert, nous redescendîmes au sud,

pour retomber sur Nogent, renvoyant à une autre
fois de visiter Rosny et Villemonble. J'avais, d'ailleurs, une secrète répulsion pour ce dernier village, où j'avais perdu tant de camarades, et je résolus de ne le visiter que plus tard. Je ne le reverrai
probablement jamais.

En redescendant au sud le plateau, je découvris
encore une quantité d'éclats d'obus ; une vieille
femme, un sac sur le dos, en ramassait, sans doute
pour les vendre. Elle eut vite complété sa charge.
De grands trous, percés dans le flanc de la colline,
marquaient la place où un obus s'était enterré, sans
éclater. Le sol était labouré du haut en bas, et je
trouvai des éclats d'obus jusque dans les branches
d'un charmant buisson de roses sauvages ; quelques églantines étalaient leurs corolles élégantes
près du lourd morceau de fonte, et je trouvai étrange
le contraste de cette jolie et timide fleur sauvage,
à côté de ce hideux fer rouillé, presque encore menaçant.

Nous remarquâmes, en traversant Nogent, que
ce village n'avait que peu souffert des obus, et, après
nous être arrêtés quelque temps chez des paysans,
et nous être rafraîchis, nous reprîmes le chemin de
Paris.

CHAPITRE XV.

Course à Châtillon et dans le bois de Clamart. — La forêt. —
Les travaux de défense des Prussiens. — Le champ de bataille de Châtillon. — La redoute. — La batterie de Châtillon
et le fort de Vanves.

En revenant de notre course, nous apprîmes par
Antonin qu'aucun incident n'avait troublé le calme
de la journée. Les élections s'étaient passées avec
la plus louable régularité, et le peuple s'était rendu en grand nombre au scrutin.

La promenade de ce jour me donna le goût d'en
entreprendre une autre, et je convins avec Antonin
et Villaret d'explorer le lendemain les environs
à l'ouest de Paris, et de visiter l'emplacement des
batteries qui nous avaient bombardé pendant le
siége.

Dès le matin, le soleil sembla se mettre aussi de
notre partie et il nous accompagna tout le jour.
Après avoir suivi l'interminable rue de Vaugirard,
je sortis avec mes camarades par la porte qui con-

duit au village d'Issy, et nous passâmes très près du fort, dont nous constatâmes les nombreux dégâts causés par les obus prussiens.

Je ne me doutais guère, en traversant Issy et les Moulineaux, que, quelques semaines plus tard, chaque maison, chaque rue, chaque morceau du terrain que je foulais sous mes pas, serait le théâtre de sanglants combats. Issy avait été épargné, comme la plupart des villages à l'ouest de Paris, par les obus ennemis, mais il devait subir le sort des autres, et tomber comme Neuilly sous les milliers de projectiles que lancèrent plus tard les batteries versaillaises.

Au loin, devant nous, s'étendaient les bois de Meudon et de Clamart; nous résolûmes de visiter ce dernier, qui avait abrité, pendant le siége, les avant-postes prussiens. Rien n'est agréable comme le bois de Clamart : forêts de chênes, sol tapissé de bruyères ou de mousses, vallées en miniature et ruisseaux limpides, en font, à mon goût, la plus jolie promenade des environs de Paris.

Nous ne tardâmes pas à découvrir des traces du séjour des soldats allemands dans cette forêt. J'aperçus dans un petit vallon solitaire, au fond duquel coulait un mince filet d'eau, qui murmurait sous les mousses et les fougères, une sorte de hutte, construite assez grossièrement avec des troncs d'arbre et de la mousse. Tout autour de cette

hutte, de nombreux débris de lettres sur lesquels
on pouvait encore lire des lambeaux de phrases
allemandes, des journaux déchirés, des tessons de
bouteilles, des enveloppes de paquets de cartouches,
nous prouvèrent qu'un avant-poste ennemi avait
fait un séjour prolongé dans cet endroit.

En remontant le cours du petit ruisseau, nous
nous trouvâmes tout-à-coup sur la lisière de la
forêt ; devant nous s'étendaient de vastes prairies,
limitées au nord par le bois dont nous sortions, et
au sud et à l'ouest par de grands taillis qui nous
masquaient complétement toute vue. Nous étions
sur le plateau de Châtillon, théâtre de la déroute
des zouaves, le 19 septembre de l'année précédente,
jour où l'armée allemande avait investi Paris complétement.

A cent pas de la forêt dont nous sortions, nous
trouvâmes trois baraques très longues, construites
avec des poutres et des planches, et dont les dimen-
sions étaient telles que je jugeai que chacune d'elle
avait pu loger au moins un millier d'hommes. Le
plancher de ces constructions était à plus d'un
mètre au-dessous du niveau du champ sur lequel
elles étaient construites, et les pluies de mars
avaient transformé ces habitations en un long canal
humide, sur lequel flottait de la paille et des bouts
de planches. Je trouvai à l'entrée d'une de ces cons-

tructions un paquet de cartouches prussiennes, entièrement détériorées.

De là, nous nous dirigeâmes vers le milieu du grand
champ qui s'étendait devant nous, et où nous apercevions de loin des objets singuliers. En approchant,
je découvris les traces de la bataille qui s'était livrée sur le plateau. Des centaines de havre-sacs mutilés jonchaient le sol dans un ordre presque symétri-
que. Tout près de là, des courroies de cuir, des gibernes, des ceinturons, des gourdes, des casquettes et
des képis, gisaient dans un désordre éloquent. Tous
ces objets, qui avaient passé là tout l'hiver, étaient
complétement gâtés; ce fut tout ce que nous re-
trouvâmes de la déroute de Châtillon. Après avoir
contemplé quelque temps ces tristes restes, nous
nous dirigeâmes au nord-est, du côté de Paris, afin
de visiter la redoute et les travaux des Prussiens
sur le bord du plateau.

Les champs étaient parsemés d'éclats d'obus,
français et prussiens ; ces derniers se reconnais-
saient facilement à la chemise de plomb qui les
entourait. Un long chemin couvert longeant la route
qui coupe en deux le plateau, nous conduisit à la
redoute de Châtillon, qui, comme on se le rappelle,
avait été abandonnée par les Français et occupée
par les Prussiens dès le premier jour du siége.
J'avais toujours conclu, de cet abandon facile, que
cet ouvrage de défense était peu propre à soutenir

une attaque ; aussi je fus très surpris à la vue des gigantesques travaux qui avaient été exécutés dans cet endroit. La redoute occupait un espace assez considérable, près de l'extrémité est du plateau, qui, depuis là, descend en pente rapide sur Paris. Construite pour défendre cette position importante, elle était entourée de trois côtés par de larges et profonds fossés, et cinq embrasures, pratiquées dans ses flancs, avaient dû permettre à cinq pièces de 12 ou de 24 de balayer le grand espace découvert qui s'étendait devant elle. La redoute était donc très forte, et, quoique manquant de casemates, elle ne pouvait être enlevée par un coup de main. Il avait fallu la panique du 19 septembre pour la faire tomber dès le premier jour au pouvoir des Allemands, avec la batterie qui la défendait.

L'ennemi n'avait pu faire usage de cette redoute ; aussi je la trouvai telle qu'elle avait été laissée par les fuyards sept mois auparavant. A quelques pas sur la gauche, où la forêt se prolongeait jusque sur le bord du plateau, j'aperçus un chemin qui me sembla tracé pour les besoins de la guerre. Le macadam avait été jugé probablement inutile pour raffermir un sol aussi friable que celui que nous foulions maintenant ; sur tout le parcours de ce chemin, qui avait dû coûter de longs travaux, je remarquai qu'il était revêtu de grosses branches d'arbres, coupées d'égale longueur, et liées entre

elles ; ces branches, se soutenant l'une l'autre,
formaient le tablier de cette nouvelle route militaire, et lui donnaient, du moins en apparence, une
grande solidité. Du reste, en suivant ce chemin,
nous arrivâmes au bord du plateau, et nous retrou-
vâmes les tranchées d'où une batterie de Krupp,
dominant tout l'ouest de Paris, lançait naguère ses
énormes projectiles sur le Quartier latin ; ainsi les
Krupp avaient été roulés ou glissés sur le chemin
de bois, qui n'avait pas plus souffert du poids considérable de ces canons qu'une bonne route ordinaire.

La première batterie que j'examinai, et qui était
habilement dissimulée par un bouquet de chênes,
devait avoir été armée de trois canons ; à trente
pas, il y en avait encore une autre de deux pièces ;
le vaste terrain creusé pour abriter ces Krupp, la
hauteur des lignes de gabions qui les séparaient
l'une de l'autre, me donnèrent une idée de ces colosses de bronze qui avaient bombardé Paris.

Tout autour de ces travaux, et sur tout le versant
de la colline, de grands trous, produits par les obus
lancés par le fort de Vanves ou les bastions, étaient
l'objet des recherches de quelques paysans, qui
déterraient prudemment les projectiles, opération
qui n'était pas sans danger, un coup de pioche appliqué sur le percuteur pouvant faire éclater immédiatement l'obus, et mettre en pièces le travailleur.

Depuis l'endroit où nous étions, la vue de Paris
était magnifique. Les principaux monuments de la
rive gauche étaient parfaitement reconnaissables,
et il me sembla que les artilleurs prussiens auraient
pu, s'ils l'eussent voulu, épargner les hôpitaux, le
Val-de-Grâce, par exemple, dont je voyais l'élégante
coupole s'élever dans la même ligne que celle du
Panthéon. — A nos pieds, et si près qu'il me semblait pouvoir l'atteindre en y lançant une pierre, le
fort de Vanves était assis sur sa petite colline, do-
miné, écrasé par les hauteurs de Châtillon. Je compris alors comment ce fort, et celui d'Issy, avaient
pu être démantelés, sans qu'ils pussent riposter
avec succès contre les batteries qui les accablaient.
Avec la portée des pièces actuelles, ces forts sont
maintenant inutiles, et il devra en être élevé d'autres, soit sur le plateau de Châtillon, soit sur les
hauteurs de Meudon.

A côté de la batterie prussienne, Antonin me fit
remarquer une tombe surmontée d'une croix ; un
officier prussien était enterré là, non loin d'un verger, dont les arbres en fleur envoyaient, chassés
par une douce brise, leurs petits pétales blancs, qui
recouvraient la terre où reposait l'officier étranger.
Il n'y a que les fleurs qui aient de ces attentions-là.

Le même contraste qui m'avait frappé le jour
avant, dans ma course sur le plateau d'Avron, me
surprit et m'émut ici ; au pied d'un arbre, à deux

pas de la redoutable batterie, et entourées d'éclats d'obus, je trouvai des violettes, dont les aînées avaient peut-être vu les gueules effrayantes des Krupp, ou avaient été foulées par la botte des artilleurs, ou brûlées par le souffle des géants de bronze. Sur le penchant de cette colline, minée, percée de trous, coupée par des tranchées et couverte de gabions, de débris de toute sorte et de tombeaux, de nombreux cerisiers et amandiers étaient en fleurs, quelques-uns à moitié déracinés par les obus, et cette nature pleine de sève et de vigueur, ce printemps souriant, ces oiseaux qui chantaient, semblaient vouloir rassurer la terre contre les puissants engins de destruction qu'inventaient les hommes pour s'entre-détruire.

En revenant au logis, je fis encore plusieurs remarques sur les travaux exécutés de ce côté par les Prussiens. Dans le bois, des abattis d'arbres coupaient les chemins et les carrefours. Je retrouvai encore des feux éteints, qui marquaient la place des bivouacs ; puis des bouteilles vides ou cassées, des gamelles, des fragments de journaux allemands et de lettres écrites d'Allemagne, des boîtes de conserves. — Je ne pus constater de dégâts inutiles ; les murs crénelés l'étaient avec régularité ; du reste, tous les travaux exécutés par les Prussiens étaient faits avec symétrie ; il semblait que le génie eût mis la main partout, depuis les chemins couverts, jusqu'aux meurtrières taillées dans les murs ; je n'en puis pas dire autant des travaux français qui furent exécutés aux avant-postes pendant le siége.

CHAPITRE XVI.

Réorganisation du 85e. — Les élections. — Je suis maintenu
dans mon grade. — Portrait de quelques-uns de mes camarades.

La Commune tint sa première séance le 28 mars,
à neuf heures du soir, et le lendemain, elle se par-
tagea en neuf Commissions, chargées chacune d'une
branche spéciale de l'administration. Les finances,
le militaire, la justice, l'intérieur et la sûreté générale, les subsistances, l'enseignement, le travail
et l'échange, les relations extérieures, et les services publics, tels furent les départements que ces
Commissions eurent à gérer. Il fut décidé en outre
que, jusqu'à nouvel ordre, les séances ne seraient
pas publiques.

A Versailles l'armée de l'ordre s'organisait et
l'attaque était renvoyée jusqu'au moment où elle
serait en force; 80,000 hommes couvraient déjà
l'Assemblée, mais il paraît que ce n'était pas assez

pour écraser la *poignée d'émeutiers* de Paris ;
quant aux bataillons fédérés, ils devenaient de jour
en jour plus compacts ; tout annonçait que la guerre
civile, acharnée et sanglante, allait éclater bientôt.

Aux provocations versaillaises, le *Cri du Peuple*
répondait par ces lignes, en parlant des ruraux de
l'Assemblée :

« .... Ils ne veulent décidément pas mourir si
vite, ces vieux-là. Il y a tant de lâchetés à commet-
tre, tant d'infamies à recommencer.

» Si, du moins, ils pouvaient, en mourant, se cram-
ponner assez étroitement à la République pour
l'entraîner avec eux dans la fosse !... Mais voilà
que, des hauteurs de Saint-Cloud, les généraux en
vedette voient l'ombre des drapeaux rouges s'al-
longer à mesure ! Voilà qu'un vent maudit, venant
de l'Hôtel-de-ville, apporte là-bas le roulement des
tambours, mêlé aux acclamations du peuple et au
grondement des canons, qui saluent l'aurore de
la Commune.

» .... Et la province a senti passer à la même heure,
dans toutes les veines, le courant magnétique venu
de Paris. Il y a dans l'air chaud du printemps,
l'écho joyeux des acclamations que les villes sœurs
ont jetées à travers l'espace à la grande sœur.

» .... Mourez en paix, gens de Versailles. Les bour-
dons ne sonnent plus le tocsin de Juin, ils sonnent
l'affranchissement communal de la France, et la

France pour courir dans les bras de Paris, a déjà sauté par dessus le mannequin usé de l'ordre, habillé en spectre de Banco, que vous avez inutilement jeté dans les jambes de la Révolution.

» Voilà pourquoi Paris ne peut pas laisser plus longtemps répandre sur le pays les appels à l'émeute et les excitations à la guerre civile.

» ..... En conséquence, la Commune de Paris somme les « ruraux » d'aller plus loin mourir au fond de leurs étables.

» La France républicaine exige cette épuration. Paris l'accomplira, si l'Assemblée de Versailles ne l'accomplit elle-même. »

J'ai dit et répété dans de précédents chapitres que l'effectif du 85e bataillon était bien réduit par le départ d'une certaine quantité de jeunes gens, qui, pour rétablir leur santé, ou leur bourse, avaient quitté Paris. Ma compagnie était réduite, au 1er avril, à seize gardes, un caporal, un fourrier, un sergent-major et un lieutenant. Tout le reste était, ou parti, ou malade.

Le 5 avril, un délégué du Comité central donna l'ordre aux sergents-majors de convoquer tous les hommes habitant encore le quartier, et appartenant soit aux compagnies sédentaires, soit aux compagnies de marche, ayant moins de 40 ans. Cette convocation eut d'abord peu de succès ; mais à un

second appel, quatre cents gardes nationaux se
trouvèrent réunis dans la grande salle de l'Ecole de
médecine, où il fut procédé à l'élection d'un commandant de bataillon. C'est là que je vis pour la
première fois le commandant Piazza, qui avait joué
un certain rôle au 31 octobre, et qui comptait parmi
les hommes les plus énergiques de notre arrondissement. Il fut élu à une grande majorité, et, dès le
lendemain, il invita tous les sergents-majors et les
fourriers du bataillon à se réunir dans une salle, au
rez-de-chaussée d'une maison attenant à la mairie
de Saint-Sulpice.

A l'heure dite, je me trouvai, avec tous mes collègues, au local indiqué, et, présidés par M. Piazza,
nous commençâmes un long travail. Il s'agissait de
rechercher exactement le nom et la demeure de
tous les hommes ayant appartenu au 85e, et d'en
dresser un état exact ; puis, une fois ces hommes
connus et trouvés, de les diviser en six compagnies,
et de les faire voter par compagnies, pour renouveler tous les cadres, depuis le grade de capitaine
jusqu'à celui de caporal.

Ce travail de recherches et de classification dura
plusieurs jours. Enfin, nous arrivâmes à un résultat
satisfaisant. Chacune de nos compagnies eut un
effectif de 120 hommes, *sur le papier ;* il ne restait
plus qu'à les réunir, et à procéder aux élections.

Je passai encore de longs jours à compléter, à

transformer, et à remanier la liste des gardes qui devaient faire partie de la 2ᵉ compagnie. Après avoir fait des recherches, aidé du sergent-major provisoire, et de Monaski, j'arrivai à un effectif de 72 hommes, chiffre qui se trouva être la moyenne de celui des cinq autres compagnies. Un certain nombre de gardes avaient réussi à trouver une occupation lucrative, ou avaient trouvé un emploi quelconque, et refusèrent net de rentrer dans les rangs du 85ᵉ. Contrairement à ce que j'ai entendu affirmer souvent depuis, ces gardes ne furent pas inquiétés du tout ; on se contenta simplement de leur faire rendre les objets appartenant au gouvernement : sacs, giberne, fusils et cartouches.

Lorsque la guerre civile éclata, et que le canon se mit à tonner comme aux plus beaux jours du siége, des volontaires vinrent se faire incorporer dans nos compagnies. Deux soldats de l'armée de Bourbaki, arrivés depuis peu de Suisse, où ils avaient été soignés et guéris de leurs blessures, entrèrent dans la 2ᵉ compagnie, l'un comme clairon, l'autre comme sergent provisoire.

Enfin, le 16 avril, il fut question de nous envoyer aux avant-postes, et tout le bataillon dut élire son cadre dès le lendemain.

Dans l'après-midi du 17, tous les gardes de ma compagnie se réunirent dans un local, situé rue

Saint-André-des-Arts, et qui servait de salle d'école aux petites filles du quartier. Un délégué du Comité central et un autre du cercle du bataillon prirent place au bureau, et la discussion fut ouverte sur les candidats proposés.

Je ne rapporterai pas ici les discours, les professions de foi qui furent faits au pupitre, érigé en tribune. Nous nommâmes comme capitaine un ancien instructeur, du nom de Bouchard, et comme lieutenants, deux anciens sergents de la compagnie, Racine et Armand. Lefort fut nommé sergent-major, grade qu'il avait rempli provisoirement pendant les dernières semaines. Je fus réélu sergent-fourrier, et Monaski caporal-fourrier ; Nicolle, le sergent de l'armée de Bourbaki, garda son grade de sergent, ainsi qu'un garde mobile nommé Leclerc.

Je n'avais consenti à remplir les fonctions de sergent-fourrier qu'à titre provisoire, ayant l'intention de quitter la garde nationale, car je ne voulais à aucun prix prendre une part active à la guerre civile, dont on pouvait entrevoir déjà l'acharnement et la durée. Ce ne fut que sur les instances de quelques camarades et surtout de Lefort, que je résolus de continuer encore quelque temps mon service.

Notre bataillon se trouva donc organisé, et son effectif fut, après vérification faite, porté à 450 hommes environ. Ma compagnie en comptait 74.

Le lecteur a déjà fait connaissance, dans la 1re partie de ces Souvenirs, avec quelques-uns des gardes de la 2e compagnie. Il retrouvera Monaski, Lacroix, Antonin et Villaret, puis le caporal Marteau, le père Anselme, les gardes Richard, Grapinet, et Renaud, le typographe ; parmi les nouveaux, je dois d'abord parler de notre clairon, Fournier. De grande taille, bien bâti, le teint coloré comme les vins de son beau pays de Bourgogne, Fournier était un de ces types vigoureux, brillants de santé, qu'on ne rencontre guère à Paris que chez les enfants de la province. Sa robuste constitution lui avait fait surmonter toutes les fatigues et les privations de toutes sortes qu'eut à subir dans sa retraite l'armée de Bourbaki, lorsqu'une balle malencontreuse vint le frapper au bras gauche, à deux lieues à peine de la frontière helvétique. Fournier dut à cet accident d'être expédié un des premiers dans l'intérieur de la Suisse, et il fut interné à Fribourg. Lorsque je le vis pour la première fois, il portait un épais pantalon jaune, de cette étoffe que portent les paysans fribourgeois, et il me parut avoir gardé un très-bon souvenir des citadins de Fribourg.

Mon sergent-major, Lefort, était un enfant du midi. Gai, complaisant, toujours prêt à obliger ses camarades, il fut bientôt adoré par toute la compagnie. Il avait d'ailleurs l'habitude de terminer chaque affaire, ou chaque conversation, par l'offre d'un petit verre chez le marchand du coin, ce qui avait fait dire à quelques méchantes langues, que le cognac et le rhum n'avaient pas été étrangers à sa réélection ; mais comme, une fois réélu, Lefort continua à offrir généreusement la *goutte* à ses camarades, les mauvaises langues se turent, et chantèrent même plus tard les louanges du *major*.

Le sergent Nicolle était aussi un Bourbakien. Interné à Berne, et blessé comme Fournier, il n'était arrivé que dernièrement à Paris. Arrêté en route, à Meaux, par les gendarmes versaillais, qui voulaient le diriger sur Versailles, il avait dû s'habiller en bourgeois pour échapper à leurs recherches, ne voulant pas, à tout prix, faire partie de l'armée de l'Assemblée. Le lendemain de son arrivée à Paris, il s'était fait incorporer dans notre bataillon. C'était un homme sérieux, rempli de patriotisme. Nicolle aimait ardemment son pays, et lorsqu'il parlait de sa future régénération, de la nouvelle République française, ses grands yeux noirs, voilés d'habitude par un nuage de tristesse, brillaient tout à coup d'un feu sombre. Sa voix prenait des intonations nouvelles, et ses paroles devenaient d'une sauvage éloquence. Il détestait l'Assemblée monarchiste de Versailles, et ne voyait de salut que dans la garde fédérée de Paris, et la résistance de la Commune aux ordres des ruraux. Nicolle devait mourir pour ses convictions ; son énergie ne l'abandonna pas à son dernier moment. Ses dernières paroles furent : « Je regrette de ne pas revoir ma mère.. mais... vive la République ! »

Couturier était un garçon rangé ; les lunettes qu'il portait continuellement lui donnaient un air posé, sérieux, et il avait un ton particulier quand il tranchait une discussion. Ses arguments ne souffraient pas de réplique. Couturier ne quittait sa réserve et son décorum que lorsqu'on parlait de Thiers ou de Jules Favre. Si l'on mentionnait devant lui ces deux membres du gouvernement, il changeait subitement de couleur ; ses lunettes tremblaient sur son nez, et il se répandait en invectives. « Ces brigands, ce faussaire, cet immonde bigame, ce petit foutriquet, ce jésuite ! » telles étaient les injures ordinaires que prodiguait Couturier en parlant des deux citoyens en question. Comme chacun connaissait sa haine et ses colères, on se donnait de temps en temps le plaisir de renouveler le spectacle de son emportement.

Le caporal Maret était un homme doux et tranquille, mais qui voulait se battre pour la République mise en danger par les agissements insensés des hommes de Versailles. Il avait repris son fusil, malgré les larmes de sa femme, et parlait même d'emmener avec lui son fils aîné, âgé de quinze ans, qui le tourmentait pour être admis dans la compagnie en qualité de *pupille*.

Malheureusement, la place de pupille était convoitée par une foule de gamins de 15 à 16 ans; et le sergent-major en avait déjà adopté un, qui s'appelait Lefèvre. C'était un petit blondin, de 15 ans, très doux, du moins en apparence, et qui avait déjà vu la mort de près, à Montretout, où il n'avait pas eu peur, disait-il. J'ai vu beaucoup de ces gamins de Paris, qui voulurent, plus tard, accompagner aux barricades leurs pères ou leurs frères; il fallut souvent user de force pour les empêcher d'aller au feu, et un certain nombre moururent héroïquement à côté de leurs aînés.

Il y avait encore le garde Seurot, jeune homme de 25 ans, court, joufflu, gai, prévenant. Comme mon ancien cuisinier de Rosny, Seurot avait quelques talents culinaires. Du reste, sans convictions politiques bien arrêtées. Il était républicain, et voilà tout. Seurot, comme une dizaine de ses camarades, avait besoin de ses trente sous pour nourrir sa femme et son petit enfant, et il ne pouvait pas quitter, par conséquent, la garde nationale. C'était une question de vie ou de mort, et il valait mieux, pensait-il, risquer un peu sa vie que de mourir de faim, lui, sa femme et son enfant.

Lorsque je pense à ce brave et honnête Seurot, à ce bon vieux père Anselme, à Nicolle, à tous ces gardes nationaux, ou dévoués, ou convaincus, ou

bien encore se battant pour nourrir ceux qu'ils devaient protéger.... Mais n'anticipons pas, et tâchons
de continuer froidement notre récit.

CHAPITRE XVII.

Paris bombardé par Thiers. — Les journaux de la Commune pendant le mois d'avril. — Le *Père Duchêne*, Le *Cri du peuple*, etc.

Avant d'arriver au récit des premiers combats autour de Paris et de ceux auxquels le 85e prit part, et pour ne point interrompre ce récit, jetons dès maintenant un coup d'œil sur les journaux de la Commune pendant le mois d'avril. Quelques extraits que j'emprunterai par-ci par-là donneront une idée du ton qu'avaient ces journaux.

De nouvelles feuilles populaires, rédigées par des socialistes, étaient écloses dès les premiers jours de la Commune. Il y eut l'*Avant-Garde*, la *Sociale*, la *Commune*, l'*Estafette* et quantité d'autres feuilles, qui discutèrent tour à tour les questions sociales à l'ordre du jour. Mais la passion et les haines qu'engendre la guerre civile ne tardèrent pas à éclater, et les colonnes de quelques-uns de ces journaux

furent remplies tantôt d'injures ou de diatribes fu-
rieuses, tantôt d'appels patriotiques. On vit les
bulletins militaires occuper aussi une large place,
et comme dans le premier siége, je remarquai une
tendance à l'exagération. Au reste, en comparant
la presse parisienne la plus violente avec les journaux de Versailles,—car le *Figaro*, le *Gaulois* et autres feuilles de la même trempe avaient prudemment quitté Paris depuis le 18 mars,—on ne sait trop
à qui donner la palme. Et à ceux qui critiqueront
le ton grossier du *Père Duchêne*, je conseillerai
de lire le *Bon Gendarme*, de Versailles. On verra que
ce dernier journal, qui voulut parodier le *Père Duchêne*, n'y réussit que pour la grossièreté du style,
mais manqua totalement de la verve, de l'esprit,
qu'on ne peut refuser aux rédacteurs du *Père Duchêne*. Au reste, le lecteur trouvera plus loin un petit
échantillon du style des écrivains qui rédigèrent le
Bon Gendarme.

La Commune ne tarda pas à montrer énergiquement ses tendances révolutionnaires socialistes.
La suspension des effets de commerce jusqu'à nouvel ordre, la diminution des loyers, la vente des
objets du Mont-de-Piété arrêtée, furent l'objet de
ses premiers décrets.

Le Panthéon fut retiré au culte, et redevint l'asile
funéraire des grands hommes. Le drapeau rouge
remplaça sur sa coupole la croix symbolique. Plu-

sieurs curés et vicaires, ayant attaqué, dans leurs
sermons, les hommes et les actes de la Commune,
furent arrêtés. Des fouilles faites dans plusieurs
églises amenèrent la découverte d'ossements hu-
mains, qui donnèrent lieu à une foule d'histoires
tragi-comiques. On trouva, dans un couvent de la
rue Saint-Antoine, trois religieuses enfermées dans
une espèce de cabanon, et dès lors, l'irritation contre le clergé ne connut plus de bornes

Je vis, un soir au milieu d'avril, arrêter le curé
de Saint-Sulpice. Puis, un peloton de garde nationaux fit évacuer le séminaire, et je pus voir tous
ces jeunes séminaristes pâles, le chapeau à la main,
traverser la foule et s'éclipser au plus vite. Leurs
chefs seuls furent arrêtés. Le lendemain, le séminaire de Saint-Sulpice était converti en caserne, puis
plus tard en ambulance.

Cependant, les Versaillais semblaient prendre à
tâche de surpasser les Prussiens, et de détruire ce
que ceux-ci avaient laissé debout. Les obus du
Mont-Valérien criblèrent la ville de Neuilly, et les
malheureux habitants, pris entre deux feux, furent
exposés à mourir de faim, ou à être écrasés par les
projectiles. Ce ne fut qu'après plusieurs jours de
bombardement qu'une députation réussit à obtenir
de M. Thiers un armistice de 24 heures, pour permettre aux malheureux habitants de se sauver.

Une fois Neuilly déménagé, du moins en bonne

partie, les obus versaillais recommencèrent à faire rage. Ils tombèrent sur les Ternes, sur les Champs-Elysées, blessant et tuant un grand nombre de personnes inoffensives. Neuilly. Levallois-Perret, Vallois, Clichy furent journellement bombardés. Quant aux villages d'Issy, et de Vanves, ils furent condamnés à périr sous les projectiles des batteries versaillaises établies à Châtillon et près du château de Meudon.

En présence de ce bombardement de Paris, exécuté par les ordres de M. Thiers, il est curieux de rappeler le passage suivant d'un discours que celui-ci prononça à la tribune, en janvier 1848 :

« Vous savez, Messieurs, ce qui se passe à Palerme : vous avez tous *tressailli d'horreur* en apprenant que, pendant quarante-huit heures, une grande ville a été bombardée. Par qui? Etait-ce par un ennemi étranger, exerçant les droits de la guerre? Non, Messieurs, *par son propre gouvernement!* Et pourquoi? Parce que cette ville infortunée *demandait des droits.*

» Eh bien! il y a eu quarante-huit heures de bombardement.

» Permettez-moi d'en appeler à l'opinion européenne. C'est un service à rendre à l'humanité que de venir, du haut de la plus grande tribune peut-être de l'Europe, faire retentir quelques paroles d'indignation contre de tels actes. (Très-bien ! très-bien !) »

Voilà ce que disait en 1848 celui qui, en avril 1871, couvrait Neuilly de mitraille, et qui transforma cette localité, si charmante, avec ses villas, ses parcs et ses jardins, en un Herculanum moderne, plein de cadavres et de blessés ! Heureusement, ceux que Versailles traitait de misérables, de bandits, firent des collectes, recueillirent les bombardés, et, par leurs efforts, les arrachèrent à une mort certaine.

La Commune rendit une multitude de décrets concernant l'administration, et l'on ne peut nier que presque tous furent inspirés par une haute loyauté et un véritable amour du bien public. Les finances furent gérées avec une fidélité scrupuleuse, et les tribunaux versaillais, plus tard, ne purent que rendre hommage sous ce rapport au délégué Jourde, qui eut en maniance tant de millions, et dont la femme allait cependant laver son linge au battoir, tout comme auparavant. Puis les gros traitements furent supprimés, et aucun fonctionnaire public ne put recevoir des appointements dépassant six mille francs.

Voici ce que le *Père Duchêne* écrivit à propos de cette dernière décision de la Commune. On trouvera dans ces lignes le mélange bizarre de grossièreté, de bon sens et de grotesque qui fit le fond de presque tous les articles de cet étrange journal :

La Commune, au lieu de vouloir manger tout le temps et de toucher beaucoup d'argent, en ne faisant rien, comme tous les j...-f...... qui l'ont précédée,

A décidé que, non-seulement on ne ferait plus de balthazars dans les ministères,

Mais encore qu'on donnerait beaucoup moins d'argent aux fonctionnaires.

Voilà ce que c'est que d'être honnête !

Hein ! patriotes !... qu'est-ce que vous en dites ?

Les citoyens membres de la Commune sont les maîtres pourtant ; et s'ils voulaient puiser à pleines mains dans les caisses de la Nation, qui est-ce qui les empêcherait ! hein !...

Dites, qui est-ce qui les empêcherait ?

Eh bien ! non !

Ils ont fait un brave décret dans lequel ils disent que nul fonctionnaire du Gouvernement du Peuple ne pourra toucher plus de *six mille francs !*

Voilà qui va faire diminuer le budget !

Et comme les contributions des patriotes baisseraient, si le j...-f..... de Favre et sa clique ne nous avaient pas f..... dans la moutarde avec sa sacrée paix et tous les noms de dieu de milliards qu'il a promis à Bismark, et qu'il faudra bien payer f.....! puisqu'on ne peut pas faire autrement, ah !... nom de dieu !...

Comme on boirait des chopines avec tout cet argent-là !

Mais pour la guerre, merci... il est midi passé !

Ce n'est plus la chasse aux Prussiens dont il faut s'occuper,

C'est la chasse aux j...-f......!

Et, sacré tonnerre !

Ce n'est pas le gibier qui manque !

Il n'y a pas à dire !

C'est de coups de fusil qu'il s'agit,

Et dur !

Et que ça marche !

Et qu'on s'en est f...., hier !

Et que le Père Duchêne est rudement content, parce que, les patriotes ont eu l'avantage, et que les j...-f...... ont reçu une pile — et une rude !

Oui, oui !

Le Père Duchêne vous le dit :

Tous les gredins de Versailles,

La Commune se charge de leur affaire,

Et le général Eudes, qui est un b..... à poil, va les mener rudement !

Ne craignez rien !

Le Père Duchêne a boutonné sa carmagnole hier sur le midi,

Et il est allé faire sa petite visite aux délégués de l'Intérieur, qui sont ses amis :

On lui a dit :

« Père Duchêne, ma vieille,... tout va bien !... tu peux boire ta chopine comme à l'ordinaire !... et dormir tranquille dans ta boutique sur tes deux oreilles : les j...-f...... de la ci-devant Assemblée veulent f..... le camp de Versailles, et ils font manœuvrer leurs agents de la Centrale et leurs municipaux de Juin pour détourner l'attention de la Commune, faire croire à une attaque sérieuse et se sauver comme des grenouilles pendant ce temps-là.

« Mais, aie confiance, — la Commune fera son devoir, — jusqu'ici tout va bien et les mouchards ont déjà été salués par les mitrailleuses de la Nation !... »

Nom de nom !

C'est le Père Duchêne qui s'en est fait une bosse le soir avec les camarades !

Mais il y a un patriote qui lui a dit une chose rudement bonne ;

Il lui a dit que la Commune devait réorganiser

es compagnies de francs-tireurs de Belleville, des
ernes, de Paris, etc., et envoyer en éclaireurs tous
es bons b......-là, qui sont des gens rudement
ourageux et qui ont l'œil !

En voilà qui soigneront b........., a-t-il ajouté,
es intérêts de la Nation,

Et qui ne nous laisseront pas enfoncer dans la
nélasse.

Et, f..... ! le Père Duchêne est b........ de l'a-
s du citoyen patriote qui a bu chopine avec lui
ier soir dans la rue des Amandiers !

Il est curieux de mettre en regard du style du
ournal *communard* quelques lignes du *Bon Gen-
arme*, feuille de Versailles.

Voici, par exemple, quelques gentillesses à l'a-
resse du délégué à la police, Raoul Rigault :

La Commune te vous a mis à la tête de la Pré-
ecture un de ses espions, le petit Rigot (*sic*), un
ncien clerc de procureur, qui est retors comme
ne chenille velue et qui a la confiance des gredins.

Ce Rigot fait croire à ces tas de vermines qu'il
st là pour supprimer les casiers judiciaires de ses
mis, afin qu'on ne leur cherche plus de mauvaises
aisons le jour où on les nommera ambassadeurs
u préfets.

Puis, un petit tableau de Paris sous la Commune :

Pauvre Paris ! Dans quel état ils te l'ont mis, le
auvre bougre. Et il souffre cela, il marronne en
edans, il crève de rage, il mange ses pleurs.

Faut le voir pour le croire. Plus de balayeurs,
lus de tombereaux.

On a retiré tous les pavés pour construire leurs sacrées barricades de chiens, on a bouleversé le macadam, et c'est à cette heure, quand il fait sec, une poussière du diable, et, quand il pleut, une bouillie où l'on patauge à moitié botte.

Sous l'ancien régime, du temps du père Haussmann, ce pauvre Paris était si propre, si propre, qu'on s'y mirait, et qu'on ne savait plus où.... cracher, pardon.... excuse....

Ah, bien! on s'en donne à présent,... une vraie gadoue!

C'est-à-dire qu'on marche sur ....., tant y en a partout.

Voilà! Que dites-vous, lecteur, de ce sel attique et de ce bon goût? Pour moi, j'aime encore mieux le *Père Duchêne.*

Les adresses de Paris à la province, les proclamations, les récits militaires prirent une grande place dans les journaux d'avril. La cruauté des soldats versaillais fut habilement exploitée. Les fédérés se battirent souvent avec courage, et de jeunes cantinières se firent remarquer par des actes de dévouement vraiment héroïques.

Voici un appel à la province, que je lus dans le *Cri du peuple* du 25 avril :

Trompée par les mensonges honteux et la comédie sinistre du gouvernement de Versailles, la France, pour l'honneur de laquelle Paris lutte aujourd'hui, avait pu croire un instant que ce gouvernement, — qui dit être la loi comme l'empire sanglant du Deux-Décembre, la force, — comme l'empire hypocrite d'Ollivier avait fui devant *une poignée de factieux*, une bande de brigands.

Elle a pu le croire. Mais aujourd'hui, quoique trompée encore sur les idées, l'attitude et la situation de Paris, dont elle ne reçoit ni les journaux ni les lettres, la province sait du moins ce qu'elle doit penser du triumvirat Thiers, Favre et Picard, de l'Assemblée rurale et de ses généraux chouans et décembriseurs.

Elle ne sait pas si elle doit accorder sa confiance et son estime à Paris ; mais elle sait que Versailles mérite sa méfiance et son mépris.

Elle comprend que ce n'est pas seulement une poignée de factieux qui peut tenir aussi héroïquement contre l'armée des mercenaires et complices de l'empire.

Elle comprend que la population tout entière doit prêter aux combattants son concours ou ses sympathies, sans lesquels ils ne pourraient, non-seulement vaincre, mais même résister.

Elle comprend que la garde nationale de Paris, tant calomniée par les traîtres qui, après l'avoir contrainte à l'immobilité et fait massacrer à Buzenval, l'ont accusée de lâcheté, pour masquer leur trahison, eût combattu avec autant de courage pour la défense nationale qu'elle combat pour la défense de ses droits.

Elle comprend que, s'il suffit de l'audace d'une faction pour tenter un coup de main, cela ne suffit pas pour mettre sous les armes tous les citoyens. Elle comprend qu'il faut autre chose de plus noble, de plus haut, de plus cher qu'une fantaisie orgueilleuse, qu'il faut une idée de droit ou de justice, un sentiment d'indépendance ou d'honneur, pour enflammer les cœurs, produire des héros ; pour qu'une ville subisse, indignée, mais menaçante, le bom-

14

bardement ; pour que des hommes risquent leur vie dans la bataille, versent leur sang et fassent couler celui des autres, pour qu'ils meurent et pour qu'ils tuent !

Elle comprend enfin que l'idée communale, pour laquelle Paris combat, pour laquelle il accepte la perte de ses prérogatives de capitale, pour laquelle il laisse les boulets crever ses murs, les obus écraser ses habitants, pour laquelle il a juré de vaincre ou de mourir, est l'idée même dont la réalisation doit rendre à la France entière, aux villes les plus grandes, comme aux plus humbles villages, l'indépendance, l'économie, l'ordre et la prospérité.

Elle comprend que la haine de Paris pour Versailles est faite de l'amour pour la liberté et pour la France.

Bientôt, demain peut-être, elle comprendra, si elle ne l'a compris déjà, qu'il est de son devoir d'intervenir comme le médiateur antique portant la palme de la paix et le glaive du droit, entre Versailles, qui ne représente plus que les vieux partis déchus, et Paris, qui représente la patrie nouvelle, la patrie républicaine, amoindrie par le sabre prussien, agrandie par l'idée communale.

Déjà elle frémit d'angoisse et de douleur, et en même temps d'admiration. Déjà elle intercède pour Paris.

Demain elle protestera contre Versailles.

Déjà, de tous côtés, la voix publique se fait entendre ; elle monte, grandit, affirmant la République, cette liberté et ces droits, pour lesquels Paris s'est levé.

Dans quelques jours, cette voix parlera plus fort que les canons ; elle en couvrira les grondements, et elle écrasera, sous sa malédiction vengeresse, solennelle et formidable, les menteurs, les traîtres et les bombardeurs qui ont fait de Versailles leur capitale.

En regard de cet article, qu'on lise la proclamation du général Ducrot à l'armée de Cherbourg. On verra comment ce général parle des Parisiens armés pour la défense de leurs convictions et de leurs droits :

Officiers, sous-officiers et soldats du corps d'armée de Cherbourg,

La patrie nous demande un nouvel et dernier effort. La France toute sanglante est encore envahie; elle est dépouillée, saccagée; on vient de lui arracher deux de ses plus belles provinces : nos chers morts couvrant le sol du Nord au Midi, sont à peine refroidis!!!

Et voilà qu'au milieu de si effroyables calamités, *une tourbe de misérables* essaye d'établir, sur les ruines de notre malheureux pays, *le triomphe de la paresse, de la débauche, du brigandage et de l'assassinat.*

Par un affaissement moral sans exemple dans l'histoire, Paris si admirable, si vaillant pendant cinq mois, est devenu, au lendemain de son martyre, la proie de *ces gens, écume* d'une trop funeste guerre. Soldats, allons les en chasser.... Allons rejeter à jamais de notre capitale *ces insensés et ces scélérats.*

Officiers, sous-officiers et soldats, composés d'éléments divers, presque inconnus les uns aux autres... vous êtes tous unis par la confraternité du malheur, le sentiment du devoir, l'amour de la patrie.

Après tant d'épreuves, tant d'infortunes, que votre abnégation, que votre discipline montrent ce que vous auriez pu faire, si, dans la terrible lutte qui vient de se terminer, vous n'aviez pas été accablés par le nombre, par la fatalité...

Au grand quartier général, le 19 avril 1871.

Le général, commandant en chef,

Signé : DUCROT.

Pendant ce temps, l'Assemblée des « ruraux » voyait toujours la République de mauvais œil, et ne permettait pas au gouvernement de l'affirmer le moins du monde. Voyez plutôt ce spirituel compte-rendu que publia le *Rappel* du 21 avril :

Dans sa séance de mercredi, l'Assemblée de Versailles, laissant pour un moment de côté la discussion de la loi sur les loyers, a fait une pointe dans la politique ardente.

C'était à propos d'un article de M. Henri Martin, dont le *Journal officiel* de Versailles avait osé reproduire une partie d'après le *Siècle*. Nous n'avons pas besoin de dire quelle était la sagesse et la modération de cet article. Il était benin, benin, benin, pour parler comme Molière. Il insinuait doucement des vérités peu téméraires, comme celle-ci : — que la République est peut-être le gouvernement qui nous divise le moins.

Mais M. de Carayon-Latour a demandé d'une voix irritée ce que cela signifiait. Le *Journal officiel* représente-t-il, oui ou non, la pensée du gouvernement ? le choix même de ses citations n'a-t-il pas quelque chose de gouvernemental ? Alors le pouvoir exécutif aurait donc l'air de prendre parti ? Ne s'était-il pas engagé à laisser faire la France et, quant à lui, à rester neutre ? Qu'est-ce donc qu'il

montrait là ? Comment avait-il laissé passer ce frag-
ment du reflet de l'ombre d'une opinion ?

La droite a appuyé de ses « marques d'approba-
tion » les plus rustiques cette sévère admonesta-
tion de M. de Carayon-Latour ?

M. Picard, assez penaud, est venu dire à la tribune qu'on ne l'avait pas fait exprès ; que d'ailleurs
ce n'était pas lui, là ! que c'était son collègue,
M. Jules Simon.

M. Jules Simon, très confus, a avoué qu'en effet
il avait été chargé de la direction du *Journal officiel*,
mais il a déclaré que le gouvernement tenait sa
parole et était tout ce qu'il y a de plus incolore, que
l'Assemblée pouvait dormir sur toutes ses oreilles,
qu'il était d'accord avec elle, et qu'on s'entendrait
de reste.

Et on s'étonnera et on s'indignera encore de ce
que le peuple de Paris et des villes insiste tant pour
réclamer, comme première condition des prélimi-
naires de paix, la reconnaissance de sa chère République !

Le *Cri du Peuple* lui, accusait nettement Jules
Favre d'être un voleur et un faussaire :

Le misérable qui s'appelle Jules Favre, est
connu depuis plusieurs mois comme faussaire.

Aujourd'hui on découvre les nouveaux vols qu'il
a commis depuis le 4 septembre.

On a trouvé à son domicile *deux millions* de titres
au porteur achetés après la chute de l'empire.

Si tous ses collègues, — et Picard au moins est
son émule, — ont trafiqué de la sorte, le chiffre des
détournements est énorme.

De plus, au ministère des affaires étrangères,
occupé comme on sait par ce Jules Favre, on a

trouvé : 1,303 pièces d'argenterie gravés aux armes de l'ex-empereur, avec leurs accessoires ; 568 pièces en vermeil ; 9 pièces, formant un thé complet.

La valeur intrinsèque de cette argenterie est au moins de 300,000 francs, et la valeur d'achat de 500,000.

Et maintenant que ces faits sont connus, le voleur et le faussaire osera-t-il encore traiter de pillards les membres de la Commune qui, dans leur honnêteté scrupuleuse, ont déposé toutes ces pièces à la monnaie, où elles seront transformées dans le plus bref délai.

De tous les décrets de la Commune, un de ceux qui ont le plus irrité le chauvinisme français a été celui qui ordonnait la démolition de la colonne Vendôme. Je ne puis m'empêcher d'avouer ici que ce fut précisément celui qui me causa le plus vif plaisir ; le « considérant » de ce décret est dicté par un sentiment humain et il mérite d'être conservé. Quoique connu et publié par tous les journaux, je tiens à le placer ici :

La Commune de Paris,

Considérant que la colonne impériale de la place Vendôme est un monument de barbarie, un symbole de force brute et de fausse gloire, une affirmation du militarisme, une négation du droit international, une insulte permanente des vainqueurs aux vaincus, un attentat perpétuel à l'un des trois grands principes de la République française : la fraternité.

Décrète :

Article unique. — La colonne de la place Vendôme sera démolie.

Paris, le 12 avril 1871.

J'ai à mentionner encore dans ce mois d'avril
une perte regrettable. Le 14 avril, à 10 heures du
matin, j'assistai à l'enterrement de Pierre Leroux ;
j'avais connu cet homme célèbre ; j'avais même
dîné avec lui chez mes parents à Neuchâtel, et je
tins à l'accompagner à sa dernière demeure. Il habitait boulevard Montparnasse, n° 168.

CHAPITRE XVIII.

Résumé des opérations militaires du mois d'avril. — Les exécutions sommaires. — Départ du 85ᵉ. — Arrivée au Champ-de-Mars. — Les vivres et l'intendant de l'école militaire.

Ce fut le dimanche 2 avril que les troupes versaillaises commencèrent les hostilités. Pendant que le Mont-Valérien couvrait d'obus Neuilly et Courbevoie, deux colonnes s'avancèrent jusqu'aux barricades des fédérés à Courbevoie. Ceux-ci, surpris, abandonnèrent leurs positions.

Cette brusque attaque répandit une grande irritation dans Paris. Les bataillons descendirent des faubourgs à l'appel de leurs chefs, et le lendemain les généraux Bergeret et Flourens, à la tête de 40,000 hommes, sortirent par la porte Maillot. Flourens marcha sur Saint-Cloud, et Bergeret sur Nanterre. Ils devaient opérer leur jonction à Rueil.

Malgré le feu du Mont-Valérien, ils se concentrèrent devant Rueil, où ils furent arrêtés par l'armée de Versailles. Après un combat sanglant, les fédérés en déroute se replièrent sur Neuilly, poursuivis par les gendarmes et les zouaves pontificaux. Ce jour-là, les Versaillais s'installèrent au rond-point de Courbevoie, et les Parisiens durent abandonner l'offensive pour la défensive. Flourens avait disparu, et l'on n'apprit sa mort que le lendemain. Cerné dans Rueil avec quelques fédérés, il eut la tête fendue d'un coup de sabre par un gendarme. Deux jours auparavant, je l'avais vu devant l'Hôtel-de-Ville; il était à cheval et souriait en saluant le peuple qui l'acclamait. Il fut un des premiers qui tombèrent pour la défense de Paris.

Pendant ce temps, une seconde armée de la Commune, commandée par Eudes, Ranvier et Avrial, protégée par les forts d'Issy et de Vanves, attaqua Meudon sans succès, pendant qu'un autre corps de fédérés, sous la conduite des généraux Duval et Henry, prenait position au-dessus de la redoute de Châtillon dont j'ai parlé dans un des chapitres précédents. Les Versaillais, après plusieurs heures de combats, refoulèrent les deux armées fédérées, et s'emparèrent de la redoute à la baïonnette, en faisant prisonniers 1,500 gardes nationaux, parmi lesquels le savant géographe Elisée Reclus, et les généraux Henry et Duval.

Celui-ci fut fusillé sur place avec deux officiers d'état-major. Ils subirent ce supplice avec un mâle courage. « Tous trois avaient subi en *fanfarons* le « sort que la loi réserve à tout chef d'insurgés pris « les armes à la main, » dit Galiffet dans sa proclamation.

Quant aux 1,500 prisonniers, après avoir vu fusiller encore une vingtaine de malheureux soldats, ils furent conduits à Versailles, à travers une foule féroce, qui les frappait sans pitié ; si le cadre de cet ouvrage le permettait, je pourrais intercaler ici quelques faits authentiques que des témoins dignes de foi m'ont raconté, et qui témoignent de l'horrible cruauté du peuple et de l'armée de Versailles. Mais le jour commence d'ailleurs à se faire peu à peu, et le temps viendra bientôt, où les exécutions sommaires accomplies depuis presque journellement par les Versaillais, auront la réprobation universelle des peuples civilisés (1).

Le journal le *Siècle* protesta en ces termes contre ces exécutions :

… « Les prisonniers fusillés n'ont pas quitté l'armée de Versailles pour s'enrôler à Paris ; ce sont des hommes habitant Paris depuis que Paris n'est plus gouverné par Versailles. Ils obéissent à un ministre de la guerre installé à Paris, qui les nourrit et qui les solde. Etaient-ils libres de vous suivre à Ver-

---

(1) Je recommande à tout lecteur désireux de connaitre l'histoire exacte de l'insurrection parisienne de lire la *Troisième défaite du prolétariat français*, par B. Malon, membre de la Commune. Nous n'avons lu jusqu'à présent en Suisse que les récits versaillais. Il est temps, et la justice l'exige, d'écouter la voix du vaincu.

sailles ? Sont-ils libres de ne pas combattre dans les rangs des deux cents bataillons de la garde nationale qui obéissent à la Commune ?

Le droit des gens vous défend de toucher à ces hommes ; et la bonne politique et le sens patriotique vous le défendent aussi. *Ne voyez-vous pas que vous excitez des représailles ?*

Il y a à Versailles des généraux qui, le 2 décembre, ont porté les armes contre la loi, contre le pays, contre l'honneur.

Ils devraient se contenter de se faire oublier, et de ne pas se montrer si implacables envers des malheureux...»

Après cette infructueuse attaque des fédérés, on tenta d'apporter quelques améliorations dans l'organisation militaire. Un camp de réserve fut formé au Champ-de-Mars où des bataillons de fédérés s'exercèrent. Le général Cluseret, aidé de Rossel, son chef d'état-major, organisa la défense. Bientôt Dombrowski apparut sur la scène militaire. Il arrêta les progrès des Versaillais à Neuilly, tandis que Wroblewki défendait les forts du sud, qui croulaient déjà sous les obus des batteries ennemies.

Chaque jour de nouvelles et puissantes batteries ouvraient leurs feux contre les positions des fédérés, et chaque jour de malheureux prisonniers étaient fusillés par les ordres des chefs Versaillais. Le 14 avril, le général Wolf cerna un pâté de maisons près de la Grande-Avenue(1), et *passa par les*

(1) *Guerre des communeux de Paris,* par un officier supérieur de l'armée de Versailles.

armes tous les communeux (environ 200) *qu'il y trouva.* »

Dans un journal de province, de la fin d'avril, (l'*Indépendant rémois,*) une correspondance disait :

« Dans la nuit de jeudi à vendredi, nos troupes ont surpris les positions des fédérés entre Arcueil, Cachan et Montrouge. Deux bataillons ont enlevé à la baïonnette la Grange-Ory et la maison Plichon, située près du fort de Montrouge.

» *Les fédérés endormis ont été massacrés à la baïonnette* et sabrés par la cavalerie dans leur fuite désordonnée sur Paris... »

Voilà les témoignages des Versaillais eux-mêmes, et qu'ils ne peuvent nier. Mais ce qui est plus horrible encore, c'est l'article que publia le *Journal de Versailles*, article qui se terminait par ces lignes :

Pas de prisonniers !

Si, dans le tas, il se trouve un honnête homme réellement entraîné de force, vous le verrez bien ; dans ce monde-là, un honnête homme se désigne par son auréole.

Accordez aux braves soldats la liberté de venger leurs camarades en faisant, sur le théâtre et dans la rage de l'action, ce que de sang-froid ils ne voudraient plus faire le lendemain :

Feu !

Peut-on, et je le demande à tous les hommes impartiaux, peut-on trouver quelque chose d'aussi

hideusement atroce ? Le parti qui a compté dans
ses rangs de tels soldats et de pareils écrivains
peut-il avoir des adhérents sincères ? Je ne le crois
pas.

Quelques changements eurent lieu dans les som-
mités militaires de la Commune. Cluseret, accusé
d'avoir compromis la défense du fort d'Issy, fut
arrêté. Rossel fut nommé à la délégation de la
guerre. Le 20 avril, on pouvait prévoir déjà que le
fort d'Issy succomberait sous peu, et la prise de
Paris n'était plus qu'une affaire de temps. Les fédérés, trop peu aguerris, ne pouvaient tenir tête aux
150,000 hommes qu'avait réunis M. Thiers, et
plusieurs centaines de bouches à feu de fort calibre
tonnaient sur les forts, les remparts et les villages
défendus par les fédérés, qui, s'ils avaient une nombreuse artillerie, manquaient cependant d'artilleurs.

Telle était la position de Paris lorsque, le 22 avril,
je fus prévenu que le 85e devait faire un service de
cinq jours au Champ-de-Mars. Dans tout le courant
d'avril, nous n'avions eu que deux jours de service
actif, un de garde à la place Vendôme et un autre
à l'Hôtel-de-Ville. J'appris que les cinq jours que
nous devions passer au Champ-de-Mars seraient
consacrés à l'équipement et à l'armement définitif
du bataillon.

Quoiqu'on parlât encore de bruits de paix, de
conciliation possible, je résolus de me faire rem-

placer et de quitter mon bataillon. Les récits horribles que je lisais chaque jour des atrocités commises par les Versaillais, m'avaient inspiré un dégoût profond pour le pays que j'habitais ; le peuple parisien, seul, le peuple ouvrier des faubourgs, m'inspirait encore quelques sympathies. J'étais décidé à retourner en Suisse au premier jour ; je consentis cependant à accompagner le bataillon dans sa course au Champ-de-Mars, le sergent-fourrier étant tenu d'assister aux distributions d'effets d'équipement et d'armement.

Le lendemain, 23 avril, tout le monde fut dûment convoqué. Le soleil brillait, la journée promettait d'être belle.

A deux heures, notre bataillon était réuni sur la place Saint-Sulpice, sac au dos et cartouchière rebondie ; chacun savait que notre casernement au Champ-de-Mars n'était qu'un prétexte, et il était facile de deviner que de là nous serions dirigés sur un point quelconque de la défense. Aussi un certain sérieux se lisait sur la plupart de ces physionomies parisiennes, si mobiles et si insouciantes d'habitude. Deux autres bataillons devaient partir en même temps que nous, mais pour un but différent.

Nous étions à peine la moitié du bataillon. Que faisaient nos autres camarades ? Les uns avaient clandestinement quitté Paris ces derniers jours ;

d'autres étaient malades ; quelques-uns étaient Alsaciens ou Lorrains, et profitaient avec empressement de la permission accordée aux ressortissants de ces provinces de ne pas servir ; d'autres se cachaient pour fuir le service et le danger.

Bientôt les tambours battirent aux champs, et notre grand drapeau rouge, surmonté d'un bonnet phrygien, fut apporté devant le front du bataillon. Puis une musique de circonstance, musique colossale, avec grosse caisse, clarinette et cymbales, joua la *Marseillaise,* qui produisit un effet prodigieux dans tous ces cœurs émus. Nous étions entourés de femmes et d'enfants. Quelques-unes pleuraient en serrant la main de leur mari, de leur frère. Derrière nous, Saint-Sulpice élevait dans les airs ses deux immenses tours inégales, et, à notre gauche, les gardes du 83e nous saluaient des fenêtres du séminaire, qu'ils occupaient depuis quelques jours, et où ils avaient remplacé les jésuites en herbe. Vint alors le chef de la 6e légion et deux délégués du Comité central. Je ne pus distinguer de ma place les quelques mots qui furent prononcés. Nous portâmes armes, puis *à droite ! en avant ! marche !* et notre bataillon défila aux sons d'une musique guerrière, se dirigeant du côté de la rue de Grenelle-Saint-Germain, aux cris de : *Vive la Commune !*

Tout le long de la rue de Grenelle, la musique joua les airs les plus guerriers, et je remarquai sur notre passage une foule de figures émues et sympathiques. Les gardes nationaux, le fusil à tabatière sur l'épaule, marchaient résolument, la tête haute, comme si nous allions tout droit à l'ennemi. Non loin de moi, le grand drapeau rouge flottait au vent, les clairons lançaient leurs notes retentissantes, et ce grand bruit de pas, cet appareil solennel et guerrier, ces cris de : Vive la République! Vive la Commune! m'impressionnaient fortement. Mais nous n'allions pas de ce pas au feu, et les scènes burlesques qui m'attendaient au Champ-de-Mars devaient me faire oublier bien vite mes émotions guerrières et donner un autre tour à mes idées.

Nous saluâmes en passant les Invalides, et, un instant après, nous étions en vue du Champ-de-Mars.

Tout autour du Champ-de-Mars, on avait élevé une triple rangée de baraques en bois, dans la plupart desquelles étaient logés les gardes nationaux et les francs-tireurs qui formaient le camp de réserve. — Nos trois bataillons défilèrent devant l'Ecole militaire, surmontée d'un drapeau rouge, comme tous les monuments de Paris, puis nous tournâmes à droite, pour venir longer la ligne de baraques qui bordait à l'ouest le Champ-de-Mars. Là, chaque bataillon eut un espace déterminé pour s'y loger, et je m'empressai d'entrer dans la baraque destinée à ma compagnie.

Au premier coup d'œil jeté sur mon nouveau logis, je m'aperçus qu'il n'était pas trop confortable. C'était un immense dortoir, où l'air entrait par tous les joints des planches. A droite et à gauche de l'allée qui divisait en deux la baraque, un plancher incliné longeait la muraille, et, sur ce plancher, quelques matelas, courts et peu épais, devaient nous servir de couche. Comme les matelas étaient peu nombreux, une partie d'entre nous dut s'en passer. J'avais réussi à en trouver un, et je venais de l'arranger dans un coin de la baraque, et de m'en assurer le droit de possession en déposant à côté mon sac et mon fusil, lorsque mon sergent-major parut à l'entrée de ma demeure en criant :

— Le fourrier est-il là? Fourrier !

— Présent ! répondis-je. Que veux-tu?

— L'adjudant te fait demander. Il va se faire une distribution de matelas. Tâche d'en avoir pour tout le monde.

— Je vais avec vous, fourrier ! s'écria le caporal Marteau, en s'élançant avec moi à la recherche des matelas.

Mais je n'avais pas encore rejoint l'adjudant, que je fus arrêté par le capitaine de la première compagnie.

15

— C'est vous, fourrier, me dit-il, qui êtes *de semaine*. Faites votre bon de vivres, et allez les toucher à l'Ecole militaire. Dépêchez-vous, pour être prêt avant la nuit.

Je dus alors courir de baraque en baraque, à la recherche des caporaux de semaine. Mais celui-ci était absent, cet autre introuvable, ou cette compagnie n'en avait pas encore nommé. Enfin, je réussis à découvrir celui de la cinquième compagnie.

— Combien avez-vous d'hommes dans votre compagnie? lui demandai-je en sortant mon calepin.

— Combien d'hommes? Pourquoi ça?

— Je vous le dirai après. Dépêchez, je suis pressé.

— Ma foi, me dit le caporal, je ne sais pas trop. Une quarantaine, environ.

— Eh bien, vous vous trouverez ici devant, dans cinq minutes, avec cinq hommes de corvée, cinq bidons et des toiles de tente, pour aller aux vivres.

Et, reprenant ma course, je laissai là le caporal sans attendre sa réponse.

Après avoir fait maintes recherches et avoir eu des explications parfois très vives avec des sergents indolents et des caporaux paresseux, je réussis à avoir le chiffre à peu près exact de l'effectif actuel du bataillon, et à réunir les hommes de corvée et leurs bidons. Mais il n'y avait que deux ou trois toiles de tentes, et il m'en fallait une vingtaine, pour rapporter les pains, les viandes salées, et les légumes.

— Vous n'avez pas assez de toiles de tente, dis-je en m'adressant aux hommes de corvée réunis autour de moi.

On compta les toiles. Il n'y en avait que quatre en tout.

— C'est la troisième qui les a fournies, dit un garde. Il me semble que les autres compagnies pourraient bien en apporter quelques-unes.

— Moi, je ne donne pas la mienne! s'écria un caporal. Elle est encore belle blanche, et je ne veux pas la salir avec votre lard.

— La mienne est enroulée sur mon sac, dit un autre. Je ne veux pas la défaire.

En entendant cela, je priai Monaski, qui m'avait accompagné, d'aller chercher ma tente et la sienne ; puis, je désignai une douzaine de gardes, en leur ordonnant d'en faire autant, sous peine de punition.

Enfin, après une longue attente, je pus me mettre en route, précédant une longue file de gardes nationaux ; j'avais dû courir, entre deux, faire contre-signer mon bon de vivres au commandant, et j'eus la satisfaction d'arriver dans la cour de l'École militaire avec tous mes hommes, vers les 5 heures du soir; je fus rejoint là par l'adjudant.

— J'ai été au-devant de vous, me dit-il, pour

tout préparer. Mais il paraît que *chose*, de l'Intendance, n'est pas là.

— Comment, diable ! pas là ? m'écriai-je inquiet, pressentant de nouveaux embarras et de nouvelles courses.

— Non, il a été dîner.

— Comment, dîner ! C'est impossible. L'intendant a vu arriver ici cet après-midi plusieurs bataillons, et il a bien dû supposer que l'on viendrait lui demander des vivres ce soir.

— Je vous dis que c'est comme ça ! me répliqua l'adjudant. Du reste, allez voir !

Je me dirigeai alors vers le bureau des employés aux vivres, et je trouvai là quelques individus qui me répétèrent ce que m'avait dit l'adjudant. Je ne pouvais pas avoir de vivres avant le retour de M. l'intendant, qui était allé dîner.

— Et quand reviendra-t-il, demandai-je.

— Peut-être dans une demi-heure ; une heure au plus.

Je sortis, vexé, presque furieux du sans-gêne de cet intendant. Ce fut une véritable émeute quand j'annonçai aux trente hommes de corvée, qui s'étaient groupés devant la porte de l'Ecole, qu'ils devaient attendre l'arrivée de M. l'intendant.

— Comment ! la Commune a des employés pareils ! crièrent quelques-uns.

— Il n'y a donc aucune organisation ! hurlèrent

l'autres. Ce sera toujours la même chose, sous la Commune comme sous le ci-devant Gouvernement.

Cependant peu à peu, les récriminations cessèrent. Les uns allumèrent leur pipe, d'autres s'assirent tranquillement sur leurs bidons. Ainsi se passèrent trois longs quarts d'heure, au bout desquels arriva l'homme qui était la cause de tout ce retard.

On commença de suite la distribution. Les toiles de tentes furent dépliées, pour recevoir environ 120 pains, pour 240 hommes, puis deux sacs de pommes-de-terre, du riz, du lard salé, du café, du sucre et du sel. Puis, l'on répartit dans les bidons le vin, à raison d'un quart de litre par homme, et l'eau-de-vie, cinq centilitres environ par homme et par jour.

Une fois toutes ces provisions reconnues, vérifiées et emballées, nous nous mîmes en route, et nous traversâmes le Champ-de-Mars; nous devions ressembler un peu dans ce trajet à ces longues caravanes, chargées de marchandises, qui traversent le Sahara. Au lieu de *simoun*, une fraîche brise nous venait de la Seine, et une fine poussière nous aveuglait. La nuit arrivait à grands pas, et en marchant sur le sol inégal et raboteux du Champ-de-Mars, il fallait user de précautions, si l'on voulait ramener intact le liquide contenu dans les bidons.

Le pain qu'on m'avait donné aurait été bon s'il eût été moins sec. La plupart commençaient à se gâter. Je dus en renvoyer plusieurs qui étaient entièrement couverts de cette splendide végétation, qu'on désigne généralement, sans souci d'en distinguer les variétés, sous le nom uniforme de moisi. Quant aux pommes-de-terre, elles étaient noires, et germées, et l'on disait volontiers, en parlant de ces tubercules, que c'étaient des provisions du siége, que le gouvernement de la défense nationale avait cachées, pour faire capituler plus vite la ville affamée. Quoiqu'il en soit de ces bruits, auxquels il est difficile d'ajouter foi, j'ai vu d'énormes provisions de ces pommes-de-terre; la Commune en a fait distribuer par milliers de boisseaux aux indigents, et l'on prétendait qu'elles avaient été découvertes dans des caves secrètes, et qu'elles avaient été cachées pendant le siége.

Les lards salés, par contre, étaient magnifiques, sauf quelques morceaux. Le vin était de ce gros vin bleu du midi, mauvais; on ne le buvait que lorsque le lard salé avait violemment irrité les gosiers. Quant à l'eau-de-vie, elle était tout-à-fait mauvaise.

Lorsque ma troupe fut arrivée à la hauteur des baraques qu'habitait le 85e bataillon, nous fîmes halte; je fis entrer toutes les provisions dans mon logis, et là, à la lueur d'une chandelle, je procédai à la distribution. Je chargeai Monaski de couper le lard salé en morceaux, et de le répartir d'après la force des compagnies ; le fourrier de la première compagnie se chargea de faire les tas de café et de sucre ; moi, je fis la part des pains, des pommes-de-terre et des liquides. Ma besogne fut terminée en peu de temps, grâce à l'activité des hommes de corvée ; cependant une quantité de gardes manquaient, et des compagnies n'étant pas suffisamment représentées, leurs parts de vivres restaient là, et, comme j'en étais responsable, je ne pouvais m'éloigner.

A ce moment Monaski, pâle, les yeux hagards, vient me dire tout effaré :

— Je ne sais comment faire. J'ai fait six tas de lard, un pour chaque compagnie. Chacun est venu prendre le sien ; mais il paraît qu'une compagnie a pris deux parts ; la cinquième n'a rien et réclame.

— Diable ! fis-je ; pourquoi n'avez-vous pas constaté l'identité de chacun des hommes qui emportaient une part ?

Le pauvre Monaski ne répondit rien. Il était horriblement abattu. Il avait couru toutes les tentes, et personne n'avouait avoir reçu deux portions. Il fallut alors prendre une mesure énergique. Aidé des sergents-majors, et malgré de nombreux murmures, je fis rentrer tout le salé distribué, et on procéda à une nouvelle répartition, qui cette fois eut lieu sans accident. Tout cela me coûta beaucoup de temps et de fatigue. Lorsqu'on est entouré d'une cinquantaine d'hommes, qui crient, gesticulent, protestent, vous tirent le bras pour fixer votre attention, vous arrachent votre capote pour que vous écoutiez leurs réclamations, quand cela dure plus d'une heure, les oreilles finissent par ne plus entendre, et les yeux par ne plus voir ; ajoutez à cela les innombrables réclamations particulières :

— Fourrier, je n'ai pas reçu mon vin.

— De quelle compagnie êtes-vous ?

— De la troisième.

— Allez réclamer à votre fourrier !

— Fourrier, je n'ai pas de pain.

— Quelle compagnie ?

— Cinquième.

— Allez réclamer à votre fourrier !

— Il n'est pas là !

— Ça m'est égal.

Ou bien encore :

— Fourrier, pourriez-vous m'indiquer où je pourrais trouver un matelas ? — Fourrier, on m'a volé mon bidon ! — Fourrier, je ne retrouve pas ma toile de tente que j'avais prêtée pour la corvée des vivres !

Ma compagnie elle-même ajoutait à mes embarras.

— Fourrier ! venez donc faire la distribution du vin !

— Dites à Monaski de la faire.

— Monaski distribue les pains.

— Eh bien, faites-la vous même. Je ne peux pas tout faire à la fois.

A neuf heures du soir je fus enfin libre, et j'allai dans un restaurant voisin manger un morceau. En revenant au campement, je constatai qu'on m'avait pris mon matelas, et que ma toile de tente avait disparu. Je trouvai ma couverture de garde national sur le dos d'un dormeur voisin, et une couverture plus petite, que j'avais prise par précaution, couverture qui m'avait garanti des froids de l'automne passé, étant franc-tireur, se trouva sous la tête d'un caporal, qui l'avait prise en guise d'oreiller. Je repris mon bien avec une certaine brusquerie, sans pitié pour les dormeurs, et je m'étendis sur le plancher incliné. Je fus longtemps à rêver tout éveillé. Je regardais scintiller les étoiles à travers la petite fenêtre, j'écoutais le canon qui tonnait à quelque distance, au Point-du-Jour et à la porte Maillot ; puis enfin de rêve en rêve je m'endormis.

CHAPITRE XIX.

La soupe. — L'exercice. — Départ pour Levallois-Perret. — Mon retour à Paris avec le sergent-major. — La porte des Ternes et la porte Maillot.

Le lendemain, je me réveillai tout frissonnant de froid. Mes dents s'entrechoquaient, et je grelottais de tous mes membres. Il était cinq heures du matin, mes voisins dormaient encore ; je sortis de la baraque, et je m'aperçus que j'avais été devancé par un certain nombre de gardes nationaux, qui, grâce à la fraîcheur de la nuit, n'avaient pu dormir. Plusieurs feux étaient allumés devant les baraquements, et sur ces feux, on avait mis bouillir de l'eau pour faire du café.

Peu à peu, les feux s'allumèrent sur tout le pourtour du Champ-de-Mars ; de chaque tente sortaient des compagnies entières, qui venaient se réchauffer auprès de leurs feux respectifs ; le soleil montait lentement sur l'horizon ; il était cinq heures et demie ; on avala le café presque bouillant, et, dès lors, tous

ces hommes, une heure auparavant engourdis par
le froid de la nuit, devinrent gais et dispos.

Pendant que ma compagnie balayait, brossait,
nettoyait, j'eus à faire avec mon sergent-major une
liste des effets d'habillement qui devaient être four-
nis au bataillon, ce qui nous prit une partie de la
matinée, et nous dispensa des exercices et des manœuvres que nos chefs firent faire au bataillon de
9 à 11 heures. On servit alors la soupe, que nous
mangeâmes dans nos gamelles. Puis vint le plat de
résistance, lard et pommes de terre, auquel chacun
fit honneur.

L'après-midi, il y eut de nouveaux exercices de
2 à 4 ; puis à cinq heures, soupe et pommes de terre ;
ça devenait monotone. J'eus aussi à retourner chercher les vivres, et cette fois tout se passa comme
je le désirais.

Le soir, faut-il l'avouer ! je ne pus me résoudre à
passer une seconde nuit dans ma baraque ouverte
à tous les vents, et je regagnai furtivement mon
hôtel de la Croix-Rouge, où je dormis parfaitement
jusqu'au lendemain matin.

J'appris, en revenant au Champ-de-Mars, une
grande nouvelle. Une revue des bataillons formant
le camp de réserve devait être passée dans l'après-
midi, par je ne sais plus quel général. Je reçus en
conséquence l'ordre d'aller aux vivres avant midi,
ce que j'exécutai ponctuellement.

A trois heures, le 85ᵉ, sac au dos, avec tente, capote et couverture, se rangea en bataille devant la ligne des baraques ; les clairons sonnèrent, puis il alla se placer à la droite de deux autres bataillons.

Je m'étais tenu à quelque distance de là, avec les autres fourriers. Tout à coup, nous vîmes arriver notre porte-drapeau, tenant à la main l'étendard rouge de la Commune. Les tambours battirent, puis les trois bataillons s'ébranlèrent, marchant dans la direction de l'Ecole militaire.

Nous suivîmes le mouvement, ne sachant pas trop de quel côté se ferait la promenade. Je n'avais avec moi ni sac, ni fusil. Je fus un instant tenté d'aller m'équiper, mais mon sergent-major me conseilla de n'en rien faire et d'accompagner le bataillon. Celui-ci, arrivé devant l'Ecole militaire, tourna à gauche, suivit le boulevard de Latour-Maubourg, et arriva bientôt au pont de la Concorde.

Là, les deux bataillons qui suivaient le 85ᵉ prirent à droite, et le mien seul continua sa route.

Je commençai à croire que nous quittions définitivement le Champ-de-Mars. Mais alors, qu'allaient devenir les bidons, les fusils et les sacs des absents, car il y avait plusieurs absents lors de la revue.

Je hâtai le pas, et rejoignant ma compagnie, je cherchai le commandant Piazza. Il n'était pas là. Mon capitaine me dit que le bruit courait qu'il était arrêté, et que le capitaine Gaudet était chargé du commandement par intérim. J'appris en outre que nous allions tout simplement à Neuilly, dans cette ville où les obus et les bombes tombaient comme grêle.

Je réfléchis un instant; puis, appelant Monaski, je le chargeai, avec deux autres gardes, de retourner au Champ-de-Mars, de réunir tous les effets appartenant au 85e, et de ne pas les quitter avant mon retour. Puis je me mis dans les rangs avec le sergent-major.

En quittant le Champ-de-Mars, l'effectif de mon bataillon était d'environ deux cent cinquante-sept hommes, gardes et officiers. La première compagnie n'avait que 35 hommes, la seconde 35 aussi, la troisième 53, la quatrième 38, la cinquième 37, et la sixième 24. Il y avait en outre 35 capitaines, lieutenants, sous-lieutenants, sergents-majors et fourriers, pupilles et cantinières.

En montant du côté de l'Arc-de-Triomphe, nous vîmes de loin les nuages de poussière produits par les obus qui éclataient autour de ce monument; je remarquai alors des visages inquiets; la plupart cependant dissimulèrent assez bien le sentiment de malaise qu'ils éprouvaient, sentiment bien naturel lorsqu'on va traverser un endroit labouré par les projectiles. Près d'arriver au haut de l'avenue, à deux cents pas de l'Arc, et comme pour défier les obus, peut-être aussi pour nous étourdir un peu sur le danger, nous entonnâmes la *Marseillaise*, accompagnée par la musique, et nous traversâmes fièrement l'espace dangereux.

Le bataillon, laissant à sa gauche l'Arc-de-Triomphe, prit à droite un boulevard qui côtoyait les remparts à une certaine distance. Le long du chemin, je remarquai sur les maisons voisines de nombreuses traces d'obus. Une rue, entre autres, qui conduisait à la porte des Ternes, en était criblée.

Nous cheminions silencieusement, lorsque nous fîmes la rencontre de deux membres de la Commune, qui revenaient des avant-postes de Neuilly. Ils étaient à cheval, et portaient en sautoir une brillante écharpe rouge, ornée de franges et de glands d'or. Les cris de : Vive la République ! Vive la Commune ! partirent de tous côtés. Un chef de légion parut aussi, et quelques gardes lui ayant fait remarquer qu'ils n'avaient que des fusils à pistons pour toute arme, le chef de légion leur répondit avec une certaine emphase :

— C'est à la baïonnette que nous attaquons ! Votre fusil est solide.... c'est tout ce qu'il faut !

A mesure que nous approchions de la porte Bineau, par laquelle nous devions sortir de Paris, il se fit un changement très visible parmi mes camarades. Les uns, courageux par nature, devenaient de plus en plus exaltés; d'autres, timides par tempérament, ne pouvaient plus cacher leurs appréhensions. Aussi, à ce moment, il y eut un certain nombre de désertions. Ma compagnie, déjà si réduite, vit encore deux de ses membres l'abandonner avant d'avoir franchi l'enceinte. Ils employèrent un moyen très simple. Feignant d'aller prendre en toute hâte un rafraîchissement quelconque chez un marchand de vin près duquel nous passions, ils laissèrent défiler le bataillon, et ne revinrent plus.

Nous étions décidés, Lefort et moi, à ne pas sortir de Paris ce soir-là ; nous suivions simplement le bataillon pour nous assurer du lieu exact de sa destination ; une fois ce lieu connu, nous devions revenir au Champ-de-Mars, pour en ramener divers effets, et principalement les bidons, grands et petits, sans lesquels personne ne pouvait faire la soupe. Le sergent-major avait en outre la solde à toucher pour le lendemain.

Aussi, lorsque nous arrivâmes à la porte Bineau, nous laissâmes tranquillement défiler devant nous le bataillon, et, avisant non loin de là un colonel couvert de galons et de broderies, nous lui racontâmes notre histoire, en le priant de nous faire, pour nous, sergent-major et fourrier, un laisser-passer. Il y consentit, et je fis à la hâte ce précieux *Sésame ouvre-toi*, au bas duquel il apposa sa signature. Nous le remerciâmes, et nous franchîmes la porte.

Le 85e, engagé dans les ruelles qui contournaient

les chevaux de frise hérissés de clous, qui défendaient la porte Bineau, avait dû ralentir sa marche ; aussi nous le rejoignîmes bien vite. Le commandant Gaudet nous indiqua alors les maisons qu'il allait occuper cette nuit, nous donna, ainsi que notre capitaine, quelques commissions à faire pour lui à Paris, puis nous prîmes congé d'eux. La nuit approchait lorsque nous les quittâmes. Comme nous l'avions prévu, les sentinelles voulurent nous empêcher de franchir la porte, mais nous exhibâmes notre laisser-passer, et à sa vue, toutes les difficultés s'aplanirent. Nous étions dans Paris.

Comme j'étais, ainsi que Lefort, passablement fatigué, et que nous avions une longue course à faire, nous cherchâmes un fiacre, et après quelques recherches, nous en trouvâmes un non loin de là. Notre cocher était un homme hardi ; s'apercevant que les batteries versaillaises avaient presque totalement cessé leur feu sur la porte des Ternes et la porte Maillot, il résolut, pour arriver plus vite au but, de suivre le chemin de ronde qui longe les remparts. Nous partîmes au grand galop, et malgré les avertissements des sentinelles qui toutes, en nous voyant passer, nous criaient : N'allez pas par là, ne passez pas ! notre automédon n'en continua pas moins gaillardement sa route. Cependant, devant la porte des Ternes, en apercevant les maisons voisines effondrées par les obus, ou percées par la mitraille, il parut revenir à un sentiment de prudence. Il fit prendre un galop infernal à ses chevaux, et serra de près le talus des remparts; en passant devant la porte Maillot, les mêmes précautions furent prises, car nous remarquâmes les mêmes dégâts. Toutes les maisons voisines étaient en ruines. C'étaient elles qui recevaient la plupart des obus destinés aux deux batteries qui défendaient la porte, et qui étaient desservies par d'intrépides artilleurs. Au moment ou nous passions devant la batterie de droite, composée de trois énormes pièces de siége, une d'elle fit feu, et l'explosion fut épouvantable. Je vis les artilleurs, un instant debout dans les jets de flammes et de fumée qui les enveloppaient; puis, ils s'accroupirent à côté de leur pièce : ils attendaient maintenant la réponse qu'allait leur faire la batterie du Rond-Point, ou celle de Courbevoie.

Notre cocher ne se soucia pas de l'attendre, cette réponse. Lorsqu'en effet, une demi-minute après, un énorme obus vint éclater sur la porte Maillot, nous en étions déjà à une respectueuse distance, et je ne pus que faire des vœux pour les héroïques artilleurs qui défendaient cette porte. Ils tenaient tête, avec leurs six canons, 3 à gauche et 3 à droite, à une formidable artillerie, car les Versaillais dirigeaient sur eux le feu de leurs batteries de Courbevoie, de Puteaux, du Rond-Point, et les quatre-vingts canons du Mont-Valérien. Il était facile à prévoir que, sous ces efforts combinés, la Porte Maillot finirait par n'être plus qu'une ruine. Il y avait, du reste, plusieurs jours, que la porte et le pont-levis n'existaient plus.

En arrivant au Champ-de-Mars, je trouvai Monaski et ses deux hommes de garde. Ils avaient réuni dans une seule baraque tout ce qui appartenait au bataillon, et nous demandèrent à aller dîner. Nous fîmes tous nos préparatifs pour pouvoir rejoindre le lendemain de bonne heure nos camarades, et, remontant avec Lefort dans notre fiacre, nous arrivâmes bientôt au Quartier latin.

CHAPITRE XX.

J'arrive à Levallois-Perret. — Départ pour Neuilly. — Rencontre de deux cadavres. — Les barricades.—La serre des géraniums. — Les blessés. — La bombe. — Gare la bombe! — Les obus et les boites à mitraille. — Dombrowski et les artilleurs. — Mort d'un caporal de la 2ᵉ compagnie.

Le lendemain, j'étais levé avant six heures et je me hâtai de faire les commissions dont je m'étais chargé. Je devais rapporter au commandant Gaudet sa capote ; puis ensuite aller trouver la femme du capitaine Bouchard, et lui demander pour son mari, sa carte des environs de Paris, et un petit livre intitulé : Service en campagne. Ces demandes indiquaient un désir d'étudier que je ne pouvais que louer chez mon capitaine, et j'exécutai ponctuellement sa commission. Je rejoignis ensuite Lefort, et nous nous rendîmes ensemble au Champ-de-Mars.

Une heure après, nous avions entassé sur un grand char tous les objets à emporter, et nous nous

disposions à partir, lorsque je vis venir à nous la
cantinière de la 1re compagnie. C'était une jeune
ouvrière de mon quartier, très jolie, mariée à un
garde de la 5me compagnie; elle allait avec nous
à Levallois, et demanda à monter sur le char avec
son panier à liqueurs. On pense bien que sa demande fut accordée, et d'un saut, elle prit place
à côté du cocher. Quant à nous, nous suivions, sac
au dos, fusil sur l'épaule; mais bientôt, sac et fusil
nous gênèrent, et ils prirent place dans le char
avec les autres objets.

J'allais à Levallois par acquit de conscience, et
pour faire mon devoir jusqu'au bout; mais j'étais
bien résolu, sitôt mes camarades en possession de
leurs ustensiles et des autres objets que j'amenais
avec moi, à faire usage du laisser-passer collectif
que le sergent-major possédait; je fis part de mon
projet à Lefort, qui m'approuva.

— Si j'étais à votre place, je donnerais ma démission de suite. Pour moi, je n'aime pas du tout
la guerre, et vous verrez que je ferai en sorte de
passer à Neuilly le moins de temps possible. D'ailleurs, d'un jour à l'autre, une conciliation se fera.
Il est tout-à-fait impossible que cette horrible
guerre continue.

Notre trajet, du Champ-de-Mars à la poste Bineau, fut long et ennuyeux. Dans l'intérêt de la
batterie de cuisine que je conduisais, et pour qu'il

n'arrivât aucun accident aux bidons du 85e, je fis faire un grand détour à la voiture, et nous passâmes bien loin de la porte Maillot et de celle des Ternes. Je n'aurais pas voulu non plus qu'il arrivât malheur à la jolie cantinière, qui avait le courage de rejoindre son mari aux avant-postes ; puis enfin, je n'étais pas fâché moi-même d'avoir encore une bonne heure de répit.

Il était neuf heures, lorsque j'arrivais à la porte Bineau. Le fracas de l'artillerie était déjà formidable. A notre gauche, la porte des Ternes soutenait un duel acharné avec les batteries versaillaises, et devant nous, les obus pleuvaient sur Neuilly. Nous suivîmes la large route qui s'étendait en ligne droite devant nous, route qui devait aller jusqu'à la Seine, et qui s'appelait, je crois, le boulevard Bineau. Dans les maisons qui bordaient à droite ce boulevard, des gardes nationaux riaient et chantaient, sans trop s'inquiéter du bruit continu du canon et de la fusillade, que je commençais à percevoir.

A environ trois cents mètres de la porte Bineau, la route était barrée par une rangée de canons et de mitrailleuses, pointés au nord-ouest, du côté de la Seine. Un fédéré montait la garde près des caissons, à quelques pas de là, et faisait éteindre les cigares à tout passant qui fumait.

Après avoir dépassé ces canons, je tournai à

gauche, pour suivre la rue de la Mairie, et cent pas plus loin, j'arrivais devant le n° 23, où étaient lo_gées les trois premières campagnies de mon bataillon.

Nous fûmes accueillis avec plaisir, et la cantinière, qu'on appelait dans sa compagnie *la citoyenne* Sophie, eut à son arrivée une véritable ovation. C'était à qui lui aiderait à déballer et à porter ses provisions.

Les effets que j'amenais furent bientôt déchargés et répartis entre chaque compagnie; et peu d'instants après, les bidons remplis d'eau, de lard et de pommes de terre, trônaient majestueusement sur deux briques, entourés et léchés par les flammes d'un feu brillant.

Ma compagnie habitait le rez-de-chaussée d'une jolie maison, située au fond d'un jardin. Je la trouvai réunie dans une grande chambre, qui n'avait conservé pour tout meuble qu'une chaise et une immense glace; chaque garde avait sa place marquée; les sacs posés à terre en guise d'oreillers, et les fusils suspendus à la paroi indiquaient la place que chaque dormeur avait occupée quelques heures auparavant.

La première compagnie habitait une chambre voisine, séparée de la nôtre par un corridor; au premier étage, la troisième compagnie, la plus forte de toutes, s'était logée dans plusieurs petites chambres. Après avoir rapidement examiné notre logis, je sortis du jardin, et j'allai à la recherche des trois autres compagnies, que je n'eus pas de peine à trouver. La maison voisine, construite au milieu d'un jardin, comme celle que nous occupions, était haute et spacieuse, et renfermait, outre les 4ᵐᵒ, 5ᵐᵉ et 6ᵐ• compagnies, tout l'état-major du bataillon. J'y rencontrai notre nouveau commandant, qui m'avait complétement oublié, et me dit en m'apercevant :

— Ah ça! fourrier, d'où venez-vous ?

— De Paris, mon commandant. Hier au soir, vous vous rappelez....

— Ah oui! j'y suis. Et ma capote?

— On va vous l'apporter.

— Bien, •merci. Allez dire à votre compagnie de se dépêcher. Dans une heure, le bataillon doit partir pour les barricades, relever le 141ᵉ.

— J'y vais.

— Et dites-leur aussi de faire cuire d'avance la soupe et la viande, car on ne pourra pas faire de feu ce soir.

Je rejoignis ma compagnie, et sur la nouvelle qu'il fallait se préparer au départ, chacun aida aux préparatifs du dîner. Tous les sacs furent bouclés d'avance, les couvertures enroulées ; puis on mangea la soupe, et lorsque le clairon sonna l'assemblée, ma compagnie fut réunie la première devant la maison, dans la rue de la Mairie.

A ce moment, je vis Lefort monter sur la voiture qui avait amené nos effets du Champ-de-Mars, et je fus tenté un instant de l'accompagner, malgré la vive curiosité qui me poussait à aller aux barricades, pour éprouver encore une fois ces poignantes émotions qu'on ressent, lorsqu'on sent que le danger vous entoure, et que la mort vous frôle. Non que je désirasse aucunement faire connaissance avec cette dernière. Je préférais la Parque qui file à celle qui tient les ciseaux, et j'avais assez de confiance en mes instincts de prudence pour être sûr de ne pas m'exposer inutilement. Tout en faisant ces réflexions, je m'approchais de la voiture, lorsque le commandant survint :

— Où allez-vous, sergent-major ?

— A Paris, mon commandant.

— Et qu'allez-vous y faire ?

— Mais.....chercher la solde.

— Hum !... Et vous, fourrier ?

Cette question s'adressait à moi. Je répondis tranquillement :

— Moi ! je reste.

— Bon ! Vous ne devez jamais quitter tous deux ensemble le bataillon. Il faut faire ensorte qu'un de vous soit toujours là.

— C'est bien, mon commandant.

Je venais de me condamner à rester à Neuilly.

Le capitaine Gaudet, notre commandant par intérim, était un homme de taille moyenne, aux yeux
noirs et expressifs. Pour un officier de son grade,
il n'avait pas trop ce qu'on appelle le *chic* militaire,
mais sa voix brève, sonore, sa fermeté, son courage dans les moments critiques, me firent supposer qu'il avait fait du service dans l'armée active.
J'appris en effet quelques jours après qu'il avait été
lieutenant dans la ligne, mais il s'était retiré du
service, et il était maintenant marié et père de
deux ou trois enfants. Il avait repris son épée pour
défendre la République. — « On avait assez souffert
pour elle pendant le siége, disait-il, on pouvait
bien encore souffrir un peu pour la conserver définitivement. »

Un quart d'heure, après, les clairons sonnèrent
l'assemblée, et tout le bataillon se réunit dans la
rue de la Mairie. Toutes les gibernes étaient gon-
flées de cartouches. L'appel se fit lentement.
Le canon tonnait maintenant avec fureur. Les
énormes obus lancés par la porte des Ternes
passaient sur nos têtes avec un bruit effrayant ; les
détonations semblaient faire trembler le sol ; puis,
de minute en minute, un sifflement très doux,
quelque chose rappelant le susurrement d'une
source, passait à une grande hauteur au-dessus
de nous. Puis, quelques secondes après, un coup

de tonnerre retentissait à la porte Maillot ou à la porte des Ternes. C'était un obus versaillais lancé des hauteurs du Mont-Valérien.

Pour achever ce concert étourdissant, la fusillade sembla redoubler dans Neuilly ; les boîtes à mitraille éclataient en l'air sur notre gauche, et à notre droite, dans les profondeurs des jardins, les mitrailleuses exécutaient leurs feux de peloton sinistres.

Nous nous mîmes en route, suivant la rue de la Mairie ; à quelques pas de notre maison, la rue était traversée par une avenue qui semblait rejoindre la Seine ; encore quelques pas plus loin, une seconde avenue bordée de maisons et de jardins, coupait notre route. Nous tournâmes à droite pour suivre cette nouvelle voie, et l'ordre fut donné de marcher un à un le long du mur, précaution que chacun s'empressa de suivre. Les traces d'obus que je rencontrai justifiaient la prudence de nos chefs. Les maisons et les murs étaient percés, et dans le haut de l'avenue, près d'une petite rue nommée rue *Victor Noir*, une grande maison bâtie en pierre de taille, où habitait l'état-major de Dombrowski, avait déjà reçu une dizaine d'obus.

Devant cette maison, un spectacle pénible s'offrit à nos yeux. Deux civières, sur lesquelles reposaient deux cadavres ensanglantés, mal recouverts par un drap blanc, passèrent près de nous,

et tout le bataillon silencieux put contempler les
deux victimes, deux gardes nationaux, comme leurs
pantalons à bande rouge l'indiquaient.

Cette rencontre nous impressionna et fit un effet
fâcheux sur le moral de quelques-uns d'entre nous.
Tous, d'ailleurs, gardèrent le silence.

L'avenue que nous suivions semblait fermée par
des jardins et une maison en ruines. Nous tournâmes à gauche, et coupant à travers des vergers et
des jardins, rencontrant à chaque pas des traces
du bombardement, nous arrivâmes à un grand
boulevard, qu'on nous ordonna de traverser au pas
de course. Chacun exécuta cet ordre avec une
merveilleuse célérité, sans trop en discuter le motif, car le simple bon sens nous apprenait que, puisqu'il fallait courir et se dépêcher, c'est que le
danger était là plus réel, plus imminent. Dans ce
premier passage, je n'eus guère le temps d'examiner les environs. J'aperçus cependant devant moi
une barricade, armée de quatre canons, qui semblaient braqués sur le Rond-Point ; les artilleurs,
peu nombreux, étaient assis près de là, à l'abri, et
semblaient avoir cessé leur feu.

Le boulevard traversé, nous marchâmes toujours
devant nous, à travers des jardins magnifiques. Il
fallut longer les murs, se baisser dans certains endroits. La fusillade dont le bruit se rapprochait, les
balles perdues qui sifflaient dans les arbustes, les

obus qui se croisaient sur nos têtes, nous rappe-
laient sans cesse à la prudence. De temps en temps,
une bombe éclatait non loin de nous, et les éclats
passaient, rapides, brisant d'énormes branches d'arbres sur leur passage. Les jardins que nous traversions étaient remplis de fleurs. Les lilas embau-
maient l'air, et un soleil radieux se mirait dans les
nombreuses pièces d'eau qui décoraient ces jardins.
Partout des serres, des jets d'eau, des lacs en miniature, avec île, pont et petit bateau. C'était un
vrai paradis.

Je soupirais en examinant ces bosquets ravis-
sants, ces lilas roses et blancs, ces serres remplies de
plantes rares. Quelle vie heureuse et tranquille doivent passer là, en temps de paix, les propriétaires de ces charmantes villas, surtout s'ils savent
apprécier toutes les beautés de la nature. Tout ce
que l'art, l'élégance, et le luxe le plus raffiné peuvent produire se trouvait réuni dans ces maisons
que je côtoyais. Mais, ô bizarrerie du sort : dans un
bouquet de chèvrefeuille, qui entourait le perron
d'une jolie maisonnette, un drapeau blanc, à
croix rouge, arrêta mes regards, et je vis par
la porte entr'ouverte, des femmes généreuses, des
femmes du peuple, la croix de Genève au bras et
sur la poitrine, qui soignaient des blessés, ou qui
consolaient des mourants.

Je marchais, suivant docilement les gardes qui me

précédaient, sans avoir aucune idée de la position où nous nous trouvions. J'appris plus tard que les riches propriétés que nous traversions faisaient partie de Neuilly, et qu'elles étaient situées sur la gauche de la rue Perronnet.

Arrivés devant un corps de bâtiment considérable, entouré de vergers et de jardins, nous fîmes halte. Les compagnies furent réorganisées, puis les officiers se réunirent pour recevoir des instructions. Le mur derrière lequel nous étions était crénelé, et les fédérés qui montaient la garde près de là nous avertirent de ne pas nous tenir en face des créneaux. Les balles versaillaises sifflaient à chaque instant.

La fusillade était très nourrie, et nous devions être à cent mètres au plus des barricades, à en juger par l'intensité du son. Je ne fus pas longtemps à m'en assurer. La première et la deuxième compagnie durent marcher en avant, toujours avec les précautions mentionnées plus haut. Nous nous glissions le long des murs, nous traversions les bosquets, rencontrant à chaque pas d'énormes éclats d'obus qui donnaient à réfléchir.

Enfin, nous arrivâmes. Je vis du même coup la barricade et ceux qui la défendaient, et, un peu plus loin, à 40 pas, les maisons occupées par les soldats versaillais. Je risquai aussi tout d'abord, et cela par la bêtise de mon capitaine, de recevoir une balle en pleine poitrine. Nous arrivions à la barricade par un chemin où il était défendu de passer, car des maisons voisines, les Versaillais pouvaient cribler de projectiles l'imprudent qui s'y aventurerait. Au moment où, bien ignorant, je le jure, du danger que je courais, je traversais l'espace périlleux, cinq ou six balles de chassepots passèrent à la file l'une de l'autre. La première me siffla si près de la tête que j'en fus étourdi, mais je me jetai à terre, et tous ceux qui me suivaient en firent autant, puis je sortis, marchant à quatre pattes, de ce détestable endroit.

Tous les jardins qui longeaient, à droite et à gauche, la rue Peronnet, étaient coupés, à la hauteur de la moitié de la rue, soit par des barricades, soit par des murs ou des maisons crénelées.

Ces travaux de défense ne se suivaient pas en ligne droite. A gauche de la rue Perronnet, les barricades fédérées étaient moins avancées que celles qui traversaient les jardins de droite. A la place où j'étais maintenant, cette rue était barricadée, et une pièce de 12, servie par trois artilleurs, tenait tête à la barricade versaillaise, dressée à l'extrémité de la rue, à trois cents mètres à peu près, et qui était armée de trois canons, comme je pus le constater plus tard. Ma compagnie, en arrivant, prit place dans une serre placée entre une barricade en terre, surmontée de créneaux construits avec des petits

sacs à terre entassés l'un sur l'autre, et la barricade de la rue Perronnet. La première compagnie
devait relever bientôt celle qui gardait actuelle-
ment les deux barricades.

Je m'assis avec mes camarades dans la serre,
dont le vitrage avait déjà beaucoup souffert par les
décharges répétées de notre pièce de 12. A tout
autre moment, j'aurais été charmé de me trouver
à pareil endroit. J'avais sous les yeux une collection curieuse de géraniums, de cactus et de plantes grasses, rangés symétriquement dans de petits
vases sur de grandes étagères en fer, d'une frêle
apparence, mais d'une élégance extrême. Nous
nous étions assis, les uns à côté, les autres sous
les étagères même, notre fusil entre les jambes ;
j'avais même allumé ma pipe, afin de me donner une contenance, et pour que nul ne pût me
soupçonner, moi, ancien franc-tireur, d'avoir un
sentiment de crainte trop exagéré. Je ne voulais à
aucun prix que mon visage pût, comme celui de
quelques-uns de mes voisins, trahir mon émotion,
et j'affectais, au moment même où mon cœur battait le plus fort, la plus complète indifférence.

La première compagnie allait relever, lorsque au
milieu de la fusillade, un bruit sourd comme une
grosse pierre qui tombe, se fit entendre près de
nous. Aussitôt une voix forte, mais lugubre, cria :

— Gare la bombe !

Une seconde nous frissonnâmes de la tête aux
pieds, puis chacun se précipita sur le sol de la serre,
se serrant, se bousculant ; les fusils, les sacs tombaient sur nos têtes, mais on n'y fit pas attention.
Huit secondes (je les comptai) passèrent, longues
comme des minutes, puis une explosion épouvantable fit voler en éclats ce qui restait de vitres à la
serre, et un morceau de fonte coupa net une forte
tige de fer. Puis, sur nos têtes, commença à tomber
une avalanche de pots de fleurs, de plantes grasses,
de cactus épineux. Je me relevai meurtri, et couvert de terre. Quelques camarades restèrent encore prudemment couchés un moment ; puis, une
fois tous debout, on constata que personne n'était
blessé. La bombe était tombée sur la barricade,
aux pieds de ceux qui la défendaient ; elle avait
presque roulé sur le dos de l'un d'eux et n'avait
blessé personne.

Une fois la première émotion passée, les plaisanteries commencèrent. Je fus ravi de voir que l'effet
terrible des bombes pouvaient être évité en se cou-
chant à terre, et que la mèche qui les faisaient éclater mettait huit longues secondes à brûler. Quant
aux balles, en suivant toujours prudemment les
murs, on pouvait s'en garer. Les boîtes à mitraille
éclataient trop haut, il n'y avait pas à s'en préoc-
cuper.

Restaient les obus. Je ne devais pas tarder à en faire connaissance.

J'avais rallumé ma pipe, et je causais tranquillement avec Monaski, lorsqu'une explosion d'une violence inouïe, vint nous replonger dans nos angoisses. Puis un sifflement pareil à celui d'une grosse pierre lancée par une fronde, passa par-dessus nous. C'était un éclat qui s'en allait au loin, blesser quelqu'un, peut-être. A ce moment, le commandant Gaudet parut sur le seuil de la serre, et nous lui demandâmes ce qu'il y avait eu.

— Parbleu, répondit-il, souriant de voir autour de lui tant de visages inquiets, c'est un obus qui vient de tomber sur nos artilleurs, qui l'ont échappé belle....

Le commandant fut interrompu ici par une nouvelle explosion, qui de nouveau fit tressaillir quelques gardes. Il sourit, et dit :

— Ah çà ! de quoi avez-vous peur ? C'est notre pièce qui répond.

— Ma foi, commandant, lui répondit le caporal Marteau, nous n'avons pas encore appris à distinguer les détonations. Mais on s'y fera.

— J'espère bien, dit le commandant Gaudet. En attendant, ne parlez pas trop haut ; les Versaillais ne sont qu'à trente pas ; s'ils vous savaient en nombre ici, les obus ne tarderaient pas à pleuvoir.

Cette recommandation fit son effet, et l'on ne parla plus qu'à voix basse, comme si la fusillade et le bruit du canon ne dominaient pas tout. Cependant, si l'un de nous s'oubliait, et élevait un peu la voix, le garde Richard, avec un geste suppliant, faisait signe à l'audacieux de se taire ou de parler plus bas. Une partie de la première compagnie avait été prendre position derrière la barricade de gauche ; le reste fut chargé de la garde d'un mur crénelé, bordant un petit verger, qui séparait les combattants.

Le bombardement continua pendant quelque temps encore ; j'entendais les obus éclater autour de nous, à des distances plus ou moins éloignées. Plusieurs tombèrent dans les bosquets qui nous entouraient, ou sur les maisons qui bordaient la rue Perronnet. Ma compagnie fit son tour de garde à la barricade, et pendant deux heures, je me promenai silencieusement derrière notre mur de terre, regardant à travers les créneaux ; mais il me fut impossible d'apercevoir un ennemi ; à trente pas devant moi, se montrait une barricade de pierres, et plus loin, des maisons démantelées. De temps en temps, de ces maisons, de cette barricade, partaient des coups de feu, et les balles tirées presque à bout portant, venaient s'aplatir sur les murs que nous gardions, ou s'enfoncer dans les sacs à terre qui formaient nos créneaux. Mes camarades ripostèrent d'abord avec énergie, déchargeant leurs fusils sur l'ennemi invisible, et sans trop s'inquiéter de viser comme il faut. Il était dangereux, en effet, de rester trop longtemps vis-à-vis d'un créneau, et la plupart se contentaient d'y passer le canon de leurs fusils, et de faire feu en se tenant soigneusement de côté.

J'avais trouvé, entre la barricade et la serre, un petit créneau pratiqué dans un mur, et je restai longtemps à faire d'inutiles investigations. Peu à peu, la fusillade cessa de part et d'autre, et le feu du Mont-Valérien sembla vouloir se ralentir. Nous étions complétement tranquilles, et l'échange d'obus qui continait à se faire au-dessus de nos têtes entre les remparts et les batteries de position des Versaillais, attirait à peine notre attention. C'est à ce moment qu'un de mes camarades, le caporal Maret, eut l'imprudence de vouloir regarder par-dessus la barricade. Il s'éleva doucement sur ses pieds, et s'aidant des mains, il s'appuya sur le faîte du mur de terre ; là ne montrant que le front et les yeux, il put contempler à son aise les travaux de défense de l'ennemi. Mais des étages supérieurs des maisons voisines il fut aperçu ; plusieurs coups de feu partirent simultanément, et le malheureux

Maret roula au pied de la barricade, le front percé d'un trou sanglant.

Ceci s'était passé à dix pas de moi ; avant que j'eusse le temps de voler au secours de notre infortuné camarade, Lacroix et Marteau l'avaient enlevé, et le transportèrent avec précaution dans la serre ; puis l'on courut chercher un brancard et des ambulanciers. Mais nous vîmes bien que tout soin était inutile. Le caporal Maret n'était déjà plus qu'un cadavre. Ses lèvres bleuies étaient sans mouvement, et un mince filet de sang s'échappait de sa blessure, et se répandait sur sa figure pâle, de la pâleur livide de la mort. Jamais je n'oublierai ce spectacle. Nous l'entourions, émus et affligés, oubliant que nous devions rester à la barricade. Ainsi ma compagnie avait le triste honneur de fournir la première victime.

Au moment où je veillais au départ du cadavre, je fus témoin d'un curieux épisode. Les artilleurs de notre pièce de 12 de la rue Perronnet avaient énergiquement riposté pendant plusieurs heures, lorsque, presqu'en même temps que Maret, l'un d'eux reçut une balle à la main, qui lui coupa la moitié d'un doigt. En même temps, plusieurs balles, sifflant par l'embrasure, les obligèrent à prendre des précautions, et ils se décidèrent à cesser leur feu quelque temps. Deux d'entre eux vinrent pour causer avec moi et je leur faisais diverses questions sur les obus et les bombes, lorsque nous fûmes interrompus par un bruit de sabres et d'éperons qui s'approchait. Mes deux artilleurs n'eurent pas plutôt entendu ce bruit qu'ils retournèrent à leur pièce, en me disant :

— Voilà Dombrowski qui arrive ! Il nous va falloir recontinuer la danse.

Le général Dombrowski apparut en effet, suivi de plusieurs officiers d'état-major, Polonais pour la plupart. C'était un homme de taille moyenne, maigre et osseux ; ses yeux étaient d'une énergie et d'une vivacité extraordinaires, et les pommettes saillantes de ses joues accusaient sa nationalité. Sans s'inquiéter des passages dangereux, ces officiers avaient traversé les jardins, et venaient inspecter les barricades. L'œil exercé de Dombrowski s'arrêta sur celle de la rue Perronnet, où il ne vit que deux artilleurs, qui, interrogés, avouèrent que leurs camarades avaient été se reposer. Aussitôt le général envoya un de ses aides de camp à leur recherche, et bientôt la pièce de 12 recommença à tonner. En quittant les artilleurs, j'entendis Dombrowski leur dire :

— Je vous enverrai un mortier dans la soirée, avec deux hommes pour vous aider.

Puis le général et ses aides de camp continuèrent leur course, inspectant et visitant les positions les plus dangereuses ; en passant devant moi, je pus voir de près l'énergique figure de Dombrowski et je remarquai sur ses lèvres ce pli de dédain, de mépris pour le danger, que j'observai depuis, chaque fois qu'il parut aux avant-postes. Il était ou souriant ou dédaigneux, même railleur, et s'amusa souvent à questionner les gardes fédérés qui lui semblaient les moins courageux.

.La nuit approchait, lorsque nous vîmes arriver les trois compagnies restées en arrière. Elles venaient nous relever, ce qui se fit immédiatement, et nous regagnâmes la villa Fleury, ainsi s'appelait le bâtiment où nous devions passer la nuit ; là, tout le monde s'aida aux préparatifs du souper, car la journée avait paru terriblement longue à chacun de nous, et il me sembla qu'une nuit tranquille ne serait pas de trop pour être en état de continuer le lendemain un pareil service.

CHAPITRE XXI.

Le rossignol de Neuilly. — La citoyenne Sophie aux barricades. — Le mortier et les artilleurs. — Délogé trois fois de
suite par les obus. — Un dangereux voisinage. — Nous faisons une barricade. — Le maréchal-des-logis blessé.

La première partie de la nuit fut pour moi d'un
charme inexprimable. Tout bruit de guerre avait
cessé autour de nous ; je n'entendais que confusé-
ment, dans le lointain, les décharges sourdes et
continuelles de la formidable redoute qui tirait sur
Issy et Vanves. Je m'étais couché, avec mes camarades de la 2me compagnie, sous une espèce de
verandah, et là, étendus à terre, à demi éclairés
par la lune à son déclin, la tête sur notre sac, et
protégés de la fraîcheur de la nuit par nos couvertures de laine, nous causions ou nous fumions.
Tout à coup, un chant d'oiseau, que j'entendis à
quelque distance, me fit relever la tête ; je priai mes
camarades de se taire, et nous écoutâmes. Dans le
silence de cette nuit magnifique, le chant de cet

oiseau, tantôt doux et faible, tantôt éclatant en notes d'une puissance et d'une force hors de proportion avec la taille de l'exécutant, nous remplit d'étonnement. Je reconnus de suite le chant du rossignol, que j'avais déjà entendu plusieurs fois. Mais jamais ce chant ne m'avait fait éprouver une émotion pareille à celle que je ressentis en écoutant ce rossignol dans ces jardins de Neuilly, dévastés par la mitraille. Comment cet oiseau était-il resté dans ces parages ? Comment le tonnerre de l'artillerie, le fracas des bombes ne l'avait-il pas chassé pour toujours de ces jardins ensanglantés par la guerre civile ? Avait-il fait comme les lilas ? Etait-il inconscient de ses actes, et devait-il, coûte que coûte, chanter le printemps ?

Les oiseaux, en général, s'accoutument au bruit, même à celui du canon ; je me rappelle que, quelques jours plus tard, à Levallois-Perret, un de mes camarades me fit voir, dans un buisson, un nid de fauvette à tête noire ; la femelle couvait, et semblait ne point s'inquiéter de la canonnade. Aura-t-elle pu élever ses petits ? Je ne sais. Nous l'avons laissée couvant ses cinq jolis œufs blancs, tachetés de brun, nous l'avons protégée durant notre séjour. Elle aura vu plus tard passer l'armée de Versailles, tuant, égorgeant tout sur son passage..... Si les oiseaux pouvaient parler !

Je passai de longues heures à rêver tout éveillé. Comment décrire le chaos d'idées qui se pressaient dans mon cerveau agité? Le calme de la nuit prêtait à la rêverie, et je passai en revue tous les incidents de ma vie agitée des derniers mois. L'horrible guerre et le siége néfaste que j'avais traversés, la lutte fratricide entre Paris et Versailles, enfin la journée que je venais de passer, la mort du pauvre Maret, tous ces tableaux défilèrent devant moi, avec une effrayante lucidité. Puis, par moments, mes idées changeaient de direction. Une brise embaumée m'apportait les douces senteurs des lilas voisins; les grillons chantaient dans le verger, et je prêtai l'oreille, espérant entendre encore le rossignol; mais je n'entendis plus que le bruit sourd, lointain des batteries versaillaises, qui tiraient toujours avec acharnement sur le malheureux fort d'Issy.

Je ne cédai au sommeil qu'après minuit, et je dormis d'un seul somme jusqu'à six heures du matin. En me réveillant, encore sous l'impression d'un rêve charmant, je fus brusquement tiré de ma douce quiétude par l'apparition du capitaine Bouchard.

— Comment ça va-t-il ce matin, fourrier? me dit-il.

— Pas mal, merci; et vous, capitaine?

— Hum! pas trop dormi, me répondit-il, fidèle à son habitude de manger la moitié de ses phrases.

A ce moment, une cantinière parut. Je l'ai déjà présentée au lecteur. C'était la citoyenne Sophie. Elle arrivait, son panier à liqueurs à la main, et traversait le jardin avec un calme parfait. Il est vrai que le combat n'avait pas encore recommencé. De chaque côté, l'on s'observait.

Le capitaine m'offrit alors un verre de rhum, pour se réchauffer, disait-il ; les autres gardes imitèrent leur capitaine, et bientôt la citoyenne Sophie fut entourée de toute la compagnie.

Lorsqu'elle eut versé à chacun un *rhum* ou un *cognac*, elle s'informa de la place qu'occupaient les trois autres compagnies, et, accompagnée d'un garde, elle se rendit aux barricades les plus avancées, toujours souriante et sans donner le moindre signe de peur.

Cependant la fusillade reprit de part et d'autre, et le combat recommença sur toute la ligne. La porte des Ternes ouvrit le feu sur les batteries du Rond-Point, et bientôt les projectiles versaillais sifflèrent autour de nous, et les obus tombèrent dans Neuilly ; toutes les demi-minutes, une explosion formidable avait lieu. C'était un obus ou une bombe qui accomplissait son œuvre de destruction.

A dix heures du matin, nous mangeâmes la soupe, et à onze heures, il fallut reprendre les armes et retourner aux barricades ; les trois premières compagnies s'y rendirent en bon ordre ; en passant près des artilleurs, je constatai que le général Dombrowski avait tenu parole ; à côté de la pièce de 12, était un mortier destiné à lancer des bombes à peu de distance, derrière les barricades versaillaises ; je vis en outre l'artilleur blessé le jour avant, qui, la main en écharpe, continuait son service. Ces quelques hommes, chargés de la pièce de 12 et du mortier, se battaient avec une incroyable énergie. A chaque instant, ils avaient à subir une véritable bourrasque de fer ; les trois canons de la barricade versaillaise tiraient l'un après l'autre, sans discontinuer, l'un à obus et les deux autres à mitraille. La rue Perronnet était couverte de projectiles, et les artilleurs devaient se tenir constamment baissés ou couchés.

Nous étions devant la serre aux géraniums, mais ce n'était pas le poste qui nous était destiné. Nous traversâmes, l'un après l'autre, une ouverture pratiquée dans un mur, et nous nous trouvâmes dans un petit jardin côtoyant la rue Perronnet, à cinquante pas en avant des deux barricades dont j'ai parlé dans le chapitre précédent. Au milieu de ce jardin, se trouvait une maisonnette-chalet, et à l'extrémité nord-ouest, du côté de l'ennemi, une maison plus grande, fermant le jardin, était la limite de nos possessions ; c'est là que la première compagnie fut installée. Le rez-de-chaussée de cette maison était crénelé, et nous y trouvâmes des gardes fédérés qui entretenaient un feu bien nourri sur une maison à trente pas de là, qu'occupaient les Versaillais.

Lorsque nous eûmes pris possession de notre poste, j'entrepris d'explorer le premier étage, et de regarder par une fenêtre les positions ennemies. Au haut de l'escalier, les traces de balles et les éclats d'obus qui jonchaient le corridor et les chambres m'avertirent d'être prudent. Je me penchai vers une ouverture de la muraille, qui marquait le passage d'un obus, et je vis devant moi toute la partie de Neuilly occupée par l'armée Versaillaise. Les barricades ennemies semblaient inoccupées, et sans la fumée qui les enveloppait à chaque instant, j'aurais cru entièrement désertes toutes ces maisons lézardées et ces amas de décombres qui abritaient cependant plus de 20,000 hommes.

Je ne restai pas longtemps dans ce dangereux observatoire. En redescendant, j'allai rejoindre ma compagnie, qui, pour le moment, s'était disséminée dans le jardin, le long des murs, ou dans la maisonnette. Cette construction était divisée en deux chambres. Dans l'une, je trouvai un piano magnifique, et une bibliothèque de livres anglais. Des cartes de visite qui couvraient le plancher m'apprirent que le propriétaire de la maison était en effet d'origine britannique. Je m'assis près du piano, à côté de Monaski et de Seurot, qui, couchés à terre, sur leur couverture, au pied d'une immense glace, attendaient, en feuilletant des livres, que leur tour arrivât de monter la faction aux créneaux. Comme nous étions là bien tranquilles, fumant et causant, un obus tomba dans le jardin, et jeta l'épouvante parmi les gardes blottis le long des murs. Ceux que leur service ne retenait pas à la maison crénelée, vinrent nous rejoindre dans notre chalet, comme si le mince toit qui nous recouvrait pouvait nous protéger des projectiles de 12 et de 24 que nous envoyait l'ennemi. A peine furent-ils entrés qu'une nouvelle explosion ébranla tout le bâtiment. Deux énormes éclats traversèrent les volets de la fenêtre, et brisèrent en mille morceaux la grande glace sous laquelle Seurot était assis. Nous fûmes presque tous couverts des débris de cette glace, et je reçus, ainsi que Seurot, une légère blessure à la joue.

Passablement troublés, la plupart des gardes cherchèrent un meilleur refuge. Je sortis aussi, tenant à la main le livre dont j'avais commencé la lecture, et j'allai m'asseoir derrière le mur de la maison, où, rallumant ma pipe, je fumai quelque temps avec une parfaite sécurité.

Mais, comme j'en étais à me féliciter du nouvel endroit que j'avais choisi, et que j'invitais Monaski à m'y rejoindre, j'entendis à ma gauche, derrière la maison, un bruit de grosse pierre qui roulait. Cela

me parut suspect. Je détournai la tête, et, à ma
grande consternation, j'aperçus une bombe qui,
continuant de rouler, avait passé à cinq pas de moi.
Je fus si stupéfait à cette vue, que j'oubliai de me
coucher à terre, et la bombe éclata avec un fracas
terrible, mais sans blesser aucun de nous.

Une fois que j'eus constaté que je n'avais aucune
blessure, je me hâtai de quitter ce dangereux refuge, et à moitié aveuglé par la fumée brûlante du
projectile, je retournai à la maison barricadée. «Là,
du moins, pensai-je, je serai à l'abri de l'artillerie,
les Versaillais n'oseront pas tirer sur une maison
si près des leurs, car ils courraient alors autant de
danger que nous. » En effet, je fus tranquille tout
le reste du jour ; les obus continuèrent de tomber
autour de nous, mais à quelque distance, et je sus
me mettre à l'abri de leurs éclats.

Pendant que nous tiraillions avec l'ennemi, un
travail curieux s'opérait dans la cave de notre maison. Une vingtaine de soldats du génie et de travailleurs, armés de pics et de pioches, ouvraient
une tranchée en travers de la rue Perronnet, à plus
de cinquante pas en avant de la barricade armée
du mortier et de la pièce de 12. A mesure qu'ils
avançaient, ils rejetaient en avant la terre extraite
du fossé qu'ils creusaient, de manière, à ce que,
une fois leur travail achevé, on eût du même coup

une barricade, couverte par un profond fossé. Ce nouvel ouvrage, qui allait faire avancer notre artillerie d'environ vingt mètres, inquiétait les Versaillais, et c'est à lui que nous devions le bombardement incessant qui tonnait autour de nous.

A la tombée de la nuit, des gardes montèrent aux étages de la maison crénelée ; d'autres allèrent occuper ceux de la maison qui faisait face, de l'autre côté de la rue Perronnet, et, la nuit tout à fait venue, à un signal donné, une pluie de sacs à terre, de meubles et de grosses pierres, fut lancée sur la barricade, qui se trouva bientôt suffisamment élevée ; l'ancienne barricade fut abandonnée, l'on ouvrit dans ses flancs un passage pour la pièce de 12, et, vers minuit, notre nouvel ouvrage était en état de défense. Les Versaillais tentèrent inutilement d'empêcher ces travaux par une violente fusillade, qui blessa le maréchal des logis qui dirigeait le canon de 12 ; mais celui-ci continua impassiblement de donner des ordres, et ne se retira pour se faire panser que lorsque tout fut parfaitement terminé.

Le reste de la nuit fut relativement tranquille. Le feu de l'ennemi cessa vers une heure du matin ; je passai de longues heures, tantôt dormant d'un œil, le fusil chargé à côté de moi, tantôt me réveillant en sursaut, pour me promener dans le couloir crénelé, et tâchant de sonder, dans les monceaux de pierres éclairés par la lune qui abritaient les soldats ennemis, si aucun mouvement ne se faisait.

CHAPITRE XXII.

Retour à la villa Fleury. — La poudrière. — L'obus et le père
Anselme. — Les blessés. — Une ambulance. — Bruits calom-
nieux démentis. — Incendies.

Le jour vint enfin. C'était le 28 avril. Le soleil se
leva, un gai soleil d'avril, éclairant de joyeux
rayons ces jardins de Neuilly, qui présentaient de si
étranges contrastes pour tous ceux qui n'étaient pas
absolument occupés à tuer ou à éviter d'être tués.
La journée du 27 avait été fatale à plusieurs gardes
des 4e et 5e compagnies de mon bataillon. Trois
étaient blessés grièvement, et un quatrième avait
été tué raide par une balle qui l'avait frappé au
moment où il tirait par un créneau. C'était peu,
quand on songe à la masse de plomb et de fonte
qui fut dépensée dans cette journée. Mais c'était
trop pour les veuves et orphelins de ces malheureux Parisiens.

18

A dix heures, un bataillon, le 219e, je crois, vint nous relever, et nous retournâmes à notre campement de la villa Fleury. Déjà le bombardement avait repris, et à travers les jardins, des balles explosibles éclataient de minute en minute. Les Versaillais ont nié s'être servis de ces engins défendus par les lois de la guerre, mais je puis certifier que c'est par centaines que je les entendus éclater pendant les jours que je passai à Neuilly, et d'ailleurs, j'en ai tenu en main des débris à plusieurs reprises.

Je dus, à peine arrivé à la villa Fleury, m'occuper des vivres du bataillon, et partir pour Levallois-Perret avec une vingtaine d'hommes de corvée. Je ne m'étendrai pas ici sur les aventures qui nous arrivèrent en allant et en revenant. Il serait fastidieux de toujours parler obus et mitraille. Je dirai simplement qu'au lieu de dix bidons de vin que je devais ramener, je ne pus en distribuer que quatre, mes hommes s'étant couchés, avec un ensemble parfait, eux et leurs bidons, à l'arrivée de plusieurs obus qui tombèrent au-delà d'une batterie qui défendait une des avenues dont j'ai déjà parlé.

On commençait cependant à s'habituer à ces explosions terribles, en voyant le peu de mal que faisaient les projectiles ennemis, et déjà l'on plaisantait sur la maladresse des artilleurs versaillais.

La villa Fleury, qui appartenait, disait-on, au gé-

néral Fleury, était située au bord de la rue Perronnet. Aussi les décharges des trois canons qui battaient notre barricade de la rue enlevaient souvent
une partie de notre toit, et, après chaque coup à
mitraille, des biscaïens de toute grosseur roulaient
autour de nous. Mais ils n'avaient plus de force, et
ne faisaient aucun mal.

La cave pratiquée sous la villa, et à laquelle on
descendait par un grand escalier en pierre de
taille, était spacieuse et bien éclairée. C'est là que,
sur un ordre de notre commandant, le bataillon se
réunit ; les hommes de cuisine seuls restèrent en
plein air ; il fallait diminuer, autant que possible,
les chances de péril. A côté de la cave, un petit
réduit, taillé dans le roc, contenait un dépôt de poudre et des obus ; aussi nous fut-il absolument défendu de fumer.

Quelques-uns d'entre nous, cependant, ne purent
rester longtemps dans ce triste séjour ; l'amour du
grand air, la passion du tabac, l'emportèrent sur la
prudence. D'ailleurs il semblait que le bombardement diminuait. Nos artilleurs seuls continuaient à
canonner la barricade versaillaise.

Je m'assis près de là, sous la verandah, et je me
mis à lire. Quelques gardes aidaient à la cuisine ; à
quelques pas de moi, le père Anselme, assis sur la
première marche de l'escalier de la cave, pelait

des pommes-de-terre pour la soupe prochaine.
Rien n'annonçait une catastrophe.

Tout-à-coup, il me sembla que la maison s'effon-
drait. Je fus couvert de plâtre, et renversé violemment par terre. Un obus énorme venait de traverser deux fortes cloisons, et alla rouler du côté du
père Anselme. Au moment où, passant presque
entre ses jambes, il allait descendre à la cave et
faire un effroyable massacre, il éclata, et toute la
maison fut enveloppée d'un nuage de poussière.

J'entendis quelques cris, cris d'effroi et de douleur. Le père Anselme, calme, et debout au milieu
des décombres, avait miraculeusement échappé à
la mort, mais près de lui deux gardes gisaient sans
mouvement, couverts d'une poussière blanche, sur
laquelle coulait un filet rouge. Quelques pas plus
loin, un autre corps apparaissait, à demi-enseveli
sous les décombres.

Je me précipitai au secours de ce malheureux,
et aidé de plusieurs camarades, nous le dégageâmes
de l'amas de pierre et de plâtre qui le recouvrait.
Au moment où ce cadavre, du moins je le prenais
à peu près pour tel, fut entièrement dégagé, il
ouvrit les yeux, se redressa sur ses jambes, se
secoua violemment, et nous reconnûmes le caporal
Marteau, qui, à demi-mort de peur, avoua cependant qu'il n'avait aucune blessure sérieuse.

Il n'en était pas de même des deux autres gardes

atteints par l'obus. L'un deux avait perdu connaissance, l'autre râlait et se plaignait. Il avait gardé
tous ses esprits et disait d'une voix éteinte : Ah ! mes
pauvres enfants ! Je suis perdu !

C'était horrible. Nous nous empressâmes autour
de ce malheureux, qui faisait partie de la première
compagnie ; on le coucha sur une civière, et je le
transportai, aidé du sergent Nicolle, dans une ambulance voisine. Un instant après on apporta l'autre
blessé, toujours sans connaissance. Un chirurgien
les examina tous les deux ; le premier avait reçu
à la cuisse un éclat d'obus, qui lui avait fait une horrible blessure, et, à l'air du docteur, je jugeai que
cette blessure était mortelle. Quant à l'autre, qui,
au bout de quelques minutes, reprit connaissance,
il avait été atteint à la hanche, mais l'éclat avait
frappé de plat, et le docteur nous assura qu'au bout
de quelques semaines l'on n'y verrait plus rien.

Au moment où je sortais de l'ambulance pour rejoindre mes camarades, je rencontrai tout un con-
voi de blessés ; c'étaient des artilleurs, quelques-
uns respirant encore, quoique totalement défigu-
rés. Un obus versaillais, me dit l'un des porteurs,
était tombé sur un canon chargé, et l'avait fait sauter. Ce seul coup avait coûté la vie à cinq ou six
fédérés.

Je passai le reste de la journée assez tristement.
Tous les officiers du bataillon étaient réunis dans

une grande salle de la villa, salle somptueusement
meublée ; chacun d'eux était assis dans un grand
fauteuil, et fumait sa cigarette, toujours sous la
menace d'une bombe ou d'un obus.

Je passai la soirée dans ce salon, et j'y appris
d'un capitaine qui revenait de Paris, qu'on répandait dans notre quartier, le VI⁰ arrondissement, des
bruits fort peu avantageux sur la conduite du 85⁰.
Nous avions, disait-on, abandonné notre poste devant l'ennemi, et l'on nous accusait de lâcheté et
de désertion. Le commandant s'émut de ces bruits,
et se rendit de suite à l'Etat-major, où on lui pro-
mit une rectification. Il me remit en effet le lendemain, un numéro du *Journal officiel* (n⁰ 120) avec
ordre de copier l'entrefilet suivant, qui mettait à
néant les bruits fâcheux répandus sur notre compte :

« Quelques journaux reproduisent le récit d'un
combat d'avant-postes au fort de Vanves, où les
régiments portant les n⁰ˢ 85, 160 et 246 se seraient en-
fuis par suite d'un mauvais commandement. Nous n'a-
vons pas encore la possibilité matérielle de démentir
le fait en ce qui concerne les deux derniers régiments. Quant au 85⁰, il est à Neuilly, depuis le 25
courant, où il donne journellement des preuves de
son courage et de son énergie, sous le commandement intérimaire de l'adjudant-major Gaudet ; le
fait est attesté par le général Dombrowski. »

Vers 9 heures du soir, un obus mit le feu à une grande maison occupée par des Versaillais; l'incendie se développa rapidement, et pendant plusieurs heures, nous fûmes éclairés par des lueurs sinistres. C'était beau et horrible à voir. Le pétillement des flammes, et les craquements de la charpente embrasée s'entendaient dans le silence de la nuit, et se mêlaient au bruit d'une fusillade acharnée. Les Versaillais crurent sans doute à une attaque nocturne, car leur artillerie tonna jusqu'à une heure assez avancée de la nuit, et lorsque le jour vint, la maison avait disparu. Les flammes et les obus l'avaient entièrement détruite.

CHAPITRE XXIII.

Le tir aux créneaux. — On cesse le feu. — Les Francs-maçons. Leur arrivée à la barricade. — Le délégué du Comité central et le colonel versaillais. — Les lignards. — La rue Perronnet et les projectiles versaillais. — Une lettre au *Cri du peuple*.

Le lendemain, 29 avril, pendant qu'une démonstration des francs-maçons parcourait Paris, bannière en tête, pour tenter encore une conciliation, nous retournions aux barricades, et les six compagnies du 85e furent réparties entre les divers postes. Après avoir été aux vivres, je revins passer le reste de la matinée auprès de ma compagnie. Quelques-uns de mes camarades tiraillaient avec acharnement, la plupart sans trop savoir sur quoi ils tiraient. Quelques-uns, pour ne pas s'exposer trop, mettaient en joue rapidement, et le recul du fusil à tabatière, très violent quelquefois, les punit de leur précipitation. Plusieurs d'entre eux eurent la joue meurtrie. J'en vis même avec des dents cassées ; ces accidents rendirent les tirailleurs plus circonspects, et la fusillade devint beaucoup moins nourrie.

A deux heures, notre commandant vint donner l'ordre de cesser le feu, et chaque capitaine courut aux barricades répéter le même ordre. Peu à peu, le canon des remparts se tut, et, sur toute la ligne, le silence se fit. L'ennemi étonné, nous imita, et nous n'entendîmes plus que quelques rares coups de fusil tirés à de grandes distances. Le Mont-Valérien, et les batteries qui tiraient sur Issy et Vanves, continuèrent seules la canonnade.

Que s'était-il passé ? Allions-nous avoir un armistice ? Une entente allait-elle se faire enfin, et la boucherie finirait-elle ? Nous nous livrâmes à cette espérance agréable : en attendant, il fallut rester à la barricade, et veiller, fusil chargé, aux créneaux.

Voici en résumé, ce qui s'était passé à Paris :

On sait que dès le 14 avril, les francs-maçons avaient envoyé des délégués au gouvernement de Versailles pour tenter une conciliation. M. Thiers avait répondu aux délégués qu'il fallait s'adresser à la Commune plutôt qu'à lui, parce que, disait-il, « ce qu'il faut, c'est la soumission des insurgés et non la démission du pouvoir légal. »

Le 21 avril, dix mille francs-maçons décidèrent l'envoi de nouveaux délégués, pour demander la paix à Versailles, et obtenir un armistice pour l'évacuation des villages bombardés. M. Thiers reçut les délégués ; il leur répondit qu'il était peiné de sa propre rigueur, mais que les Parisiens ne pouvaient pas être considérés ni traités par lui comme belligérants.

Cette réponse irrita les francs-maçons ; et le 26 avril, une nouvelle réunion prit la résolution suivante :

« Ayant épuisé tous les moyens de conciliation avec le gouvernement de Versailles, la franc-maçonnerie est résolue à planter ses bannières sur les remparts de Paris, et si une seule balle les touchait, les F∴ M∴ marcheraient d'un même élan contre l'ennemi commun. »

En effet, le 29, à 10 heures du matin, un cortége immense faisait son entrée à l'Hôtel-de-Ville, bannières en tête. Il fut reçu par Félix Pyat, par Beslay, et Léo Meillet, qui prononcèrent de courts, mais patriotiques discours. Puis le F∴ Thirifocq, se tournant vers le cortége maçonnique, prononça les paroles suivantes :

Citoyens, frères,

Je suis du nombre de ceux qui ont pris l'initiative d'aller planter l'étendard de la paix sur vos remparts, et j'ai le bonheur de voir à leur tête la bannière blanche de la Loge de Vincennes, sur laquelle sont inscrits les mots : Aimons-nous les uns les autres.

Nous irons présenter cette bannière la première

devant les rangs ennemis; nous leur tendrons la main, puisque Versailles n'a pas voulu nous entendre.

Oui, citoyens, frères, nous allons nous adresser à ces soldats et nous leur dirons : soldats de la même patrie, venez fraterniser avec nous ; nous n'aurons pas de balles pour vous avant que vous nous ayez envoyé les vôtres ; venez nous embrasser et que la paix soit faite.

Et si cette paix s'accomplit, nous rentrerons dans Paris bien convaincus que nous aurons remporté la plus belle victoire, celle de l'humanité !

Si, au contraire, nous ne sommes pas entendus et si l'on tire sur nous, nous appellerons à notre aide toutes les vengeances. Nous sommes certains que nous serons écoutés et que la maçonnerie de toutes les provinces de France suivra notre exemple ; nous sommes sûrs que sur chaque point du pays où nos frères verront des troupes se diriger sur Paris, ils iront au-devant d'elles, pour les engager à fraterniser.

Si nous échouons dans notre tentative de paix et si Versailles donne l'ordre de ne pas tirer sur nous pour ne tuer que nos frères sur les remparts, alors nous nous mêlerons à eux, nous qui n'avions pris jusqu'ici le service de la garde nationale que comme un service d'ordre ; ceux aussi qui n'en faisaient pas partie, comme ceux qui étaient déjà dans les rangs de la garde nationale, et tous ensemble nous nous joindrons aux compagnies de guerre pour prendre part à la bataille et encourager de notre exemple les courageux et glorieux soldats défenseurs de notre ville.

Ce discours, souvent interrompu par des applaudissements, fit une sensation profonde ; une foule

immense entourait les francs-maçons, qui, au nombre d'environ dix mille, se mirent en marche pour
accomplir leur mission. Malgré les obus qui tombent
dans les Champs-Élysées, la colonne arrive jusqu'à
l'Arc-de-Triomphe ; là, les porte-bannières s'avan-
cent et plantent leurs oriflammes sur les remparts.
Puis trois délégués arrivent à Levallois-Perret.

Il était trois heures de l'après-midi ; les Versaillais avaient aperçu les drapeaux blancs, et le Mont-
Valérien se tut. Alors je vis un curieux spectacle.
Peu à peu, derrière les ouvrages de défense de
l'ennemi, quelques têtes se montrèrent. De notre
côté, nous sortîmes de notre poste, et grimpant
sur le talus de nos barricades, nous invitâmes du
geste les Versaillais à en faire autant. Bientôt nous
vîmes, à cinquante pas de nous, une centaine de soldats de ligne sans armes, qui nous regardaient cu-
rieusement. C'étaient pour la plupart de bonnes grosses figures de paysans, qui semblaient fort surpris de
voir les *communards* si près d'eux. Nous entendions
leur conversation ; on nous avait représentés sans
doute à leurs yeux comme des bandits déguenillés,
des pillards et des assassins, et ils avaient devant
eux des centaines de gardes nationaux, à l'air paisible, proprement vêtus, et qui les saluaient ami-
calement. Ces pauvres lignards étaient confondus
de nous voir en uniformes, avec des officiers et

sous-officiers revêtus d'insignes, et ils ne se gênèrent pas pour faire leurs remarques à haute voix.

J'étais debout sur la barricade de la rue Perronnet, entre le mortier et la pièce de 12 ; et j'exami-
nais avec une vive curiosité les positions de l'ennemi. Devant moi, au bout de la rue, je distinguai
parfaitement les trois canons qui tenaient tête au
nôtre, et derrière, quelques gendarmes à cheval.
Quant aux sergents de ville, je n'en vis point ; ils
étaient en seconde ligne, jouant le rôle des soldats
chinois du second rang, qui, armés de piques, forcent le premier rang à se battre, sous peine d'être
enferrés.

Sur ces entrefaites, nous vîmes arriver vers nous
un membre du Comité central. Je n'ai pu savoir
son nom. Il précédait deux Parisiens vêtus de noir ;
c'étaient deux francs-maçons. Arrivé à la barricade de la rue Perronnet, le membre du Comité
grimpa sur le talus, et là, tirant de sa poche une
écharpe rouge, il la ceignit autour de son corps.
Nous regardions en silence ce qui allait se passer.
C'était une scène solennelle. Ces barricades cou-
vertes de Versaillais et de Parisiens, qui quelque
temps auparavant cherchaient à s'entretuer, étaient
maintenant silencieuses. Chacun écoutait ce que
le délégué du Comité central allait dire.

Celui-ci avait inutilement cherché des yeux, dans
les rangs de l'ennemi, un officier. Il dit alors, d'une

voix forte, en s'adressant aux soldats de ligne :

— Je demande un officier supérieur !

Plusieurs soldats répondirent ensemble :

— On a été en chercher un.

En effet, une minute après apparaissait un colonel, suivi de plusieurs capitaines. Les soldats,
courbés sous la discipline, disparurent à la vue de
leurs chefs.

Le membre du Comité reprit la parole, et s'a-
dressant au colonel versaillais :

— Citoyen, je demande....

Il fut interrompu par l'officier ennemi, qui avait
fait la grimace au mot de citoyen :

— Pardon, Monsieur, si vous voulez, nous nous
rapprocherons pour causer plus à l'aise. Avancez
vers moi, votre mouchoir à la main, j'en ferai autant.

Et, joignant l'exemple à la parole, le colonel prit
son mouchoir blanc, et le tenant à bras tendu,
avança de quelques pas. Le membre du Comité
central franchit la barricade pour en faire autant.

Ils causèrent alors, et je n'entendis que quelques
lambeaux de phrase. Voici à peu près ce qu'ils se
dirent :

— Colonel, des délégués de la Franc-maçonnerie
sont ici ; ils demandent à franchir les lignes, pour
aller à Versailles porter des offres de conciliation.

En outre, ils désirent que l'armistice dure jusqu'à leur retour.

— Ces Messieurs pourront passer librement, répondit le colonel ; quant à l'armistice, il ne m'appartient pas de rien décider.

— En tous cas, répliqua le délégué du Comité, ce n'est pas nous qui recommencerons le feu.

Et, saluant l'officier, il nous rejoignit. Avant de descendre de la barricade, il se tourna vers les Versaillais, et s'écria d'une voix formidable :

— Vive la République ! Vive la Commune !

Les officiers versaillais saluèrent et répondirent :

— Vive la France !

Derrière eux, les soldats de ligne, nous saluèrent timidement, ayant bien soin que leurs chefs ne les vissent pas.

Quelques gardes nationaux leur firent signe de venir à nous, mais ils répondirent par des signes énergiques, qu'ils ne pouvaient pas, nous montrant du doigt leurs capitaines. Ceux-ci, s'apercevant de ces manœuvres, les firent immédiatement disparaître derrière leurs ouvrages de défense.

A côté de moi, les artilleurs de la pièce de 12 mettaient à profit le temps de calme qui leur était accordé. Munis de sacs à terre, ils se mirent en devoir de réparer les brèches que les projectiles ennemis avaient faites aux embrasures ; dans la maison voisine, des coups de pic annonçaient que des fédérés pratiquaient dans la muraille de nouveaux créneaux.

Mais les officiers versaillais entendirent ce bruit. Le colonel reparut, et nous cria :

— Demandez un commandant !

Le délégué du Comité et les deux francs-maçons n'étaient plus là. On courut demander le commandant Gaudet, qui se hissa sur la barricade.

— Commandant ! lui dit d'un ton impérieux le colonel aussitôt qu'il l'aperçut, faites cesser immédiatement les travaux qui se font dans cette maison, (et le colonel indiqua du doigt la maison où effectivement on travaillait), sinon je recommence le feu à l'instant.

— Pardon, mon colonel, répondit Gaudet, je ne crois pas que l'on travaille.

Puis, se tournant vers nous, il ajouta à haute voix, de façon à être entendu des Versaillais :

— Soldats, vous êtes avertis qu'il est défendu, tout le temps que l'armistice durera, de toucher une seule pioche, un seul sac à terre. Je ferai fusiller sur-le-champ celui qui enfreindra cette défense.

L'officier versaillais parut satisfait, et après avoir salué notre commandant, il se retira.

Nos officiers eurent l'ordre de veiller à ce qu'aucune infraction à la défense faite par le commandant n'eût lieu dans nos avant-postes. Chacun abandonna outils et fusils ; pour moi, je me promenai le

long de la rue Perronnet, ramassant des projectiles
qui n'avaient pas éclaté. Le sol de la rue était couvert de biscaïens et de balles plus ou moins aplaties. Les artilleurs y ramassèrent plusieurs bombes
et plusieurs obus encore chargés, et l'un d'eux
m'assura qu'il les renverrait dès le lendemain à
leurs propriétaires, si l'armistice était rompu. Les
arbres qui bordaient auparavant la rue avaient été
coupés à ras du sol par les projectiles, et des débris
de bois et d'écorce, jetés çà et là, étaient tout ce
qu'il en restait. Les piliers de fonte, surmontés de
becs de gaz, avaient subi le même sort. Ils avaient
été brisés à un pied du sol, et étaient méconnais-
sables. Toutes les maisons qui bordaient la rue
étaient éventrées, et chaque mur portait l'empreinte
de la mitraille et des obus.

Dans la soirée, quelques gardes de ma compagnie
vinrent me trouver, et me remirent une lettre,
adressée au journal le *Cri du Peuple ;* mes braves
camarades avaient été émus des calomnies qu'on
débitait à Paris sur notre bataillon, et ils me prièrent de faire parvenir sans retard leur missive à
son adresse. Le garde Richard, entre autres, insistait pour qu'elle fût insérée textuellement. Il ne
voulait pas que l'on pût douter du courage de son
bataillon, et par conséquent du sien, qui était cependant sujet à caution.

19

Je pus, dès le même soir, les contenter. Le sergent-major Lefort fit une courte apparition, et j'en
profitai pour lui remettre la lettre. Je gardai cependant le brouillon que m'avait remis Richard, et que
je retrouve maintenant parmi mes papiers. Le lecteur sera peut-être curieux de lire cette épître, qui
résume les impressions de mes camarades; écrite
au pied d'une barricade, sous le feu des Versaillais,
elle est en tous cas originale. D'ailleurs, je n'ai pu
savoir si elle avait trouvé place dans les colonnes du
journal auquel elle était adressée :

A la rédaction du *Cri du Peuple*.

29 avril 1871.

Citoyen rédacteur,

Il y a six jours, le 85e bataillon, du VIe arrondissement, recevait l'ordre de se rendre au Champ-de-
Mars, pour y passer cinq jours, pendant lesquels
il devait être équipé et armé, une bonne partie des
gardes n'ayant ni capotes ni vareuses, une autre ne
possédant que des fusils à pistons.

Dimanche 24, notre bataillon arrivait en bon ordre
au Champ-de-Mars, animé d'excellents sentiments
patriotiques; seuls, quelques réactionnaires étaient
lâchement restés chez eux; le soir, il y eut bien
quelques retards dans la distribution des vivres,
l'intendant *étant allé dîner* au moment de notre
arrivée au campement. Nulle distribution d'habillements n'eut lieu non plus. Cependant l'entrain du
bataillon ne diminua pas, et, le lendemain, lorsque
arriva l'ordre de se rendre aux avant-postes de
Neuilly, il partit sur-le-champ, malgré la pénurie
'habillements, et le manque d'armes à tir rapide.

Arrivé à Levallois-Perret, le 85ᵉ y passa la nuit, et le lendemain 25, il fut chargé de défendre quatre barricades dans le parc de Neuilly, à quelques mètres des Versaillais. Alors commença un combat furieux. Les bandes de sergos (1), de gendarmes et d'infanterie ex-impériale criblèrent de balles les barricades de la Commune ; le 85ᵉ, aidé du 195ᵉ, riposta avec ardeur ; l'artillerie versaillaise se mit ensuite de la partie, et les obus tombèrent comme grêle sur les dernières maisons situées entre les barricades, occupées par les gardes nationaux des deux bataillons. Les bombes et les obus roulaient dans les jardins ou traversaient les maisons, en éclatant avec un bruit d'enfer. Mais ce vacarme n'intimida pas le 85ᵉ, ni les braves du 195ᵉ. Au moment où le bombardement atteignait la plus effrayante intensité, on faisait queue pour tirer aux barricades ; quelques-uns d'entre nous furent tués ou blessés, mais la vue du sang ne fit qu'accroître l'ardeur des défenseurs de la République. Notre artillerie, quoique inférieure à celle de l'ennemi, répondait avec vigueur, et la nuit arriva sans qu'il pût gagner un pouce de terrain. Pendant cette nuit-là, le génie, aidé du 85ᵉ, acheva une nouvelle barricade, et le lendemain, armée d'un canon et d'un mortier, elle recommença son feu.

Le troisième jour, combat d'artillerie, bombardement de nos barricades et des maisons que nous occupons. Nous ripostons toujours vigoureusement. Les maisons des Versaillais sont trouées, les nôtres souffrent aussi, et nous avons quelques blessés. Mais pas un signe de défaillance ou de crainte.

Mais, citoyen rédacteur, pendant que le 85ᵉ se battait ainsi avec courage et conquérait du terrain à Neuilly, au prix de son sang, quelques journaux réactionnaires de Paris publiaient d'odieux récits

(1) Sergents de ville.

sur son compte. Un d'entre eux disait, par exemple, que le 85e, caserné au fort de Vanves, avait fui à la première attaque ; on ajoutait même complaisamment que dans sa fuite, il avait été décimé. C'est pour répondre à ces infâmes calomnies et rassurer nos familles, que nous vous prions, citoyen rédacteur, d'insérer dans votre estimable journal ces lignes explicatives, qui pourront éclairer les personnes trop crédules, et apprendre aux réactionnaires du VI arrondissement, qui se sont plu à répandre et à exagérer ces bruits mensongers, que le 85e bataillon s'est bravement battu, et qu'au lieu de fuir, il a avancé, et a mérité par sa vaillante conduite l'éloge du général Dombrowski, qui l'a vu à l'œuvre ces jours-ci. Au moment où nous écrivons, 29 avril, le 85e garde toujours ses barricades, attendant patiemment qu'on vienne le relever, et que la Commune achève son équipement et son armement.

Veuillez agréer, etc.

Quelques gardes
de la 1re et de la 2e compagnie du 85e.

CHAPITRE XXIV.

Suspension des hostilités. — Les jardins de Neuilly. — Serres,
étangs, bibliothèque. — Le feu recommence à 3 heures du
soir. — Combat d'artillerie. — Départ pour Levallois-Perret.
— La bombe à pétrole. — Incendie aux Ternes.

Le lendemain, le temps était magnifique. Je me
promenai, avec mes camarades, dans les jardins
qui environnaient les barricades, heureux de ne
plus entendre le bruit de l'artillerie et de la fusillade. Les oiseaux chantaient leurs hymnes joyeuses
au printemps, des papillons aux ailes brillantes
voltigaient ça et là, et jusqu'aux carpes qui peuplaient
les pièces d'eau, semblaient vouloir s'associer à la
gaîté générale en venant faire miroiter au soleil
leurs reflets bronzés.

La vue de ces poissons réveilla, chez quelques
gardes, de violents instincts de pêcheur, et l'envie
d'ajouter un plat nouveau à notre maigre ordinaire
triompha de tous les scrupules. Bientôt des lignes
et des filets furent jetés dans l'étang le plus pois-

sonneux, et à midi, la deuxième compagnie se régala d'un plat de poisson frit.

A une heure, Lefort arriva de Paris ; il m'apportait des journaux, mais aucun ne donnait de renseignements sur le résultat obtenu à Versailles par la délégation franc-maçonnique. Aurions-nous la paix, ou les hostilités recommenceraient–elles bientôt ? Voilà la question que chacun se posait. Lefort me fit aussi présent d'une carabine Snider, qu'un franc-tireur lui avait vendue, et me donna, pour toutes munitions, trois cartouches.

J'étais occupé à examiner cette arme, dont je m'étais servi, le lecteur se le rappelle, étant franc-tireur, lorsque je me sentis frapper sur l'épaule.

Je me retournai, et je reconnus un de mes anciens camarades, nommé Durand, qui, sac au dos et fusil en bandoulière, arrivait à l'instant même. C'était en effet lui, que j'avais laissé quelques jours auparavant malade à la maison (il logeait dans le même hôtel que moi). N'étant pas encore armé, quoique incorporé de fait dans la garde nationale, pressé par le désir de nous rejoindre, il avait endossé un grand sac, que j'avais laissé chez moi comme inutile, décroché un fusil suspendu à ma porte, et bourré de cartouches une vieille giberne.

Durand était arrivé depuis peu à Paris, pour servir la cause révolutionnaire, et je ne fus que médiocrement surpris de son arrivée. Une chose m'étonnait cependant :

— Comment as-tu fait, lui demandai-je, pour être ainsi transformé ?

— Ne reconnais-tu pas ton arme? me répondit-il; et ton sac, et jusqu'à ta giberne? Quant à la capote et au képi, le sergent-major, avec lequel je suis venu, me les a remis ce matin.

— Je les reconnais en effet, répondis-je, et j'aime à croire que tu auras profité d'une enveloppe aussi commode, — et je tâtai avec complaisance le sac lourd et volumineux, — pour apporter quelque variante à nos repas, qui sont terriblement monotones. Il me semble sentir quelque pâté, quelque rôt savoureux, caché dans les profondeurs de ton sac.

— Déboucle-le, fit-il, en présentant son dos.

Je défis les courroies avec une certaine curiosité, et j'aperçus une collection variée de livres. Le sac était rempli de bouquins de toutes sortes. Je les enlevai l'un après l'autre, et les posai à terre. Il y avait la *Justice* de Proudhon , les *Lettres* de Paul-Louis Courier, les *Châtiments* de Victor Hugo, *Rabelais*, et quantité d'autres.

— Tout ça est fort bien, lui dis-je, mais, réellement, n'apportes-tu aucune provision? Je t'avertis que nous faisons maigre chère ici.

— Aurais-tu voulu, sérieusement, que j'apportasse avec moi un rôti? me répondit-il, en devenant sérieux.

— Je t'avoue que j'aimerais autant en voir un dans ton sac que ton *Pantagruel* et ton *Gargantua*, répliquai-je en lui montrant cinq petits volumes de Rabelais. — Tu aurais pu tout au moins, continuai-je, concilier l'alimentation du corps avec celle de l'esprit. D'ailleurs, penses-tu que les livres manquent ici?

Durand dressa l'oreille et s'écria :

— Que veux-tu dire?

— Parbleu! je veux dire que toutes ces maisons, toutes ces villas que tu vois aux environs sont pleines de livres, et vides d'aliments.

A ce moment, les yeux de Durand s'arrêtèrent sur quelques arètes de poisson, débris de notre festin du matin.

— Il me semble, dit-il, que vous n'avez guère à vous plaindre; je vois là un respectable monceau d'arètes de poissons, que vous devez avoir dévorés tout à l'heure, selon toute probabilité.

— Ne va pas croire que c'est notre ordinaire, lui répondis-je. C'est un hors-d'œuvre inespéré. Quand tu auras passé ici quelques jours avec de mauvaises pommes de terre et 30 grammes de lard salé pour toute nourriture, tu reconnaîtras ton erreur. Le sergent-major, qui est venu avec toi, a été plus positif. Regarde un peu.

Et, du doigt, je lui montrai Lefort qui, assis sur un petit mur, à quelques pas de nous, découpait un magnifique pâté.

— N'as-tu rien d'autre à me faire voir ? fit Durand.

— C'est juste, viens ; je te montrerai dans tous leurs détails les scènes de destruction qui abondent par ici.

Et j'entraînai mon ami vers les barricades.

Nous visitâmes ainsi tous nos ouvrages de défense : fossés, barricades en terre, créneaux et maisons crénelées, puis enfin la barricade de la rue Perronnet. Durand, en apercevant ces traces de destruction, impossibles à décrire, fut vivement impressionné, et il put se faire dès ce moment une idée du bombardement que subissait Neuilly. Je le conduisis ensuite au premier étage de la maison crénelée, et de là nous découvrîmes les barricades versaillaises. Il fut étonné de les voir si près de nous, et de trouver une si grande quantité de balles dans les murs que nous examinions. Il regarda avec une vive curiosité la grande barricade ennemie, dont les trois canons, braqués sur nous, présentaient leur gueule noire. Je lui expliquai de mon mieux la position des Versaillais, à gauche et à droite de la rue Perronnet, puis nous suivîmes cette rue, et nous collectionnâmes des balles de chassepots, bizarrement aplaties ou retournées en forme de chapeau.

Nous entrâmes ensuite dans une grande maison, située à gauche, près des murs crénelés, et qui n'était qu'à quelques pas de la maison incendiée deux jours auparavant. Au troisième étage, nous découvrîmes une magnifique bibliothèque, déjà détériorée par la pluie et la poussière qui entraient par une large ouverture dans la muraille. Les obus ennemis avaient fait rage sur cette maison, les Versaillais soupçonnant sans doute qu'elle servait de refuge aux avant-postes fédérés.

Je pris un livre, et je m'assis dans un grand fauteuil. Durand en fit autant, et nous passâmes plus d'une heure absorbés dans notre lecture.

Tout à coup, un coup de canon formidable retentit, et un obus, qui me sembla effleurer la maison, alla tomber sur la porte des Ternes. Immédiatement, plusieurs coups suivirent. Les hostilités recommençaient ; Versailles continuait la guerre civile. Il était quatre heures.

Les artilleurs de la porte des Ternes et ceux de la porte Maillot étaient préparés sans doute à cette brusque attaque. Leurs bastions se couvrirent de fumée, et cinq ou six obus, partis presque en même temps, passèrent au-dessus de nous avec un bruit terrible, et allèrent tomber sur les positions ennemies.

Il n'était pas prudent de rester dans notre bibliothèque, et nous redescendîmes aussitôt nos trois

étages pour rejoindre nos camarades ; déjà la fusillade s'engageait aux barricades, et une boîte à mitraille, éclatant au-dessus de nous, lança des biscaïens dans les chambres que nous venions de
traverser.

En rejoignant notre compagnie, nous trouvâmes
tout le monde prêt à partir. Le 85e devait retourner
quelque temps à Levallois-Perret pour se reposer,
et l'ordre était donné de s'y rendre de suite. Deux
bataillons arrivaient pour nous remplacer.

Pendant le trajet, le combat d'artillerie s'accrut,
et devint réellement effrayant. Les obus se croisaient en l'air par douzaines ; toutes les batteries
ennemies faisaient feu, et les remparts leur répon-
daient avec la même énergie.

Arrivée à Levallois, ma compagnie reprit possession du n° 23, et, pendant que la soupe cuisait, je
regardai avec un vif intérêt, le duel d'artillerie que
soutenait la porte des Ternes contre une batterie
versaillaise. Les artilleurs de la Commune devaient
être d'une rare intrépidité. Malgré les obus que je
voyais éclater à chaque instant autour d'eux, dans
les fossés, ou sur les épaulements même qui protégeaient leurs pièces, ils faisaient feu sans interruption.

Le soir, nous nous trouvâmes tous réunis, dans
notre grande salle, et, à la lueur d'une chandelle,
chacun procéda à la confection de sa couche. Les

toiles de tente furent étendues sur le plancher, les sacs disposés en guise d'oreiller. Je m'assis près de la cheminée en marbre blanc, à côté de Durand, et là, allumant une petite bougie, nous lûmes et causâmes longtemps.

Vers les neuf heures du soir, je sortis de la chambre, et tout en fumant une cigarette, j'admirai le spectacle émouvant qui se passait à 300 mètres de moi. Les canons de la porte des Ternes tiraient toujours. A chaque coup, je voyais s'illuminer les bastions ; la poudre embrasée éclairait d'une lueur rouge le mur des remparts ; puis tout rentrait dans l'ombre. Chaque projectile versaillais, en éclatant, produisait la même lueur. Tout à coup, l'un d'eux, tombant sur les maisons voisines de la porte, éclaira d'une vive lumière les alentours, et, chose qui me surprit, cette lumière, loin de s'éteindre, grandit rapidement. En quelques minutes, la maison sur laquelle l'obus avait éclaté fut entourée par les flammes, et un incendie immense éclaira tout le quartier voisin. Sur ce fond lumineux, la porte des Ternes apparut alors sombre et menaçante ; le profil noir des bastions se dessinait avec une netteté merveilleuse. Les artilleurs se trouvaient dès lors dans une position critique. Leurs batteries étaient un point de mire immanquable. Ils n'en cessèrent pas leur feu pour cela ; celui des Versaillais redoubla. Cet échange d'obus dura deux heures, pendant lesquelles l'incendie, après avoir atteint sa plus haute intensité, et éclairé toute la partie nord-ouest de Paris, diminua peu à peu, et sembla à peu près maîtrisé vers minuit. L'artillerie cessa aussi de tonner, et nous pûmes enfin prendre un peu de repos.

J'appris le lendemain que le bâtiment brûlé était un immense hangar, contenant des omnibus, des fiacres, et des voitures de tous genres. L'obus versaillais, obus à pétrole, avait allumé l'incendie si vite, que tout secours fut impossible. D'ailleurs, les projectiles de l'ennemi empêchèrent d'approcher du hangar en feu, et peu s'en fallut que l'incendie ne dévorât tout le quartier des Ternes. Ce soir-là, les Versaillais commencèrent ce qu'ils devaient exécuter plus tard : le bombardement et l'incendie, par leurs obus, des maisons de Paris. Ils ne pourront du moins pas dire, quant à celui dont je fus témoin, qu'il fut allumé par les Parisiens. D'ailleurs, les pétroleuses n'étaient pas encore inventées.

CHAPITRE XXV.

Levallois-Perret. — La corvée des vivres. — Le dîner. — Un obus dans ma chambrée.— Les neuf blessés. — Dombrowski et son état-major.

Le lendemain, je me levai de bonne heure. La journée promettait d'être belle et tranquille. Je me flattais de me reposer des fatigues des journées précédentes. Pendant que le caporal Marteau présidait à la confection de la soupe, je réunis les hommes de corvée, et je m'acheminai vers Levallois, où se distribuaient les vivres. L'intendant occupait là un grand hangar, près des canons et des mitrailleuses dont j'ai parlé plus haut.

Les *corvées* de plusieurs bataillons attendaient déjà la distribution, et je dus, avec mes camarades, patienter jusqu'à ce que notre tour arrivât. Après une bonne demi-heure, l'intendant cria :

— Quatre-vingt-cinquième ! approchez !

Nous nous rangeâmes dans la cour, devant le hangar ; les toiles de tente furent étalées sur le pavé, et les pains, et les pommes de terre y furent entassés. Pendant ce temps, nos bidons étaient remplis de vin ; on calculait la quantité comme à l'École Militaire, à raison d'un quart de litre par homme. Quant à l'eau-de-vie, elle nous fut refusée ce jour-là, sous prétexte qu'un garde du 85e avait été vu en état d'ivresse, le jour auparavant. Cette privation ne souleva aucune réclamation. Personne ne tenait à boire la drogue qu'on nous donnait sous le nom d'eau-de-vie.

Levallois-Perret avait été, jusqu'à ce jour, épargné par les projectiles ennemis, étant situé devant la porte Bineau, qui ne tirait pas ; mais il était à prévoir que si les batteries versaillaises qui battaient la porte des Ternes raccourcissaient un peu leur tir, ou obliquaient légèrement à gauche, Levallois subirait le même sort que Neuilly. Jusqu'à présent, aucun obus n'était encore tombé dans le village ; seules, quelques balles perdues, ou des projectiles de mitrailleuses étaient arrivés jusque-là ; l'intendant des vivres m'apprit que deux jours auparavant, deux gardes nationaux avaient été tués dans la rue par des balles égarées.

Le reste de la matinée se passa gaiement. Les uns causaient politique, d'autres lisaient les journaux, d'autres encore, groupés autour de la citoyenne Sophie, buvaient leur cognac ou leur vermouth ; quelques Parisiennes, qui avaient pu franchir la porte Bineau, étaient venues pour voir leur

mari, ou leur frère; nous nous étions tellement ha-
bitués au bruit de l'artillerie que personne ne faisait
plus attention à la canonnade de la porte des Ternes,
qui avait recommencé à la pointe du jour. La porte
Maillot tirait aussi à toute volée, et les obus versaillais passaient sur nos têtes avec une continuité
et une régularité monotones.

Une ou deux fois, je remarquai que des obus ennemis, destinés à la porte des Ternes, n'arrivaient
pas jusqu'à elle. Les projectiles éclataient dans les
champs qui nous en séparaient, à 200 mètres de
notre maison. Comme ces obus passaient au-dessus
de notre toit, j'en avais conclu que si ce fait se re-
nouvelait, nous pourrions bien en recevoir un. Mais
le tir des Versaillais parut se rectifier, et les artilleurs de la porte des Ternes eurent le privilége
d'attirer sur eux tout l'effort de l'ennemi.

Un peu avant midi, la deuxième compagnie fut
invitée à « se mettre à table. » Les gamelles furent
préparées, chacun s'assit où il put, et le caporal
Marteau commença la répartition de la soupe, et
celle des pommes de terre et du lard. A ce moment,
le capitaine Bouchard entra dans la chambrée, et
me fit signe qu'il avait à me parler. Je me levai, et
lui demandai ce qu'il voulait :

— Fourrier, me dit-il alors, le commandant vous
fait demander. Il vient d'arriver des effets d'habil-
ment, et il faut immédiatement dresser une liste

de ceux qui en ont le plus besoin, car il n'y en a pas pour tout le monde. Allez de suite !

— Très bien ! j'y vais, capitaine, répondis-je.

Je me mis, en effet, à la recherche du commandant. En sortant de la maison, je rencontrai sur l'escalier un ancien camarade, T., qui était sergent-major d'un bataillon de mon quartier, et que je connaissais depuis longtemps. Il venait faire visite aux camarades qu'il avait dans ma compagnie. Je l'avertis que j'allais rentrer bientôt.

Je l'avais à peine quitté, et, accompagné du capitaine, je traversais le jardin pour gagner la rue de la Mairie, lorsqu'un souffle puissant, accompagné d'un sifflement terrible, passa près de moi. Au même instant, une explosion formidable retentit, puis j'entendis des cris de femme qui partaient du 1er étage. Je me retournai, et je vis notre maison remplie de fumée et de poussière. L'obus qui avait passé près de moi venait d'éclater au milieu de mes camarades, peut-être au milieu de ma chambrée !

Je restai une seconde immobile, consterné. Puis, je me hâtai d'aller, avec le capitaine Bouchard, au secours des malheureux surpris par l'obus. Sur le seuil de la porte, nous rencontrâmes déjà une funèbre procession. Le sergent-major T., à qui je venais de serrer la main, une demi-minute auparavant, à cette même place, passa près de moi, marchant avec peine, appuyé sur deux gardes de ma compagnie. Il avait au cou une horrible blessure, et fixa sur moi ses yeux grands ouverts, mais égarés. Il ne me reconnut pas. Puis, je croisai une quantité de gardes des trois premières compagnies ; les uns soutenaient des blessés, d'autres emportaient leurs effets ; presque tous étaient complétement bouleversés. Dans ma chambre, un pêle-mêle effroyable s'offrit à mes yeux. Plusieurs blessés étaient étendus par terre, en attendant les civières qui devaient les emporter. Je reconnus, parmi les plus grièvement atteints, le père Anselme, qui avait reçu un éclat à la cuisse ; Guérin, qui avait le pied droit littéralement coupé, et Seurot, dont la blessure au pied était presque aussi grave que celle de Guérin.

Les civières apportées, on y plaça doucement les blessés, et ils furent transportés de suite dans l'ambulance la plus rapprochée. Je ne pus savoir de suite combien nous coûtait d'hommes cette terrible catastrophe. La première compagnie avait aussi plusieurs blessés, et un mort.

L'obus était entré dans la maison par le corridor. Il avait traversé la paroi de droite, et avait éclaté au pied de la cheminée en marbre blanc, à la place même où j'avais passé la nuit précédente. Quelques éclats avaient traversé la porte, et étaient allés porter la mort dans la première compagnie.

Tous les gardes avaient quitté précipitamment la maison ; les femmes, qui avaient eu l'imprudence ou le courage de venir rejoindre leurs maris, étaient à moitié mortes de terreur, plusieurs étaient tombées sans connaissance, lors de l'explosion du projectile. Ce fut un surcroît d'embarras. Heureusement l'on parvint à les faire sortir à temps, car il était dangereux de rester plus longtemps dans cette maison. En effet, quelques minutes après, un second obus vint éclater presque au même endroit que le premier.

Dans la rue de la Mairie, les gardes, rassemblés en désordre, discutaient sur ce qu'il y avait à faire. Comme il arrive en pareil cas, la plupart rejetaient la faute de ce triste événement sur les officiers du bataillon.

— Pourquoi, disaient-ils, pourquoi nous loge-t-on dans un endroit dangereux ? Nous sommes ici en réserve, pour nous reposer, et c'est dans ce moment-là que nous avons le plus de blessés !

Le commandant arriva sur ces entrefaites, et m'ordonna de faire une liste exacte des noms, prénoms et domicile des gardes atteints par l'obus. Je dus m'occuper de suite de ce triste travail ; il y avait en tout, dans ma compagnie, neuf blessés ; dans la première trois, plus un mort, et le sergent-major T.

Je passe sous silence les scènes navrantes dont je fus témoin ce jour-là ; je ne pus qu'admirer la

fermeté et le courage de tous ces blessés, particu-
lièrement du père Anselme et du brave Seurot.

— Que voulez-vous, me disait le père Anselme,
ce qui est fait est fait. Je ne regrette qu'une chose,
c'est de ne pas pouvoir continuer la lutte, et retourner avec vous aux barricades.

— Vous prierez le sergent-major, me disait Seurot, de donner ma solde à ma femme, et surtout de
ne pas lui dire que je suis blessé. Elle le saura
toujours assez tôt.

Le commandant avait reconnu la nécessité de
chercher un autre logement, et il se rendit, à cet
effet, à l'Etat-major. Pendant ce temps, le bataillon
attendait tumultueusement dans la rue de la Mairie. Tout-à-coup, au bout de la rue, venant des
avant-postes, nous aperçûmes une cavalcade qui
s'avançait, et à sa tête, je reconnus le général Dombrowski.

Quelques gardes jugèrent utile de s'adresser au
général pour lui demander de changer de campement ; d'autres voulaient tout simplement le prier
de renvoyer le 85e à Paris, afin de s'y équiper et de
finir son armement.

Lorsque Dombrowski fut arrivé à quelques pas
de nous, il se trouva entouré de gardes nationaux,
et il arrêta son petit cheval arabe pour les écouter.

— Général, lui dirent les uns, nous ne pouvons

plus rester ici ; nous préférons être aux barricades ; ici les obus arrivent sans qu'on y soit préparé ; aux barricades, on sait au moins à quoi s'en tenir.

— Général ! s'écrièrent d'autres, nous demandons à retourner à Paris, voilà huit jours que nous sommes ici.

Dombrowski regarda tour à tour chacun des plaignants ; puis il leur dit, avec son accent polonais ;

— Qu'est-ce que vos désirez ? N'avez-vos pas des fusils, des cartouches ?

— Je n'ai pas de capote, moi, ni de couverture, général ! lui répondit un garde.

— Vos aurez tout ce qu'il faut ! J'ai donné l'ordre d'équiper tout le monde.

Ici mon caporal-fourrier Monaski prit la parole en polonais, pour expliquer au général la cause du mécontentement du bataillon. Mais au mot d'obus, le général sourit, et l'interrompant :

— Est-ce que moi, dit-il, je ne risque pas aussi ma vie ? est-ce que les obus sont seulement pour vos ?

Puis, il ajouta :

— Si vos voulez aller à Paris, je vos enverrai tous au fort d'Ichy (d'Issy) ; et là il y a des obus en quantité.

Et-là dessus, le général s'éloigna au petit trot, suivi de son état-major ; les mécontents restèrent au milieu de la rue, moitié riant, moitié fâchés.

Ce fut la dernière fois que je vis ce célèbre général, qui devait, quelques semaines plus tard, mourir héroïquement pour la cause qu'il croyait juste et bonne.

On connaît peu la véritable histoire de Dombrowski ; elle a été odieusement dénaturée par les écrivains de Versailles. Voici sa vie en quelques mots :

Enlevé dès son enfance à sa famille par les ordres de l'empereur Nicolas, avec beaucoup de fils de familles nobles, il fit ses études militaires au collége de Constantin à Saint-Pétersbourg. Sorti de ce collége, à l'âge de 17 ans, il fit ses premières campagnes dans l'armée du Caucase.

Nous le retrouvons plus tard gouverneur de Varsovie, puis en 1862, organisateur des forces insurrectionnelles de la Pologne. Emprisonné, le 13 août de la même année, dans la citadelle de Varsovie, il fut jugé et condamné à mort. Cette peine fut commuée, et Dombrowski fut transporté en Sibérie, pour y travailler 15 ans dans les mines. Pendant son emprisonnement de Varsovie, il avait épousé une jeune fille, qui s'était éprise d'un amour romanesque pour l'illustre officier polonais, et avait tout essayé pour le sauver.

Pendant son voyage, et avant d'arriver dans le pays de l'exil, Dombrowski parvint à s'échapper ; il arriva à Moscou, délivra sa femme, et vint se fixer à Paris, où il fut élu, avec Bosak, membre du comité représentatif de l'émigration polonaise à Paris, et cela, malgré le gouvernement russe, qui tâcha de compromettre notre héros en l'impliquant dans le fameux procès des faux billets de banque russe.

Mais Dombrowski, deux fois accusé, tut deux fois acquitté, et il conserva toujours l'estime de l'émigration polonaise.

Lorsque la guerre de 1870 éclata, Garibaldi nomma Dombrowski commandant de la légion polonaise, et fit demander à Gambetta qu'on fit sortir de Paris par ballon le général polonais. Mais celui-ci ne pouvait quitter Paris, en y laissant sa femme et ses deux jeunes enfants sans soutien et sans argent pendant toute la durée du siége. Il demanda mille francs pour les mettre à l'abri du besoin. On ne les lui donna pas.

Arriva enfin la révolution du 18 mars. Dombrowski embrassa la cause populaire, et son intrépidité et son talent fut reconnu, même par les Versaillais. Chacun connaît les tentatives que fit M. Picard, ministre de l'Intérieur, pour corrompre le général. On lui offrit deux millions pour livrer les membres de la Commune, et le 20 mai, Wolowski était encore chargé, de la part de M. Picard, de lui offrir des laisser-passer, et un sauf-conduit pour quitter la France, à la seule condition de ne plus servir la Commune. Dombrowski fit emprisonner tous les Polonais qui osèrent se charger de ces honteux messages. (1)

Il ne fut cependant pas à l'abri des soupçons. Quel chef militaire le serait à Paris ? Il le savait. Aussi, lorsque mortellement blessé, il fut transporté à l'hospice Lariboissière, il prononça ces paroles : *Et ils ont osé me croire traître !*

C'est le 23 mai que Dombrowski fut atteint mortellement, et le 26, alors que les Versaillais étaient déjà maîtres des trois quarts de Paris, ses funérailles avaient lieu, au Père Lachaise, au bruit du canon et de la fusillade. Pendant que les projectiles sifflaient et éclataient parmi les tombes, Vermorel, au nom de la Commune, prononça le discours suivant :

« Citoyens, nous voilà au milieu des désastres, la cause du peuple est perdue, chaque minute qui s'écoule est remplie par des agonies terribles. Car c'est une guerre sans pitié que nous font nos ennemis ; ils ne voient leur triomphe que dans l'extermination de tous les combattants de la révolution, et ils exterminent. Pauvre peuple ! après tant d'héroïsme, te voilà donc à la discrétion de tes implacables bourreaux. C'est avec des larmes de sang qu'il faudra écrire l'histoire de ces jours terribles. Et nous, mandataires de ce peuple malheureux,

(1) Voir, pour de plus amples détails sur les tentatives de corruption des Versaillais, le curieux livre qu'a publié récemment M. Bronislas Wolowski, intitulé *Dombrowski et Versailles.*

avons-nous bien été dignes de lui ? Non, hélas !
Nous avons commis bien des fautes, mais il n'est
plus temps de récriminer, il faut combattre et mourir !

Mais toi, noble champion de la république universelle, héroïque Dombrowski, voilà donc la récompense accordée à ton admirable dévouement,
à ton courage légendaire ; tu es mort, en désespé-
rant de la cause pour laquelle tu t'es sacrifié. Au
moins, tu ne vois pas, tu ne verras pas les dernières horreurs de la défaite. Nous t'admirons, mais
nous sommes trop malheureux pour te plaindre.
Dombrowski ! devant ton cadavre, malgré la nuit
sanglante qui nous enveloppe, je ne puis me défendre d'un rayon d'espoir. Oui, la justice triom-
phera un jour ! Et malgré tout : Vive la République
universelle ! vive la Commune ! Maintenant, citoyens,
allons faire notre devoir ! »

Après ces émouvantes paroles, Vermorel alla en
effet se mêler parmi les défenseurs des barricades
du Château-d'Eau, et y fut frappé d'une balle et
fait prisonnier. Il mourut à Vincennes de sa blessure vers le milieu de juin, avec un courage admirable.

CHAPITRE XXVI.

Déménagement. — La rue Vallois. — Nous campons près de l'état-major. — Nouveaux obus. — Départ pour les barricades. — Six heures avec deux cadavres. —Balles, obus et boîtes à mitraille.

Quelque temps après le départ de Dombrowski, notre commandant revint, et nous annonça que nous pouvions aller habiter une des rues de Levallois-Perret, où nous serions à l'abri des projectiles ennemis. Comme tout était prêt pour le départ, nous nous y rendîmes de suite. La maison que ma compagnie occupa formait l'angle de la rue Vallois et du boulevard Bineau. Elle contenait plusieurs chambres et nous y fûmes parfaitement à l'aise. En arrière de notre habitation, s'étendaient de grands et beaux jardins, et nous pouvions nous y promener en toute sécurité.

Cependant nous n'avions pas longtemps à jouir de notre quiétude. Le lendemain, à 9 heures, un ordre vint de lever le camp, et notre commandant tout rayonnant nous annonça que « le 85e, en raison de sa louable conduite aux avant-postes, avait eu la bonne fortune d'être choisi pour former la garde d'honneur de l'Etat-major. »

Cette bonne fortune et cet honneur ne furent pas accueillis avec toute la satisfaction qu'on pourrait imaginer. Il y eut même plusieurs gardes qui rechignèrent, et maugréèrent contre ces changements répétés. Mais cependant la majeure partie du bataillon obéit sans murmurer, et nous nous dirigeâmes, avec nos armes, et tous nos ustensiles de cuisine, vers la rue qu'habitait l'Etat-major.

Arrivés à cent pas de la maison habitée par nos officiers supérieurs, nous fîmes halte, et l'on nous fit entrer dans une grande maison à droite de la rue, entourée d'un jardin potager. Tout le bataillon fut logé sous le même toit. Chacun procéda de nouveau à la formation d'un nouveau lit, et l'on réinstalla les marmites sur de nouveaux foyers.

La qualité de « gardes d'honneur » n'eut pas le privilége de nous garantir des obus de l'ennemi. A onze heures du matin, au moment où je présidais à la distribution des vivres, un obus éclata sur la rue, et nous envoya une pluie de gravier et de terre, qui se mêla au café que je distribuais. Peu après, un autre obus vint éclater dans une des chambres du premier étage, mais heureusement ne blessa personne.

Vers deux heures de l'après-midi, les clairons sonnèrent l'assemblée, et nous dûmes prendre les armes en toute hâte. Par suite de circonstances que je n'ai pas pu connaître, nous devions retourner encore aux barricades.

Cette fois, nous traversâmes les jardins à droite de la rue Perronnet ; à la hauteur de la barricade qui défendait la rue, nous nous arrêtâmes ; dans un jardin, manœuvré par deux artilleurs, je vis un canon de douze, qui envoyait ses projectiles par dessus les maisons que nous allions occuper ; pour arriver à ces maisons, il fallut courir, un à un, le long des murs, traverser des espaces découverts, entièrement exposés aux balles de l'ennemi, qui sifflaient continuellement. Enfin nous atteignîmes un mur crénelé, où des fédérés entretenaient un feu assez nourri contre l'ennemi, toujours invisible.

La matinée avait été rude, paraît-il, pour les fédérés qui défendaient cette position. Les Versaillais avaient tenté de s'en emparer, mais le bataillon qui campait dans les maisons voisines, avait repoussé victorieusement les agresseurs, en leur infligeant d'assez grandes pertes. Eux-mêmes avaient eu plusieurs morts, et un grand nombre de blessés ; mais ils tenaient toujours avec courage, s'attendant d'heure en heure à une nouvelle attaque.

Au milieu d'un petit verger, je remarquai deux

gardes nationaux, étendus à terre. C'étaient deux
cadavres, victimes de la lutte sanglante du matin,
et que personne n'osait aller retirer. On nous raconta qu'un caporal avait cherché une heure auparavant, malgré les observations de ses camarades,
à transporter un des cadavres, mais des balles, parties des maisons occupées par l'ennemi, à 50 pas
de là, l'avaient atteint, et, grièvement blessé, il n'a-
vait pu que se traîner à grand peine jusqu'auprès
du mur occupé par ses camarades. Cet exemple
avait convaincu tout le monde qu'il était inutile de
s'exposer, pour le moment, à recevoir la mort, et,
d'un commun accord, on attendit que la nuit vînt
pour enlever les deux corps sans trop de risques.
Plusieurs d'entre nous, à la vue de ces deux malheureuses victimes, voulurent entreprendre de les
retirer du milieu du verger. Une cantinière, malgré
tout ce qu'on put lui dire, déclara qu'elle s'en char-
gerait; que, d'ailleurs, les Versaillais n'oseraient pas
tirer sur une femme; pour la convaincre de son
erreur, et pour la détourner de son dangereux des-
sein, un fédéré lui enleva son chapeau, orné de
rubans, et le fixant au bout de sa baïonnette, l'éleva
au-dessus du mur. A l'instant même, j'entendis
plusieurs coups de feu; le chapeau fut alors baissé,
et on le rendit à la cantinière. Il était percé de six
balles. Notre courageuse femme dut avouer alors

qu'il était impossible d'enlever les deux corps, et elle renonça à son projet.

Tout le reste du jour, nous eûmes près de nous ce triste spectacle ; il nous fallait être sur le qui-vive continuel, prêts à repousser à la baïonnette une attaque que nos chefs disaient imminente. Cependant la nuit arriva, et l'ennemi parut vouloir se reposer ; la fusillade cessa presque sur toute la ligne. Une fois le verger plongé dans l'ombre, quelques fédérés enlevèrent rapidement les deux corps, l'obscurité empêchant les Versaillais de distinguer ce qui se passait dans le verger.

Pendant que des ambulanciers accomplissaient leur triste besogne, un travail nouveau s'exécutait à peu de distance derrière nous. Le mur qui bordait le verger s'entr'ouvrait, et donnait passage à la pièce de canon de 12, qui fut immédiatement braquée sur la maison d'où étaient parties les balles homicides. Les deux artilleurs, aidés par quelques fédérés, pointèrent soigneusement, et un obus alla, avec un bruit terrible, éclater parmi les tirailleurs ennemis. En quelques minutes, la pièce de 12 lança trois obus, et une boîte à mitraille. L'artillerie versaillaise ne tarda pas à répondre à cette nouvelle attaque ; bientôt des boîtes à balles éclatèrent au-dessus de nous, et l'ordre fut donné à tous les fédérés qui n'étaient pas de garde aux créneaux, de se retirer dans les caves des maisons voisines. C'é-

tait prudent, car l'ennemi dirigea un instant sur
nous le feu d'une de ses batteries, mais la plùpart
des obus allèrent tomber beaucoup trop loin; quelques bourrasques de mitraille effleurèrent seules
les murs qui nous protégeaient.

A dix heures du soir, nous recevions l'ordre de
regagner Levallois-Perret, pour y passer la nuit, et
le bruit se répandit que nous retournerions prochainement à Paris. Il y avait, en effet, huit jours
que nous étions aux avant-postes, et les plus énergiques commençaient à se lasser.

La nuit fut calme, et, le lendemain matin, nous
restâmes tranquillement dans notre logis, écoutant
les bruits du combat qui avait recommencé aux
avant-postes au point du jour. Je me réjouissais de
retourner à Paris, tout en me félicitant intérieure-
ment d'avoir suivi le 85e, et d'avoir pu assister de
si près aux combats des barricades.

Quelques-unes des maisons qui nous entouraient
étaient encore occupées par leurs habitants; j'en
avais vu même dans les maisons voisines de la rue
Perronnet; retirés dans leurs caves, ils assistaient
en tremblant aux combats de chaque jour, toujours
sous la menace d'un incendie ou d'un écroulement.
Cependant quelques-uns refusaient de s'en aller; et
préféraient souffrir plutôt que d'abandonner leurs
maisons. Ni les obus des Versaillais, qui anéantis-
saient Neuilly, ni leurs projectiles incendiaires qui

allumaient chaque jour un nouvel incendie, ne purent les faire changer de résolution.

Voici, du reste, quelques extraits des journaux versaillais de cette époque, qui achèveront de peindre la position de Neuilly et de Levallois :

Dans la *Liberté* du 24 avril :

Il nous arrive un horrible détail sur les malheurs qui accablent les infortunés habitants de Neuilly.

Les vivres manquent complétement dans le village ; plusieurs malheureux, réfugiés dans les caves, y sont morts de faim !

On nous affirme, — mais nous n'osons pas le croire, — que dans une cave trente personnes auraient été trouvées mortes, et mortes de la plus cruelle de toutes les morts, la faim !...

Même journal, correspondance du 29 avril :

..... La position de Neuilly est affreuse ; depuis vingt-deux jours nos maisons sont effondrées par les obus. Des femmes, des enfants, des vieillards tués dans leurs habitations ou sur la voie publique en allant chercher leur ration pour ne pas mourir de faim.

Impossible de soigner les malades ; les morts, dans certains endroits, ne sont enterrés qu'après six et huit jours. On voit le fils emporter son père dans un drap, car nous n'avons plus de bières, le mari emporter sa femme dans une voiture à bras. C'est horrible !

Je trouve encore dans le *Siècle* du 25 avril :

.... Quel voile de deuil assez épais pourra dérober à Paris, à la France et au monde, le sinistre tableau de Neuilly, effroyablement bombardé par les soldats de l'Assemblée nationale.... Et quel pinceau pourrait retracer ce désastre de la patrie, frappée par la main de ses propres enfants, ces maisons effondrées, ces murs béants, cette population fuyant, affolée d'épouvante, et, comme une ironie amère, parmi ces ruines et ces désespoirs, le printemps en fleurs et le soleil radieux ?

Et dans le même journal du 28 avril :

Nous sommes allés à Levallois, où, comme les jours précédents, sont tombés de nombreux projectiles. Ceux des habitants qui, pour une cause ou pour une autre, n'ont point voulu émigrer, sont dans la consternation.

..... A Levallois, deux femmes ont été blessées ; l'une a eu le front fendu par un éclat d'obus ; l'autre a eu le bras fracassé.

..... Beaucoup d'habitants sont sur le point de déménager, depuis qu'une boîte à mitraille, faisant explosion dans une rue du village, a blessé hier huit personnes. Les Versaillais, du reste, font grandement usage de ce projectile, et tous les blessés que nous avons vus revenir de ce côté ont été atteints par les biscaïens qui remplissent ces boîtes.

Voici ce que je trouve dans une correspondance de Paris du *Progrès de Lyon*, datée du premier mai, et parue dans le numéro du 5, où il est question d'un incendie aux Ternes, le même probablement que celui dont j'ai été témoin :

Pendant toute la soirée d'hier et la nuit, le bombardement a été des plus terribles sur Neuilly, Sa-

blonville, le quartier des Ternes et les Champs-
Elysées. Vers neuf heures, une fumée épaisse s'é-
lève tout à coup dans la direction de l'Arc-de-
Triomphe de l'Etoile. Je passais précisément sur
le pont des Saints-Pères, d'où la vue s'étend jusqu'aux limites de Paris, du côté de l'ouest. Peu à
peu la fumée se déchire et laisse voir des langues
de feu qui s'élancent, s'abaissent, éclatent, pâlis-
sent, luttent contre la fumée qui les étouffe, et enfin triomphent et prennent possession du ciel entier.
Le long des quais, sur les ponts, le long de la rue
de Rivoli, la foule inquiète accourt et se précipite
vers les Champs-Elysées. Le bombardement continue avec une effroyable intensité. Tout semble
concourir à remplir à la fois d'horreur les yeux et
et les oreilles. Nous avons su ce matin que l'incendie, causé par les l'obus des batteries versaillaises, avait éclaté dans la rue des Acacias, aux
Ternes, et avait dévoré un vaste chantier de bois
de démolition.

On nous assure que plusieurs personnes ont eu
gravement à souffrir soit de l'incendie lui-même,
soit des obus qui tombaient comme grêle au milieu
du brasier incandescent.

Enfin, je trouve dans une correspondance insérée
dans les *Droits de l'Homme*, les lignes suivantes :

Il y a des quartiers qui sont cruellement éprou-
vés. Aux Ternes, les obus envoyés par les Versaillais ont allumé un incendie qui a brûlé 30 maisons.
A Neuilly, autre incendie qui a anéanti une dizaine
de maisons environ ; ces deux incendies ont éclaté
dans la même soirée. Du reste, Neuilly n'existe aujourd'hui que de nom, car les trois-quarts de ce

dharmant village ont disparu sous les obus ou par
l'incendie......

Je n'ai pas, comme on le voit, chargé mes tableaux.

CHAPITRE XXVII.

On demande des volontaires à la barricade. — Les six braves de la deuxième compagnie. — Les trois créneaux. — Notre canon et ses projectiles. — Départ des avant-postes. — Retour à Paris.

Cependant, le bruit de notre prochain retour à Paris prenait de plus en plus de consistance, et chacun faisait ses préparatifs de départ. Une bonne partie des gardes, en attendant l'ordre de partir, s'acheminèrent vers Levallois, de sorte que le bataillon se trouvait réduit, vers les quatre heures du soir, à une centaine d'hommes. Mon sergent-major et le lieutenant Racine étaient à Paris; le lieutenant Armand était malade, et le capitaine Bouchard était parti pour Levallois. Ma compagnie était donc fort peu nombreuse. Le jour auparavant, Lacroix nous avait quittés pour entrer dans l'artillerie de la Commune, et Villaret, qui avait obtenu un laisser-passer pour Paris, dès le second jour de notre arrivée à Neuilly, n'avait pas reparu.

A quatre heures et demie, une espèce de panique courut dans Neuilly ; et notre adjudant, sur un ordre de l'État-major, fit sonner en toute hâte *l'assemblée.* Les bruits les plus contradictoires circulaient parmi nous. Selon les uns, les Versaillais venaient d'emporter la première ligne des barricades, et marchaient sur nous ; selon d'autres, les bataillons de garde aux avant-postes avaient quitté leurs positions, et s'étaient débandés à à travers les jardins.

Comme il arrive toujours en pareil cas, nous nous armâmes et nous nous rangeâmes sur la route, en grand tumulte, chacun criant, et donnant des ordres, et personne n'écoutant la voix des chefs.

Heureusement le commandant Gaudet survint, revenant de l'Etat-major, et sa seule présence ramena le calme. Il avait des renseignements et des ordres précis :

— Ce n'est rien, mes amis, nous dit-il. Un bataillon de garde aux barricades, à la droite de la rue Perronnet, a eu un instant de panique, et a refusé de retourner au feu. Mais il a repris courage, et a réoccupé ses positions. Si quelques-uns d'entre vous veulent venir avec moi, — seulement quelques-uns par compagnie, — nous irons achever de leur remonter le moral. C'est un service facultatif, et ce sera le dernier, nous partons demain.

— Bravo ! crièrent quelques gardes.

— Nous irons avec vous, commandant ! s'écrièrent plusieurs autres.

— C'est bien ! Allons, mettez-vous en rang ! reprit le commandant. Première compagnie ! Combien de volontaires ?

— Nous ne sommes guère qu'une dizaine ici, dit le capitaine de la première.

— C'est assez, capitaine. Et la deuxième ?

— Nous sommes six, mon commandant, répondis-je.

— Et vos officiers ? me demanda le commandant Gaudet.

— Les uns à Paris, d'autres à Levallois.

— Eh bien, fourrier, vous commanderez les volontaires de votre compagnie.

Pendant que le commandant Gaudet continuait son inspection des volontaires des autres compagnies, j'admirai la bizarrerie du sort, qui me donnait, à moi, sergent-fourrier, le commandement des volontaires de ma compagnie dans une circonstance peut-être critique ; je n'eus cependant pas un instant d'hésitation, et lorsque toute notre troupe, une soixantaine d'hommes environ, fut prête, je me mis en route avec une certaine gaieté.

Nous prîmes les jardins à la droite de la rue Perronnet, et là nous recueillîmes quelques fuyards. A chaque pas, en approchant des barricades, nous rencontrions des gardes nationaux isolés, qui paraissaient éprouver de vives inquiétudes. Nous les rassurâmes, et ils nous suivirent, d'un pas rapide, au travers des jardins qui nous menaient aux positions avancées.

Des civières ensanglantées, de nombreux ambulanciers que j'entrevis de tous côtés, m'indiquèrent assez la cause de la panique de ces pauvres fédérés, qui pourtant appartenaient à un bataillon du faubourg Saint-Antoine. En arrivant aux créneaux, j'y trouvai réuni l'élite du bataillon ; les uns causaient à voix basse, le visage impassible, mais les yeux ardents ; d'autres, furieux, voulaient à toute force franchir le mur crénelé.

— Oui, criait l'un d'eux, je veux venger mon camarade assassiné ! Je le vengerai !

Et, sans ses voisins qui le retenaient à grand peine, il se serait fait tuer à l'instant, « pour venger son camarade. »

Les volontaires du 85e se dispersèrent le long des murs crénelés ; pour moi, je dus aller occuper, sur la droite, une petite maison à un étage, et l'on m'avertit de traverser le jardin, en m'y rendant au pas de course.

— Surtout, ajouta un capitaine du bataillon du faubourg Saint-Antoine, n'allez pas au 1er étage, trois de mes hommes viennent d'y être blessés.

Je me dirigeai en courant, avec trois de mes camarades, vers la maisonnette, et je m'assis sur le plancher du salon du rez-de-chaussée, à l'angle le moins exposé. Les balles versaillaises frappaient en plein une des parois de la chambre ; aussi, une fois à notre poste, nous y restâmes.

Trois créneaux étaient pratiqués dans la muraille, du côté de l'ennemi. A travers ces créneaux, je vis, au premier plan, un petit verger, et plus loin, à cent pas environ, deux hautes maisons, dont les murs étaient percés de meurtrières, d'où nous venait un feu plongeant. Le commandant Gaudet, qui vint me rejoindre, m'avertit qu'il était défendu de tirer inutilement ; nous ne devions faire feu que dans le cas où l'ennemi se montrerait à découvert, hypothèse qui me sembla assez difficile.

J'avais avec moi, dans la chambre aux trois créneaux, Antonin, Renaud et Couturier. Celui-ci ne quitta pas un instant le créneau qu'il avait choisi ; le fusil chargé, il guettait l'instant où il pourrait tirer sur un Versaillais.

J'avais, par précaution, glissé une cartouche dans ma carabine Snider ; puis je l'appuyai contre le mur, au pied duquel j'étais assis, et j'attendis les événements avec une certaine tranquillité.

Plusieurs fois je vis Couturier, l'œil appliqué à son créneau, saisir vivement son fusil, et en passer l'extrémité dans la meurtrière ; mais, un instant après, il le retirait avec un geste de dépit. Intrigué, je lui demandai s'il voyait « quelque chose. »

— Sans doute, me répondit-il. A chaque instant, j'aperçois passer devant une fenêtre des officiers. Il y en a même qui nous examinent avec une lunette d'approche. Ils ne montrent guère, à la vérité, que le bout de leur nez, mais c'est égal. A la première occasion, j'espère leur faire payer cher leur curiosité.

Antonin voyait aussi, par la meurtrière qu'il s'était chargé de garder, ces ombres passer rapidement devant les fenêtres des hautes maisons que nous avions devant nous, mais il croyait impossible de les atteindre.

Renaud, lui, ne disait rien. Il observait en silence à travers son créneau ; il avait appuyé son fusil contre la muraille, et ne bougeait pas.

Tout-à-coup, je vis les yeux de Couturier étinceler à travers ses lunettes. Il saisit son fusil, et épaula. Après être resté en joue une dizaine de secondes, il fit feu. Puis il posa tranquillement son fusil, et dit :

— En voilà un de moins, j'espère.

Aucun de nous n'avait pu vérifier l'assertion de Couturier, qui nous assura avoir vu tomber à la renverse l'officier sur lequel il avait vu tiré.

Quelque temps après cet incident, une formidable détonation retentit derrière nous, et notre maisonnette trembla jusque dans ses fondements. J'aperçus alors, au fond du jardin qui nous entou-

rait, une pièce de canon, la même probablement
que j'avais vu le jour auparavant ; elle venait d'envoyer une volée de mitraille sur les maisons signa-
lées par Couturier comme servant d'observatoire
aux officiers versaillais.

Contrairement à son habitude, l'ennemi ne répondit pas. Le bombardement, qui tonnait autour
de nous, ne me parut pas changer de direction, et
le reste de la soirée fut relativement tranquille.

A la tombée de la nuit, nous fûmes relevés, et
nous quittâmes en bon ordre les jardins. C'était la
dernière fois que je voyais les avant-postes. Nous
n'avions pas eu un seul blessé dans cette soirée.

Rentré au campement, j'y trouvai Lacroix, qui
venait me raconter ses impressions d'artilleur. Il
avait été nommé maréchal-des-logis d'une batterie
située sur notre droite, et qui tirait sur le château de
Bécon et l'imprimerie Paul Dupont, où des batteries
versaillaises étaient établies. Dans la journée précédente, Lacroix avait vu tomber à ses côtés deux
artilleurs, et, ajoutait-il, « ils étaient si horriblement
mutilés, qu'il avait fallu une corbeille pour les emporter. »

La dernière nuit que je passai à Levallois fut tranquille. J'étais heureux de retourner à Paris, où je
comptais rendre mes galons de sergent-fourrier, et
partir pour la Suisse. Cette guerre civile pouvait
encore durer bien des semaines, et quoique, à

cette époque, les chances fussent partagées, je ne voulais pas assister à l'horrible dénouement que je prévoyais.

Ce fut donc avec une joie partagée du reste par tous mes camarades, que nous reprîmes le chemin de Paris. Notre bataillon, lorsqu'il défila le long du boulevard Bineau, avait l'aspect le plus pittoresque. Chaque garde portait sur son sac un bidon, ou une gamelle, dont les flancs noircis attestaient un long et utile service. Des pains, partagés en deux moitiés, des sacs contenant le reste de nos provisions en riz, ou en pommes de terre, étaient échus aux gardes pères de famille, qui rapportaient à Paris d'utiles provisions.

En franchissant la porte Bineau, je rencontrai le sergent-major Lefort, qui apportait la solde de sa compagnie. Il fut enchanté d'avoir à retourner sur ses pas, et vint prendre place à mes côtés.

Le long des boulevards, tout le bataillon, allègre et joyeux, entonna des chants patriotiques, sans trop d'ensemble. A la fin, la *Marseillaise* eut le dessus, et tout le monde l'entonna en chœur.

Sur tout le parcours de notre route, la foule criait : Vive la Commune ! Nous croisâmes plusieurs bataillons qui se rendaient aux avant-postes, et tous me parurent animés du plus grand enthousiasme. C'étaient des bataillons de Montmartre et

de Belleville, et l'on voyait dans les même rangs
le fils, le père et le grand-père.

Chaque fois que j'ai pu comparer les gardes nationaux des faubourgs avec ceux du centre de Paris, j'ai été frappé de la différence qui existe entre
ces deux catégories de citoyens. Déjà pendant le
siége, les premiers, à peine vêtus, enthousiastes,
bons, généreux, allaient se battre en chantant ; les
autres, habillés souvent en petits crevés, bottes
vernies et sacs rebondis, se faisaient suivre d'une
voiture pour amener leurs provisions et leur vins
fins. Maintenant, les faubourgs seuls allaient se
battre, tandis que les bataillons du centre attendaient patiemment que l'armée de Versailles vînt
les délivrer, pour pouvoir se venger des ouvriers,
une fois vaincus et désarmés. On sait avec quelle
incroyable cruauté ils le firent ; on connaît les massacres, les injures, les dénonciations anonymes ;
toutes ces ignominies furent le fait de la population
du centre. Que cela ne surprenne pas ! Ces gens-là
sont les dignes petits-fils de ceux qui égorgèrent
les huguenots à la Saint-Barthélemy, et il faut
avouer qu'ils ont dignement imité leurs ancêtres.

Le 85e arriva à midi dans le quartier Latin, et il
fut accueilli sur la place Saint-Sulpice par une foule
immense et sympathique. Chacun regagna son logis,
et j'allai, avec Antonin, retrouver Villaret dans notre
hôtel.

Après avoir averti mes officiers de mon prochain départ, j'allai faire viser mon passeport, et grâce à l'entremise de M. Lardy, secrétaire de l'ambassade, toutes les difficultés furent aplanies. J'avais déjà eu, pendant le siége, à me louer de l'obligeance de M. Lardy et de M. de Bosset, et je profite ici de l'occasion pour leur adresser des remerciements sincères, au nom de tous mes compatriotes habitant Paris, qui ont eu à se louer d'eux pendant les crises sans nom qui marquèrent le premier siége et la guerre civile qui le suivit.

CHAPITRE XXVIII.

Ce que sont devenus mes camarades.

Le lecteur comprendra que j'aie cherché, après la prise de Paris par les Versaillais, à connaître le sort de mes camarades de la deuxième compagnie du 85e bataillon. Voici, sans commentaires, ce que j'ai appris, par les lettres de Monaski et de Durand, qui ont pu, jusqu'à présent, se soustraire aux recherches et aux dénonciations:

Le 85e, environ 8 jours après son retour de Neuilly, repartit pour les avant-postes, et fut caserné quelque temps dans le fort de Montrouge. Puis, le 23 mai, lorsque les Versaillais furent entrés dans Paris, grâce à la trahison de Ducatel, le 85e fut chargé de défendre la Croix-Rouge, et les barricades élevées autour de la mairie de Saint-Sulpice. Après une lutte sanglante, les barricades furent emportées et le 85e fut anéanti. Le commandant Gaudet, fait prisonnier, fut fusillé à quelques pas de l'Odéon avec la plupart des officiers qui combattaient à ses côtés.

Les gardes qui ne périrent pas sur la barricade, furent passés par les armes séance tenante. Un petit nombre seulement eurent la vie sauve, et furent conduits à Versailles. Ceux qui ont survécu aux mauvais traitements, ou aux exécutions partielles, qui dépendaient de la fantaisie des chefs, sont maintenant sur les pontons. Ils expient dans ces humides prisons le crime d'avoir voulu défendre la République, ou de n'avoir pas eu le courage de laisser mourir de faim leurs femmes et leurs enfants. Richard, Couturier, Grapinet sont dans ce cas. Nicolle et Fournier furent fusillés à côté de la barricade qu'ils défendaient.

Quant au père Anselme, à Seurot et à Guérin, ils étaient couchés sur leur lit de douleur, dans l'ambulance établie au Séminaire de Saint-Sulpice, lorsqu'une troupe de soldats de ligne, précédés d'un officier, entra dans la maison. Le docteur Fano, partisan de Versailles, chef de l'ambulance, se présente devant l'officier. Celui-ci prétend qu'on a tiré depuis le Séminaire. Le docteur proteste du contraire, mais l'officier répond : « J'affirme qu'on a tiré ! » Puis il fait un signe à ses soldats. Aussitôt ceux-ci s'emparent des blessés convalescents, les adossent à la muraille, et les fusillent. Ils étaient plus de trente. Une quarantaine de blessés occupaient les lits de l'ambulance : ils sont massacrés, dans leur lit, à coups de baïonnette ou assommés à coups de crosse. Le docteur Fano veut protester. L'officier versaillais lui brûle la cervelle.

Voilà, lecteur, ce que sont devenus mes camarades.

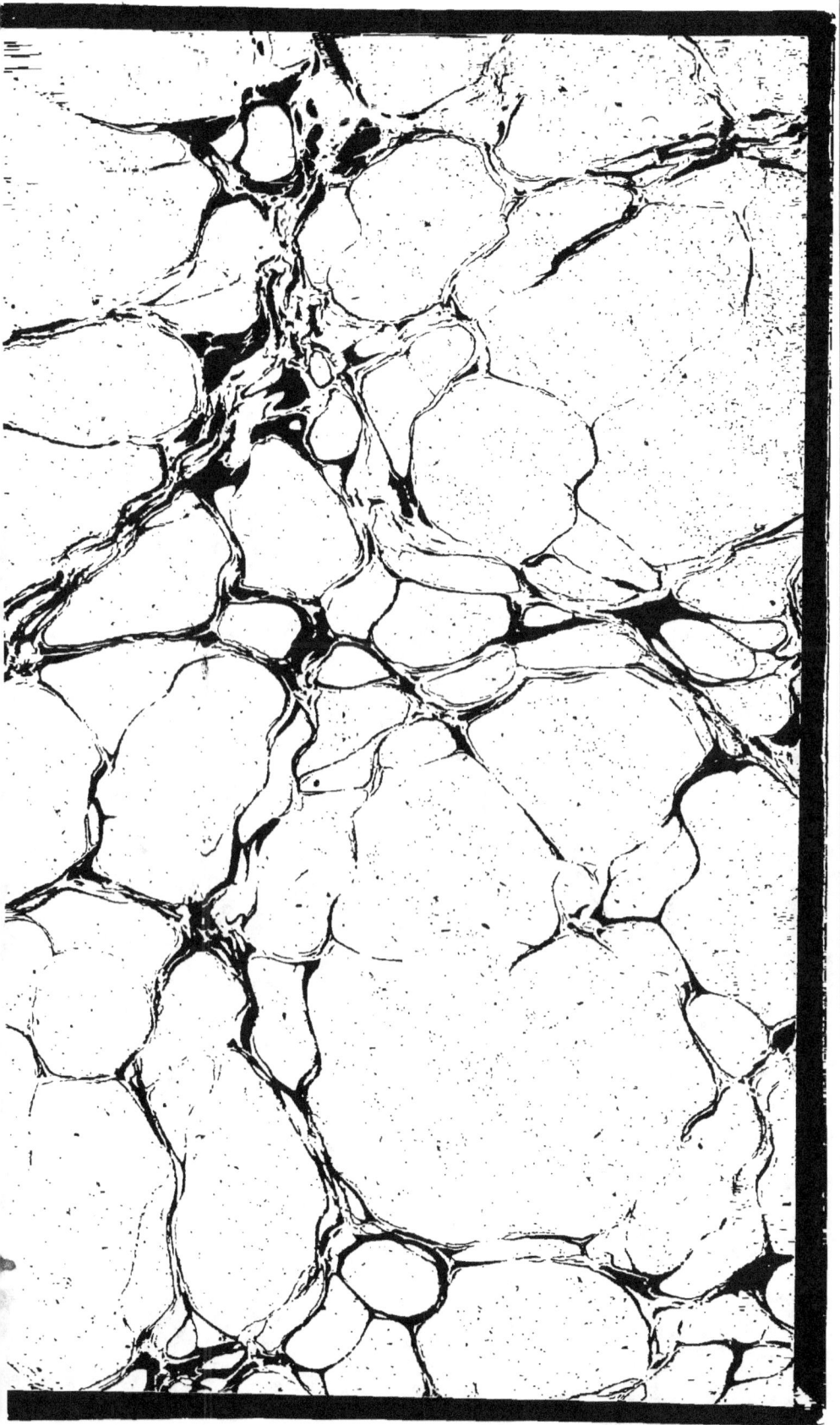